断作戦

Komao Furuyama

古山高麗雄

P+D BOOKS
小学館

目次

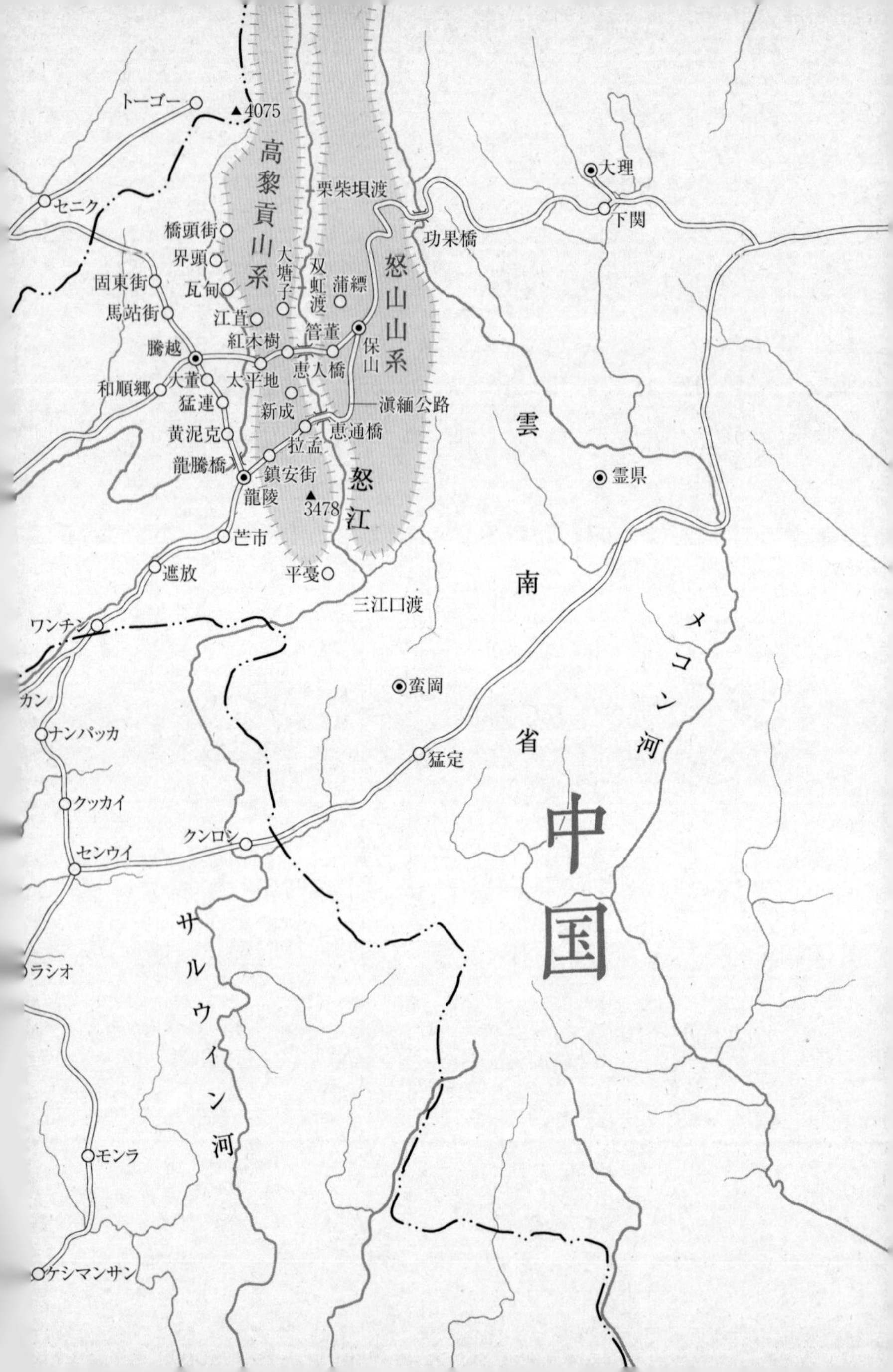

トーゴー
▲4075
高黎貢山系
栗柴垻渡
セニク
橋頭街
界頭
瓦甸
固東街
馬站街
大塘子
双虹渡
蒲縹
怒山山系
江苴
管董
紅木樹
騰越
恵人橋
保山
太平地
和順郷
大董
猛連
新成
滇緬公路
恵通橋
黄泥克
拉孟
龍騰橋
鎮安街
龍陵
▲3478
怒江
芒市
遮放
平戛
三江口渡
功果橋
大理
下関
雲南省
霊県
ワンチン
カン
ナンパッカ
蛮岡
猛定
クッカイ
クンロン
センウイ
メコン河
中国
サルウィン河
ラシオ
モンラ
ケシマンサン

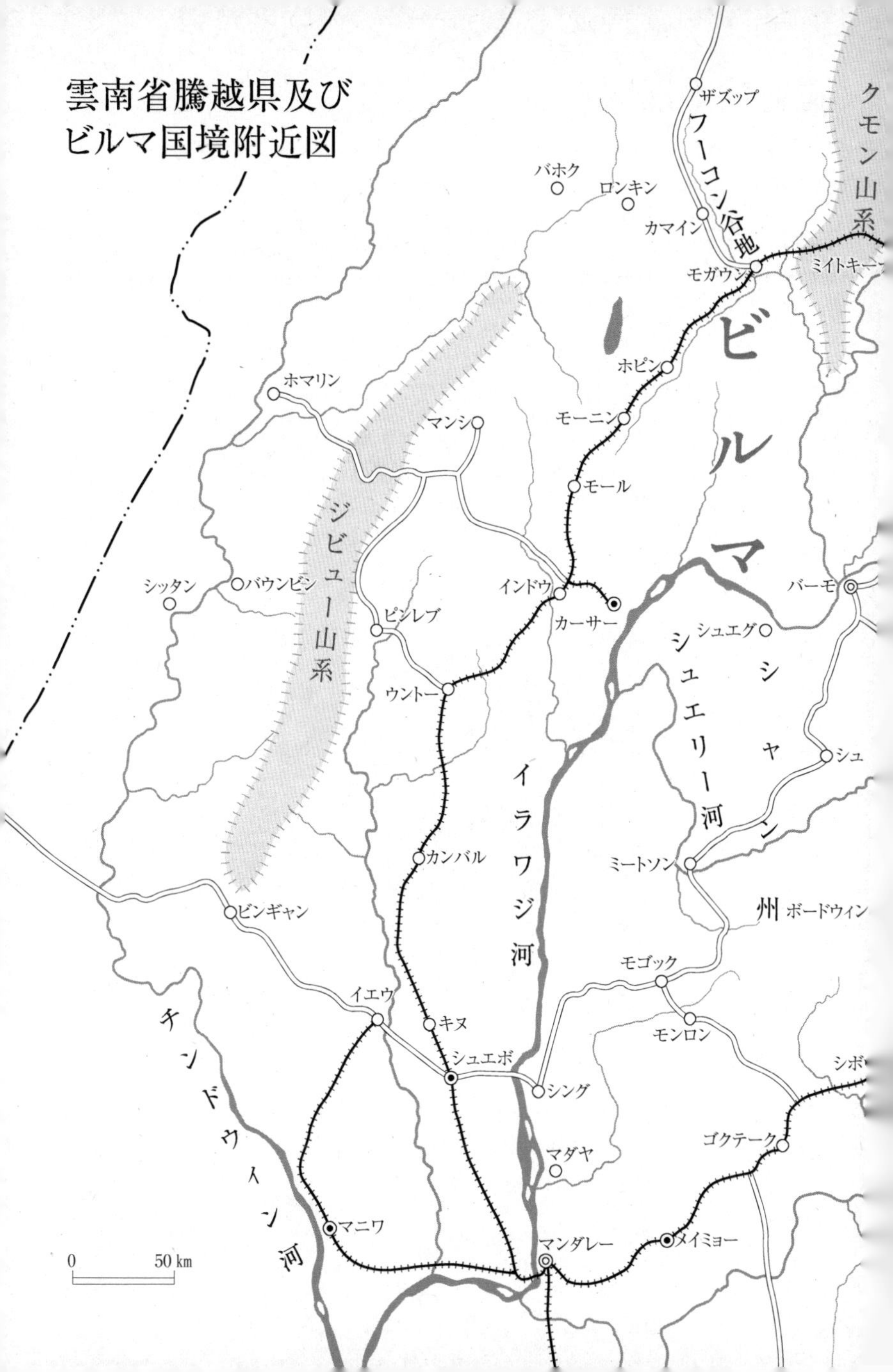

雲南省騰越県及び
ビルマ国境附近図
ザズップ
フーコン谷地
クモン山系
バホク
ロンキン
カマイン
モガウン
ミイトキーナ
ビルマ
ホピン
ホマリン
マンシ
モーニン
モール
ジビュー山系
シッタン
バウンビン
インドウ
カーサー
ピンレブ
バーモ
シュエグ
シュエリー河
シャン州
ウントー
シュ
イラワジ河
ミートソン
カンバル
ボードウィン
ビンギャン
モゴック
イエウ
キヌ
モンロン
チンドウィン河
シュエボ
シング
シボー
ゴクテーク
マダヤ
マニワ
マンダレー
メイミョー
0
50 km

騰越城附近図

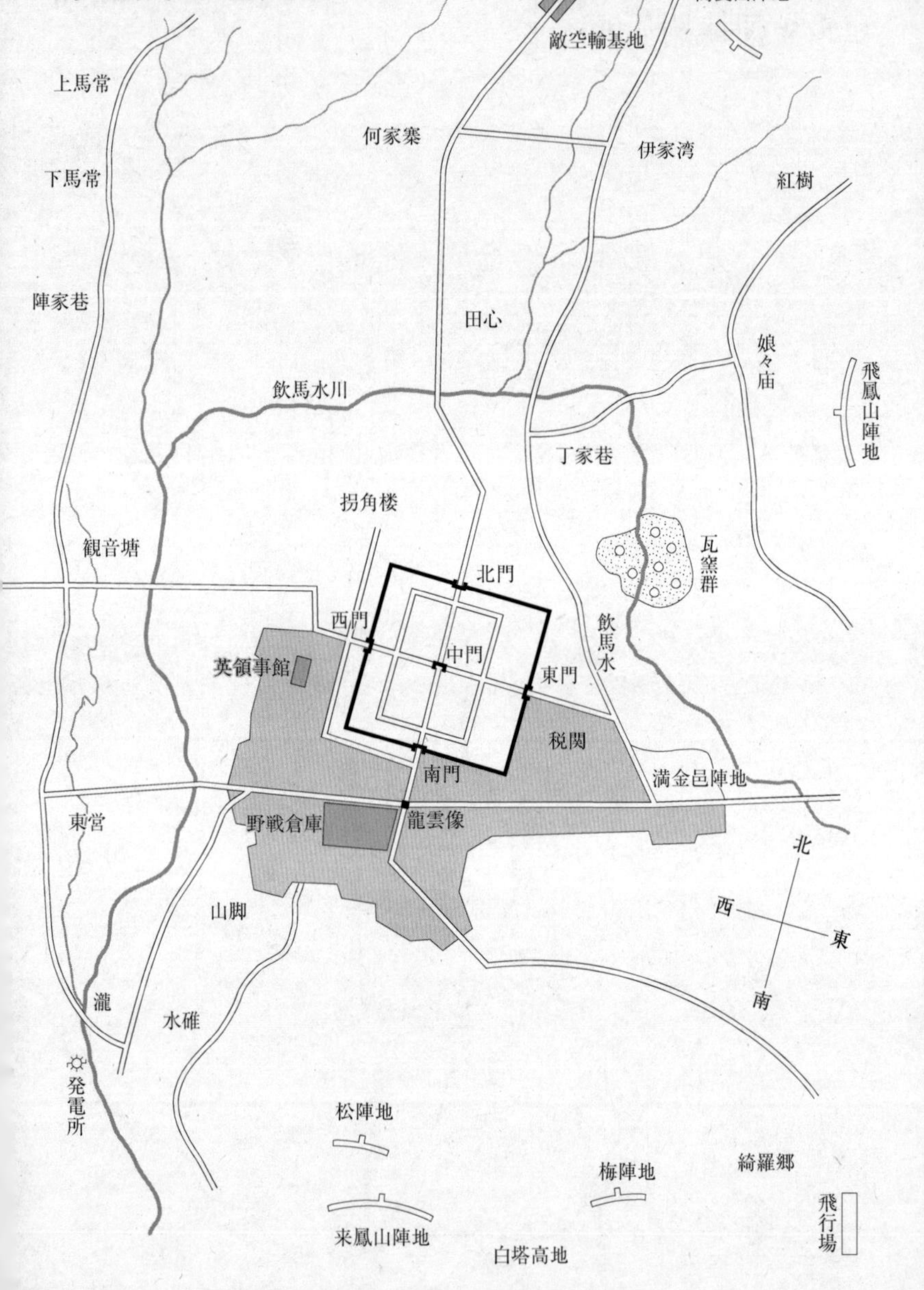

草垻街
高良山陣地
敵空輸基地
上馬常
何家寨
伊家湾
下馬常
紅樹
陣家巷
田心
娘々廟
飛鳳山陣地
飲馬水川
丁家巷
拐角楼
瓦窯群
観音塘
北門
西門
飲馬水
中門
英領事館
東門
税関
南門
満金邑陣地
東営
野戦倉庫
龍雲像
北
西
東
南
山脚
瀧
水碓
発電所
松陣地
梅陣地
綺羅郷
飛行場
来鳳山陣地
白塔高地

1

久留米の落合一政が、戦記を出版した。『雲南戦記』という題をつけて、五百部つくったが、足りなくなったので、さらに五百部増刷した。

予想以上に注文が来た。騰越《トウエツ》守備隊玉砕の実態を、遺族に伝えたいという気持で書いた手記であったが、本ができても、どうすれば遺族たちにこの本のことを知ってもらえるか、それが骨だと思っていた。

所在のわかっている遺族には贈呈する気でつくった本だが、その数はタカが知れている。それ以上に、もっと多くの遺族に読んでもらいたい本である。それには、まず、この本の存在を知らせなければならないわけだが、そこがむつかしい。ま、わずかずつでもいわゆるクチコミで伝わって行くだろう。伝わり方は、はかばかしくないかも知れないが、それは仕方がない。配布するのにかなり時間がかかるだろう。そう一政は思っていた。

ところが、新聞が取り上げて紹介してくれた。それが利いたのだろうか、それに、クチコミでの伝わり方も思っていたよりずっと早かったのであろうか、読みたい、買いたいという書簡が次々に来たのであった。

一政は、騰越守備隊の生き残りである。騰越から生き還って来た者は、二十人か、多くてもせいぜい三十人ぐらいだろうと思われるのである。騰越守備隊の兵力は、約二千八百名だと言われていたが、これは第三大隊が龍陵に転進する前の数字かも知れない。朝雲新聞社発行・防衛庁防衛研修所戦史室著の『戦史叢書・イラワジ会戦』という本には、昭和十九年六月二十七日、歩兵第百四十八聯隊第三大隊主力が、騰越から主決戦場たる龍陵に抽出転用されたために、守備隊の兵力は約二千二十五名になったと載っている。内訳も詳しく書かれている。約二千二十五名のうち千二百五十名が第百四十八聯隊であり、その主力は第二大隊である。聯隊本部百十名、第二大隊主力六百五十名、第一大隊残留隊八十名、第三大隊残留隊七十名、聯隊直轄部隊（聯隊砲、速射砲、通信、行李、乗馬小隊）三百四十名、と書いてある。龍陵に転進した第三大隊の兵力は書かれていないのでわからないが、第二大隊主力が六百五十名なら、第三大隊主力も、それぐらいであったかも知れぬ。それなら数字がだいたい合うが、一政は騰越では、第三大隊が転出した後、野戦病院の収容患者八百名を含めて、守備兵力は二千八百だと聞いていた。敵は六万だと聞いていた。

いずれにしても、そのうち生き残って帰国したのは、捕虜になった二十人か三十人ぐらいの者だけである。

柳川の白石芳太郎も、落城の日まで戦い、負傷して、捕虜になったのである。騰越守備隊の兵士で捕虜になった者のうち、一政が復員後も親しく付き合っているのは、芳太郎だけである。その他にも消息のわかっている者が数人いるが、付き合っていると言えるほどの付合はない。その他はみんな、どこにいるものやら、何をしているものやら、わからなくなっている。

捕虜になった者と言っても、一様ではない。いまだに、生きて虜囚になったことを恥じてか、経歴を隠している者もいる。捕えられて復員するまで、ずっと偽名で通した者がいた。思想的脱走兵の捕虜もいた。共産思想の持主でもなく負傷もしていない者もいた。一政は負傷して意識を失い、意識を取り戻したときには捕えられていたのであった。芳太郎も負傷して捕えられたのである。

昭和十九年九月十四日が、騰越玉砕の日である。前夜、爆死した蔵重守備隊長に代わって指揮をとっていた太田大尉の命令で、生存者は城外に脱出して芒市の師団司令部に向かうことになった。脱出部隊の人数は、五、六十名であった。その五、六十名の脱出部隊は銃火の中で四散した。一政はそれからひと月近く、周辺の林や藪の中をさまよった。初めは五人いた仲間が、その間にみんな死んで、最後には一政だけになってしまった。

芳太郎は、玉砕の日、城外の飲馬水で戦っていた。飲馬水は騰越城東北の城外にあって、城壁からいくらも離れていない。話を聞くと芳太郎の小隊は、脱出部隊を城外に救出するために、脱出部隊を攻撃する遠征軍に飲馬水陣地から突撃したが撃退されたというのであった。騰越城が占領されると芳太郎の小隊は、敵中を隠密行進して、騰越城外南東三キロの大同街の敵陣に突入した。そこに雲南遠征軍第三十六師団の司令部があるという情報があったからである。しかし、芳太郎が大同街に突入したときには、司令部はすでに南門方面に移動していた。その後芳太郎は、一政と同じように林や藪の中をさまよったが、最後に、十数名に減ってしまい、しかも全員負傷者の兵力で、小芯街にあった敵第五十三軍の司令部に奇襲突撃を敢行したのである。

その戦闘で芳太郎は、胸部を負傷して意識を失い捕えられたのである。

芳太郎は第二大隊であった。一政は師団衛生隊であったが、騰越城から馬鞍山陣地に弾薬、衛材、糧秣《りょうまつ》を運び、そのまま聯隊砲隊の指揮下に入って、雲南遠征軍と撃ち合うことになったのであった。

一政が遮放駐屯の衛生隊から騰越守備隊に配属になって、出発以来三日間の行軍で騰越城の門をくぐったのは、昭和十九年の二月であった。芳太郎は、昭和十七年三月二十六日、ラングーンに上陸して以来、ビルマ攻略作戦に参加して、同年の秋には騰越城に入城している。雲南遠征軍の総反攻が始まって、馬鞍山陣地を脱出して騰越城に帰って来てから玉砕の日までの間に、あるいは芳太郎とどこかで行きずりになら顔を合わせているかも知れんと一政は思うのである。その頃は芳太郎も、城外陣地から退いてあの街に帰って来ていたはずである。しかし、騰越城で芳太郎を見た記憶はない。芳太郎と知り合ったのは、保山の収容所であった。捕虜になると一政は、最初、騰越城からいくらも離れていない名も知れぬ部落に担送されたのであった。あれは、数軒の家屋があるだけの小さな部落で、建物はみな、遠征軍の兵舎になっていた。次の日、大董の部落に移された。大董には遠征軍の戦闘司令所があった。そこで一夜を過ごし、別の部落に移された。そこで他の日本兵捕虜と合流した。収容された民家には、十

四、五名の日本の兵士が横になっていた。みんな負傷者であった。助かりそうにない重傷者が幾人もいた。知った顔はなかった。後になって、芳太郎から聞いたのだが、芳太郎は、その負傷者の中の一人だったのである。

その収容所で幾日か過ごして、それから保山に後送されたのである。他の部落に収容されていた日本兵が担送されて来て、捕虜の数は四十名ぐらいになった。軽傷者は歩けと言われたが、歩ける者は少なかった。

遠征軍の護送隊は、担架兵と警備兵とで、四、五十人ぐらいはいた。山道の担送は、難渋をきわめた。担架兵の肩口には血がにじんでいた。担架に仰向けになっていた一政はそれを見て、降ろしてもらったが、半時も歩けずに倒れてしまった。遠征軍の兵士は、笑いながら、無理をするなと言い、再び一政を担架に載せた。

滇緬《テンメン》公路に出るまで、四日かかった。公路には輸送車が並んでいて、そこから保山までは車輛で運ばれた。公路に着くまでに、何人かの重傷者が息を引きとった。保山の収容所で、一政は、芳太郎の隣りに寝ることになった。

芳太郎とは、以来、三十五年間、親しく付き合っているのである。保山から楚雄に移され、さらに昆明に移されて、昆明の収容所で終戦を迎えたのであった。終戦後、重慶、漢口、南京を経て、上海から鹿児島に復員した。復員船が鹿児島湾に入ったのは、昭和二十一年の五月下旬であった。芳太郎とは、保山以来ずっと一緒だった。

芳太郎は、男らしくさっぱりしている。捕虜になった日本兵の中には、乱暴でやくざな者もいたが、そういう連中も、芳太郎には一目置いていた。芳太郎は、誰に対しても同じ態度で接していた。粗野な人間に対してもたじろがず、おどおどしている者にも礼儀正しい。強者を怖れず、弱者を侮らないのである。捕虜になったことについても、当初から、当時の日本人としては珍しく、それを恥だなどとは思っていないようであった。

一政は、帰国して、自分が捕虜になったことを隠そうとは思わなかったが、終戦になっても日本人は、依然として、捕虜は恥辱だと思うだろうと思っていた。そう思うのは、自分自身、そう思う気持がどこかにあるからだろうと一政は思った。一政は、失った意識を取りもどして、自分が捕虜になったと知ったとき、自決を思った。その思いから解き放されるのに時間がかかった。やがて自決は考えなくなったが、こだわりをすっかり払拭してはいなかった。そのこだわりを一政は、帰国する前、芳太郎に話したことがあった。

「日本は民主主義の国になったということやけど、わしら帰国したら、やっぱり、白い眼で見らるるかも知れんね」

「さあ、どうだろう」

芳太郎は笑っていた。芳太郎はそんなことは、一向に苦にしていないようであった。今になって思えば、あの頃の日本人は、他人の経歴に関心を持つより、自分の生活のことで心がいっぱいだったのである。そして人々の生活にゆとりが出て来た頃には、戦陣訓の考え方は軍国主義として、むしろ斥けられる風潮になっていたのである。そして一政が捕虜になった話をしても、それは、ちょっと特異な経験として、珍しがられはしたが、白い眼を向けられるようなことはなかったのである。

収容所の話もさることながら、一政は、いつか、騰越玉砕戦の実相を書いて、本にしたいものだと思っていたのであった。そのことについて一政は、螢川町で内科の病院を開業している小村寛に相談した。小村寛は、龍兵団の軍医としてビルマに行き、死線を潜って来た人である。中国から帰国した昭和二十一年の夏、一政は誘われて、龍の生き残りの集まりに出席した。空襲で焼き払われた久留米の市街が、まだいくらも復興していない時期であった。二十人ほどの人々が、車座になってドブロクを飲みながら歓談していた。小村とはそこで初めて会った。一政が、私は落合であります、騰越から帰って来ました、と言うと、みんな驚いた眼で一政を見た。誰もこれまで、騰越から生きて帰って来た者がいるとは、考えたことがなかったのである。一瞬、車座の人たちは言葉もなく一政を見ていたが、すぐ一政はみんなから、堰を切ったように騰越守備隊玉砕の状況について、質問を浴びた。一政は涙がこみ上げて来た。押えることができなかった。ボロボロ泣きながら質問に答えた。

小村はそのとき車座にいた一人である。その日以来、一政は、小村と親しく付き合うことになった。小村が一年ほどいた騰越から、ミイトキーナに転じ、惨烈な戦闘をして来たことを知った。小村が詩人であることも知った。

一政の戦後の人生は、小村との親交を切り離しては語れない。小村とは何十回、あるいは何百回、戦争の話をしたかわからない。

いつか小村が、落合さんの話を、そのままずべて文章にしてみたいと思うと言ったことがあった。小村に書いてもらえば、立派なものができるだろうと一政は思っていた。

小村がそう言ったのは、もうずいぶん前の話である。長い間、一政にはそれが懸案になっていた。それで昨年九月十四日に慰霊祭をしたときに、

「例の騰越の手記の件な、来年の慰霊祭までにはなんとかこしらえて、遺族の方々に配りたいと思うとります。小村さん、ひとつ、書いてくれんな。忙しいこと重々わかっとるが」

と頼んでみた。すると、小村は、

「そうだとも、そうだとも、いつまでも懸案のままほうっておくことはでけんたい。しかし、その手記は、落合さんが自分の手で書かないかんばい。私が書くと、落合さんの肉声が濁ってしまうよ」

と言った。

あれ、いつか小村さんは、ぜひ書いてみたいと言ったのに、と思いながら一政が、

「ばってん、私は、うまか文章は書けんもんね」

と言うと、

「なんば言うとる。うまか文章なんか書く必要はなかよ。見たこつを見たままに、思うたこつ

を思うたままに書けばよか。うまい、へたは論外たい、騰越守備隊の遺族には、落合さんが生の声で語らんといかん。私はそう思うよ」

言われてみると、小村の言うとおりである。へたであろうが、悪文であろうが、自分で書かなければ、死んだ戦友たちに対しても、遺族に対しても、誠が通らないのである。

一政は小村に、わかった自分で書いてみると答え、早速、手記に取りかかった。騰越に着いたところから書き始め、日本に帰って来るところで終えることにした。さほど日数もかからず一気に書けた。最初、ノートに書いて、それをコクヨの原稿用紙に清書した。百五十枚ほどの分量になった。

清書が終わると一政は、それを小村のところに持って行った。

「こげんなもんになったが、どうじゃろうか」

小村は、冒頭の何枚かを読んで、

「よか文章じゃ。お世辞じゃなか、ほんとによか文章じゃ。今晩一晩貸してくれんな。ゆっくり読ましてもらうけん。原稿の分量がいくらか足りんかも知れんね。ちっと薄か本になるかも知れんね。書くことはなんぼでもあるじゃろう、もう少し書き足す気は持たんね」

と言ったが、次の日、

「読んでみて、このままがいいと思った、なまじ書き足したりするとリズムが崩れるかも知れんから、これで行こう」

と言った。

小村は、活字の選定や、字詰などについては、いろいろ考えてくれた。

小村と印刷屋に相談しながらつくった。百五十ページほどの本になった。

できあがると、まず小村に届けた。小村は、おめでとう、と言って喜んでくれた。小村と芳太郎とには、イの一番に届けなければならん、と一政は思っていた。芳太郎にも、郵送ではなく、持って行くことにした。まず電話で都合を聞き、タクシーを飛ばして柳川の芳太郎の家に行った。

「こげなもんになったばい」

と言って一政が持参した『雲南戦記』を差し出すと、

「よか本ができたなあ。これを遺族に配りなさるとか」

と芳太郎は言って、早速手にとって読み始めたが、本を読んでいては話ができないので、

「こりゃ、楽しみじゃ、あとで読ましてもらうばい」

と言って、本を閉じると、

「私も、手記ば書いておこうと思うて、少し書いてあるが、なかなか、本にでけるほどは書けんもんね。よう落合さんは書きんさったな」

と言った。

そうだ、芳太郎さんも手記を書いて、自分のように本を作りたいだろう、なにしろあれだけ

の目に遭ったわけである。みんなそれぞれ、書いておきたいであろう、と一政は思った。だがそうは言っても、みんなが書けるというものでもないであろう、しかし、芳太郎さんは、少し書いてあると言っているぐらいだから、書きたくも思い、書けるわけであろう。

「白石さんも、書いておきたいことが、いろいろあるじゃろう。少し書いてあるなら、それに書き継いで、こげな本に作るとよかたい。白石さんが書いたら、これとはまた違うたものができるじゃろう。白石さんの小隊の戦没者の遺族は、誰のもんよりも白石さんのもんば読みたかろう。あんたも本がでけるぐらい、書いてみんな」

と一政は勧めた。

「ばってん、私には文章らしい文章が書けんもんね」

「文章は問題じゃなかよ。あんたの体験をそのまま、見たことを見たまま、思うたことを思うたままに書きつづれば、これぐらいのものは、すぐでけるよ」

一政は、自分が小村から言われたことをそのまま芳太郎に言った。

「そうじゃなあ。私もそれぐらいのことをせんと、戦友の遺族に申し訳が立たんもんな。落合さんの本を参考にさせてもろうて、私なりに書いてみるばい」

と芳太郎は言った。

「それがよかたい。騰越の玉砕戦については、白石さんと私のほかのもんは、想像でしか書けんのじゃから」

「そうじゃなあ。その想像で書いたもんも、騰越を書いたもんは、少なか。やっぱ、将校が生き残っておらんからじゃろうか。じゃけん、落合さんのこの本は、貴重じゃ」

そう言われてみると、なるほど、騰越の玉砕を書いた戦記には、めぼしいものがない。一政は、これまで、雲南の出て来る戦記は、目につく限り読んで来た。ところがなぜか、騰越については記述が簡略なものばかりであった。

ときどき、一政は書店に行って、戦記本の棚を眺めるのである。雲南のことが書かれた本が出ているかも知れない、といつも思って入ってみるのだが、滅多に目についたためしがない。これもそういろいろは出ていないけれど、雲南よりは、北ビルマのフーコン、ミイトキーナ辺の戦記のほうが、いくらか多いように思われる。ビルマのものでは、やはり、インパール戦記が多いように思われる。一政は、雲南についてはろくに書かれていなくても、ビルマものであれば購入した。

騰越のことが書かれていて、一政がこれまでに書店で手に入れたものは、相良俊輔という人が書いた『菊と龍』という題の本一冊だけである。朝雲新聞社発行の『戦史叢書』は、小村が貸してくれたのを読んだのである。

相良という人の書いた『菊と龍』は四つの章に分かれていて、第一章はフーコン、第二章がミイトキーナ、第三章が拉孟《ラモウ》、第四章が騰越といった具合に書かれているが、他の章にくらべて、第四章だけが極端に少ないのである。

雲南では、拉孟守備隊も、騰越守備隊も、共に全滅したわけである。龍陵守備隊は、死守玉砕というかたちはとらなかったが、全滅に近い損傷を蒙ったはずである。それでも、拉孟からは、将校が一人脱出して司令部にたどり着いているし、龍陵は、全滅に近い状態になったとは言え、撤退している。そういうわけで、騰越だけが、これまで、まったく書き手がいなかったのである。だから、自然、簡略にならざるを得なかったわけである。そう一政は思った。

それにしても、将校や作家が書いた戦記や、『戦史叢書』などを読むと、当時、自分がどんな戦況の中におかれていたのかが、ああそうかとわかるのである。ただ、相良という人も、菊や龍の剛勇を強調してくれるのはいいけれども、やはり、ちょっと恰好をつけて書いているなあ、と思うのである。たとえば、来鳳山陣地の攻防を書いて、鉄の洗礼と、火焰放射器の炎の下をかいくぐって、えぐられた陣地内をかけめぐる日本兵の姿は剽悍そのものであり、敵を恐怖の底におとしいれるに十分だったなどと書いている。けれども、敵も味方も、あの膨大な砲弾や銃弾の中では、共に恐怖の底にいたわけであろうし、恐怖を自覚する余裕もないぐらい、無我夢中でもあったのだ。

遠征軍に来鳳山陣地を奪われたのは、七月の末であった。一政はその頃には、馬鞍山陣地から、騰越城に帰隊していて、東北角のトーチカ陣地に配置されていた。遠征軍が総反攻を開始して以来、守備隊は城外陣地を、ひとつずつ手放した。来鳳山が、最後の城外陣地であった。来鳳山を奪われて以来は、騰越城に立て籠って、城壁陣地で敵を迎えるかたちになったのであった。

騰越は、雲南山中の盆地にあって、人口約四万。このあたりでは随一の街で、一辺約一キロの正方形の城壁に囲まれていた。城壁は、高さ約五メートル、幅約二メートル、外側は石、内側は積土でつくられていた。城壁の中央に、東西南北を冠した門があって、東門を出たところに税関、西門を出ると元英国領事館の建物があった。南門を出たところには野戦倉庫があった。守備隊が城壁陣地に配置されて最後の決戦に臨んだとき、城外には、城壁からわずかに離れて、飲馬水陣地、水田陣地、税関陣地があった。

一政が、遮放から、芒市、龍陵を経て、三日間の行軍で騰越城に来た頃は、住民もいて、平和でのどかな街であった。城内では、梅や桃が可憐な花をつけ、城外の村々には、梨やカリンが咲いて、鮮やかであった。一政が遮放駐屯の衛生隊から、騰越守備隊に配属されたのは、怒江対岸の敵に反攻の動きが見えて来たからである。前線が緊迫して来たので、衛生兵、担架隊、車輌隊、大行李、小行李、本部、経理など後方の各隊から第一線の戦闘要員を抽出して五、六十名ほどの小部隊を編成して、騰越に送り込んだのであった。

あの街に着いてふた月ほどは、一政はまだ戦火を身近に感じていなかった。あの頃はのどかな美しい街に、駐屯地が変わったような気持でいたのであった。

その頃は、守備隊は、騰越城の四周の高地に、いくつも城外陣地を構築していた。その東方に高黎貢《こうれいこう》山脈が怒江と並行してそそり立ち、高黎貢山中の冷水溝にも陣地を構築していた。そこを過ぎて、怒江を見下ろす山脈の中腹につくられていたのが、馬鞍山陣地であった。そこまでは、騰越から強行軍で二日かかる。馬鞍山から怒江の西岸を南下すると、拉孟陣地がある。拉孟陣地は、恵通橋を見下ろす高所にあった。滇緬公路は拉孟を経て、恵通橋で怒江を渡り、中国昆明方面に達するのである。

連合軍は、昭和十七年春、日本軍がビルマを攻略したときから、失地奪回の計画を立て、準備を整えていたのである。『戦史叢書』には、スチルウェル中将の率いる中国雲南遠征軍は、昭和十八年十一月十五日に雲南方面における反撃作戦を開始すべく目標を立てたが、蔣介石が消極的であったために、実行がおくれたと書かれている。

日本軍が十七年に攻略して陣地を構築していた拉孟や騰越などのあるあたりは、そこは怒江の西だから、怒西地区と呼ばれていたが、雲南遠征軍が怒江を越えて怒西地区の日本軍に本格的に反攻を開始したのは、十九年五月十一日だと記載されている。

ちょうどその頃一政は、騰越城から馬鞍山陣地に、衛材や弾薬、糧秣を届けに行ったのであった。馬鞍山陣地のあった山は、岩山で、傾斜は急であり、難儀な行軍であった。しばしば、滑って渓谷に転落しそうになった。馬も歩きにくそうな腰つきで歩いた。

山中はひどく寒かった。高黎貢山系は標高四千メートルを越える山が峰を連ねる。標高四千メートルと言えば富士山より高いのである。だから万年雪が消えないのである。あの寒い山道を必死に歩いて、二日がかりで馬鞍山に着いたのであった。

着いたときにはへとへとに疲れ果てていた。浜崎一等兵は、自分よりもっとこたえているだろう、と一政は思った。浜崎常夫は、遮放で、守備隊に配属の小隊が編成されたとき、一緒になったのである。浜崎は、車輛隊から転属になったのであった。見るからに体力のなさそうな兵隊であった。浜崎は、馬から梱包をおろして所定の場所に運ぶと、まだ全体の作業が終わっていないのに、もう、精も根も尽き果てたといったふうな様子で地面に腰をおろして、ぼんやりしていた。

「元気出さんな」

と一政が言うと、

「きつかね」

と浜崎は、しょんぼりとつぶやくように言って、苦笑した。

「こげなこつでへこたれては続かんぞ。もっときつかこつが、これから山とあろうたい」

「そうやね」

と言って、浜崎は立ち上がったが、この男これでやって行けるのだろうか、と一政は思った。馬鞍山陣地の守備兵は、一個分隊を残して、みな、遠征軍の渡河点攻撃に出動していたのであった。だが一政は、今になって本を読んで、当時の戦況を知り、ああそうかと思うが、あのときは無論、戦況など知る由もなかった。あの頃は、なんとなく日本軍は、インパールを占領しそうな感じであった。日本軍がコヒマを占領したというニュースは聞いた。コヒマとインパールとはどれぐらい離れているのかも知らず、コヒマの占領を聞いて、インパールもあと一息のような印象を受けた。ガダルカナルで日本軍がやられたことぐらいは知っていた。海軍も勝ってはいないようだと思っていた。大本営発表が大幅に嘘の発表をしていることぐらいは知っていた。しかし、ニューギニアやブーゲンビルで、激戦が展開していることなど、雲南では全然知らなかった。マキンやタラワの玉砕も知らなかった。兄弟師団の菊が、北ビルマで戦っていることぐらいは知っていたが、ウインゲート空挺兵団の侵入も知らなければ、英印軍と中国の雲南遠征軍が、どのような反攻作戦によって動いているのか、大略さえもわからない。兵隊はみんなそんなふうに、まったく何も知らないのだ。

一政たちは、敵が反撃に転じたということを聞かされただけであった。そして、彼我の兵力が、十五対一、または二十対一だということ、雲南遠征軍はアメリカ式装備をしているということ、そういったことを聞かされただけであった。

それでも雲南の戦いは、輸送路の争奪戦だとは思っていた。レド公路というのは、インドのレドから北ビルマのフーコン谷地に入り、ミイトキーナ、騰越を経て昆明、重慶に通じる連合軍の輸送路である。滇緬公路というのは、北ビルマのラシオから龍陵、拉孟を通って保山でレド公路と合流する。滇は雲南の意、緬はビルマのことである。

この二つの連合軍の輸送路を、日本軍は要衝を占領して寸断していたわけであり、遠征軍はそれを奪回すべく反撃して来たのである。

その反攻作戦が正式に開始されたのは、十九年五月十一日であるが、無論、それ以前にも遠征軍は、小部隊での渡河を繰り返して、日本軍の警備地区の内に侵入していた。

その敵に対して日本軍は、年中討伐と言って出撃していたのである。討伐作戦と言っても、結構大仕掛のものもあったようである。柳川の白石芳太郎は、討伐戦で絶えず騰北地区を東奔西走していたのだと言っている。敵が本格的反攻作戦を始める前に日本軍は、猛定討伐戦や馬面関付近の討伐戦など、大がかりな作戦を展開して、侵入した敵を掃蕩した。

師団は、一政が騰越に到着するよりも早く、怒江作戦を開始していたのである。第三十三軍が断作戦という作戦を立てて乗り出して来たのは、十九年の七月である。龍の怒江作戦も第三十三軍の断作戦も、つまりは、雲南遠征軍の反攻作戦に対する反撃作戦であるが、師団は怒江作戦で、遠征軍を撃退することはできなかった。

あの日、渡河点攻撃に出動した馬鞍山の原口部隊は、遠征軍の渡河を阻むことはできなかったが、水際に釘付けにして進出させなかったという。しかし、その晩、馬鞍山陣地は襲撃された。先に侵入していた遠征軍が、渡河部隊と呼応して攻撃をかけて来たのであろう。

今夜半襲撃がありそうだから警戒するようにと前もって本部から伝令があった。本部は、情報をつかんでいたのである。伝えられたとおり、黄昏が闇にかわりかけた頃に、突然、敵はどこからか撃って来た。誰かが、敵襲、と甲高い声で叫んだ。襲撃して来た敵の兵力がどれぐらいのものなのかわからない。まもなく、夜に紛れて裏手に迂回したのであろう。背後から数人の敵が壕の中に飛び込んで来た。

暗くて、一政には、敵と味方の判別がつかなかった。しかし、拳銃が発射され、格闘が始まった。飛び込んで来た敵は、敏捷に退却した。瞬間のできごとであった。しばらく音の沈んだ時間が流れたあとで、灌木のしげみの中から、敵は機銃を撃ちだした。それと同時に、夜空に照明弾が上がった。一帯が昼のように明るく照らしだされた。敵が五十メートルの距離に迫っていた。

しかし敵は、もう先刻のように、陣地内に飛び込んでは来なかった。近づいて来て、しきりに手榴弾を投げるのである。照明弾が燃え尽きると、また漆黒の闇がもどって、敵の動静が皆目つかめなくなる。こちらからは、敵の機銃手が潜んでいると思われる灌木のしげみを目標に、大隊砲を零距離《ゼロ》射撃で五、六発撃ち込んだ。そのたびに、闇の中で炎が踊り、火花が散った。

大隊砲が命中したらしく、機銃は沈黙したが、敵は執拗であった。照明弾が上がっていないときには、こちらが見えるはずはないのだけれど、見当で自動小銃を撃ち、手榴弾を投げて来た。

一政は、壕から出て、大木のかげに身を寄せて、闇にむかって眼をこらした。何も見えない。山の闇は暗い。日本でだって、山の闇は暗いが、雲南の山の闇は、格別だと思った。眼の前一尺ほどのところに、手を開いて立ててみたが見えなかった。

そのうちに銃声が絶えた。静かになると不気味であった。すぐそばに敵がいるかも知れない。一政は音を立てないように気をつけ、周囲の音に注意した。

夜明けまで一政は、その場所にいた。あれきり、銃撃はなく、手榴弾は破裂しなかった。あるいはもう、敵は退却したかも知れないとも考えられた。

だが、敵は退いてはいなかったのである。夜が明けかかり、物のかたちが見えるようになった頃、また戦闘が始まった。一政が身を潜めているとも知らずに、敵兵が二人、体をぐめて近づいて来た。敵は前方の陣地に気をとられていた。距離が十メートルか十五メートルかぐらいになったとき、一政は引鉄を引いた。一人がちょっと伸び上がるようにして、それからドサリとうつぶせに倒れた。もう一人は、横っ飛びに場所を移し、いったん草の中に身を伏せたが、すぐまた姿を現わして、一目散に逃げて行った。

一政は、逃げて行った敵には発砲しなかった。一人を射殺しただけで、興奮した。戦争とはいえ、なにしろ初めて人を殺したのである。自分があんなふうに撃たれることもあるわけだ、と思った。殺したことに興奮したのか、自分が殺されなかったことに興奮したのか、その両方なのか、わからない。そんなことを考えてみる余裕も、あのときはなかった。思えば、弾《たま》の下ではいつも夢中であった。物を考えたりする余裕は、前線ではなかった。進め一億火の玉だ、という標語があったが、あのような場合は、まさに火の玉になってしまう。あれから、何度、火の玉になっただろうか。

敵は、六個の死体を置いて退却した。機銃一基、弾薬箱三箱、小銃十二丁を遺棄して行った。遺棄した武器の数から考えて、かなりの人数の部隊だと考えられる。こちらも重傷一、軽傷三の損害を出した。

あれは、遠征軍の総反攻作戦の始まりだったのである。

遠征軍を撃退したあの日の午後、怒江対岸の山腹からふんだんに砲撃を受けた。

「こりゃまた、惜しげものう、目茶苦茶に撃ちよるわい。これまでとは意気込みが違うとるわい」

間断のない砲声を聞きながら、陣地の兵隊が言った。

砲弾はヒュルヒュルと鳴りながら、一政たちの頭上を飛び、陣地の五、六十メートル後方で、轟音を立てて炸裂した。一政たちが昨夕輸送して来たばかりの大行李が無惨に吹き飛ばされている。その下の平地では、大行李の軍馬や将兵が砲弾の破片に体を裂かれて倒れている。

一政たちはこれまでの陣地を撤退して、南側斜面に新たに陣地を急造した。一政たちは、聯隊砲の成合隊長の指揮下に入った。一政たち輸送隊が加わったので、陣地の兵力は八十名ぐらいになったが、そのうち歩兵は十数人ぐらいという混成部隊であった。

その日本軍を攻略するのに連合軍は、空からの機銃掃射と対岸からの砲撃を反復した。その後で地上部隊が這い上がって来るのであった。

遠征軍は、連日、攻撃を繰り返した。敵の兵力は、日ごとにふえているようであった。陣地内の樹木はすべて砲弾になぎ払われた。陣地の兵は、攻撃を受けるたびに、何人かが死に、または負傷した。後方の軍馬も、水も飼葉も与えられぬまま、次々に砲弾を浴びて倒れた。あれは五月二十一日、激しい雨に打たれながら、押し寄せて来る敵と戦った。弾薬が底をついて来た。夕方、雨が小やみになった頃、敵は攻撃を中断したが、翌日は早朝から攻撃して来た。翌二十二日も雨であった。雲南の雨は、激しく冷たい。大降りのときには、バケツの水を頭からぶちまけられたように濡れてしまう。褌までビッショリと濡れた。いつまでここでもちこたえられるのだろうか。弾薬がなくなったら、斬込み突撃をするしかない。怒江渡河点の攻撃に出動した原口隊からは何の連絡もない。連絡をとろうにもとる方法はなく、帰って来たくても帰って来れないのであろう、と思った。

成合隊長は、ついに、馬鞍山脱出の命令を下した。

あれから、死闘の毎日が始まったのである。

馬鞍山のことなど、『戦史叢書』にも出ていない。もっとも、騰越城のことですらいくらも書かれていないのだから、馬鞍山のことなど、一行も出ていなくても当たり前かも知れぬ。ほかにも、忘れられた戦場や忘れられた陣地は、山ほどあるのだ。それが当たり前かも知れぬ。

しかし、一政にしてみれば、馬鞍山陣地は忘れられない戦場である。勿論、『雲南戦記』には、いろいろ思い出しながら書いた。

馬鞍山での戦死者の名前を憶えていないのが残念である。馬鞍山では、戦友ができて親しくなる余裕もないうちに、死闘が始まってしまった。戦死者の名前を憶えていたら、遺族の何人かに身内が戦死したときの状態を話してあげることができるのに。

けれども、本当のことを遺族に伝えることのできない死に方をした人も、いるのだ。それが戦場なのである。

2

落合一政と戦争の話をしだすと、キリがない。

『雲南戦記』を一政が持って来た日、また、騰越の話や俘虜となって過ごした一年半余りの思い出話を総ざらいした。話が尽きないので、十二時をまわると、妻のハル子に、

「お前は、先に寝ればよかよ」

と言って、先に休ませ、それから、東の空が白みかける頃まで、一政には酒を勧め、自分は茶を何杯もすすりながら話し続けたが、騰越城の陣地にこもるまでの話や、復員後の話までしだすと、もう、一晩や二晩徹夜するぐらいでは、語り尽くせないのである。

「話が尽きんが、ちっと休もうか」

と芳太郎が言うと、

「そうじゃな。とても一晩では話しきれんね。ちっと寝ようかの」

と一政は言った。

八畳の間で、ハル子が用意した床に、並んで寝た。

「あんたと並んで寝るのは、収容所以来、三十五年ぶりやね」

と一政は言った。

「そうじゃ。中国で、あんたと並んでシラミのたかった毛布にくるまって寝たのは三十五年も前のことじゃのう。復員してからは、お互いに、泊まりがけで訪ね合うたことは、そういえばなかったもんなあ」

「そうじゃったな。復員直後は、しばらくバラックに住んどったけん、泊まりがけで来てくれち言われんだった。けどそのうちに、まあ人並の家も建てて、わしらも人並の生活ができるようになった。しかし、そういうぐあいになっても、そういえば、泊まりがけで訪ね合うたこつは、なかったなあ。これを機会に今後は、白石さんも私のところに、泊まりがけで遊びに来てくれんね」

「そうしよう。わしにとって、雲南の話がツーカーで話せるのは、落合さんだけやもんな」

「そうやとも。落城まで騰越城で戦った者で、今でもこうして話のでけるのは、白石さんだけたい」

床の中で、また話がはずみそうになったが、さすがに話し疲れて、明け方から昼近くまで寝て、朝昼兼用の食事をした後、一政は久留米に帰って行った。

まだまだ話したいことを山ほど残したまま別れた感じであった。もう少し話したかった。しかし、久しぶりにたっぷり戦争の話をした充足感もあった。一政を見送ったあと、芳太郎は、そういえば一政が言ったように、互いに人並の家を持ち、人並の生活をするようになっても、泊まりがけで訪ね合ったことはなかったな、と回顧した。その気になれば、もっと頻繁に会えるわけだ。柳川から久留米まで、西鉄で、特急なら二十分で行ける。いわばお互いに、目と鼻の先に住んでいるわけだ。しかし、近くにいる割には、一政と会ったのは、せいぜい、年に、二度か三度ぐらいのものであった。

あれほどの体験を共有する唯一の戦友だのに、せいぜい、年に、二度か三度ぐらいしか会わない付合になってしまう。やはり、特急ならわずか二十分の、目と鼻の先と言っても、歩いて行けるようなところにいなければ、そうは会えないものである。

しかし、もう少し頻繁に往き来する付合をしていてもよかったのだ。これまではこれまで、過ぎてしまった話である。今後は、一政が言うように、これを機会にもっと顔を合わさにゃな、と芳太郎は思った。

本当は、家族ぐるみの付合をして、家内同伴で訪ね合うようにでもなればいいのだが、とも思う。しかし、戦場の話になると、どうしても、家内は、そっちのけになってしまう。昨夜もそうだった。ハル子は取り残されて、眠そうな眼をしていた。

ハル子も年齢からすれば、戦中世代である。ハル子は昭和二年生まれで、終戦時は十八歳であった。鉢巻をしめて、勤労奉仕に挺身させられた世代である。ハル子も、食糧不足や空襲などを経験したわけである。だが、芳太郎は、ハル子に騰越城玉砕戦の話をしても、なにかもどかしいのであった。

ハル子に限らず、誰にも、言葉では、あの雲南の様子をうまく伝えられない。あの山の漆を流したような闇の暗さ。あの豪雨。あの寒気。雲。死臭。夢中で、必死で撃っているときの感じ。……

一政は、『雲南戦記』を書いたのは、遺族に、騰越城玉砕の実態を伝えたいからであり、戦争を知らない若者たちに、戦場というものの実相を伝えたいからだ、と言ったが、この手記で、どれだけその目的は果たされているのであろうか。

一政と別れると芳太郎は、早速、『雲南戦記』を読んだ。読み始めると、やめられない手記であった。すっかり惹き込まれて、騰越城や収容所のことをいろいろ思い出した。

(白石さんも、書いておきたいことが、いろいろあるじゃろう。少し書いてあるなら、それに書き継いで、こげな本に作るとよかたい。白石さんが書いたら、これとはまた違うたものができるじゃろう。白石さんの小隊の戦没者の遺族は、誰のもんよりも白石さんのもんば読みたかろう。あんたも本ができるぐらい、書いてみんな)

一政は、そう言って、芳太郎にも戦記の出版を勧めた。

ばってん、私には文章らしい文章が書けんもんね、と芳太郎が言うと、一政は、文章は問題じゃなかよ、あんたの体験をそのまま、見たことを見たまま、思うたことを思うたままに書きつづれば、これぐらいのものは、すぐできるよ、と言った。

しかし、読んでみると、これぐらいのものはすぐできる、とは考えられなかった。

一政は、文章がうまいのである。

芳太郎は、一政に言ったように、自分でも少しばかり手記を書いている。手記というよりはメモと言ったほうがいいかも知れないが、召集されて、門司を輸送船で出港してから、騰越守備隊が玉砕して、雲南遠征軍に捕えられるまでのことを、一応書いている。

芳太郎はその手記を出して来て、一政の『雲南戦記』と較べてみた。やはり、一政のような書き方をしなければ、読む人が乗って来ないのではないかと思われた。

一政は、騰越城から馬鞍山陣地に衛材や弾薬や糧秣などを届けに行って、そのまま遠征軍と戦うことになり、十日間、昼夜の別なく戦闘を繰り返し、ついに弾薬も力も尽き果てて敵の包囲の中を強行脱出して、高黎貢山を越えて、瓦甸《ガデン》に撤退し、そこで聯隊本部に合流し、休む時間もなく、そこからまた冷水溝の友軍陣地へ救出のため、再び高黎貢山に向かうのである。

芳太郎は、雲南遠征軍が総反攻を開始した頃、騰越から瓦甸に行き、瓦甸から橋頭街に向かって、そこから冷水溝に、二個分隊で弾薬を輸送したのであった。

それまでは、跳梁する雲南軍の遊撃隊と戦っていたのであったが、十九年五月に、敵が総反攻作戦を開始して以後は、怒西地区は遠征軍で溢れ、日本軍の各陣地は、たちまち孤立した。敵襲を排除せずに到達できる陣地はなくなっていた。

戦闘を繰り返しながら、冷水溝陣地に弾薬を輸送し、芳太郎は橋頭街に帰隊し、あらためて冷水溝陣地の救援に出動したのであった。

一政とは、冷水溝陣地救出作戦以来、だいたい同じ場所で同じ作戦に参加していたのである。

馬面関の敵陣を強行突破して、全滅寸前の冷水溝陣地の部隊を救出すると、友軍は、やがて最後の陣地として騰越城に集結して全滅したのである。

一政は、高黎貢山中の寒さを、繰り返し書いている。冷水溝とは、名前からして寒そうだが、本当にあのあたりは寒かった。背筋を水が流れるような寒さで、雪混じりの雨の中を、兵隊たちは、まるで夢遊病者のようにバラバラに歩き、あっちでもこっちでもバタバタと倒れだし、部隊全員が凍死寸前の状態になったところを、友軍に救われたと書いている。

あれは一政が、馬鞍山陣地から脱出して山を越したときの話だが、中には凍死した戦友もいたことを書いている。一政が厳しい冷気で、手も足もガタガタにふるえ痺れながら、一列縦隊で山道を歩いていると、後ろにいた兵士が、突然、銃を霧の谷間に投げ捨てて、「馬鹿野郎」と叫び、青白い顔を痙攣させると、谷底に転落して消えた、というのである。凍死した戦友の名は、知らないのか、それともわざとなのか、一政は書いていない。

（遺族の気持を思うと、書きとうても書けんこともあるたい）と一政は言っていた。凍死した戦友の名は、みじめすぎて、書けんことであったのかも知れない。

けれども、そういう気持になると、まるで戦友の名前は出せなくなってしまうのではないか。みんな悲惨な死に方をしたわけではないか。いや、一政は、戦場での人間のつらさみじめさを丹念に書いているのである。

『雲南戦記』には、騰越城付近図、騰越攻防戦配陣図、雲南省騰越県地図が載っていて、これがよくできている。馬鞍山だの、高黎貢山脈だの、冷水溝だの、橋頭街だのと言っても、知らない人には、まるで馴染めない地名だろう。

雲南に関する戦記を書く場合には、その説明が厄介である。やはり、地図を見てもらったほうが、話が早い。冷水溝や橋頭街や瓦甸まで出ている地図は、他には見たことがない。

滇緬公路は、ビルマ・シャン州のラシオから、中国の保山に通じる道路である。この道に、ラシオのほうから順に言うと、クッカイ、ナンパッカなどの小邑があり、中国領に入ると、国境の町、畹町《ワンチン》がある。さらに進むと、遮放、芒市を経て、龍陵に到る。拉孟はさらにその先、怒江の畔にあり、騰越は滇緬公路上にではなくて、龍陵から別の道を北上した先にある。瓦甸、橋頭街は、騰越の北東にある町で、その東方に高黎貢山脈が南北に走っているのである。

このあたりが龍兵団の戦場であった。

ビルマから中国の雲南省に進攻した龍兵団は、今度は、雲南からビルマへと、力の尽き果てたボロボロの姿で退かねばならなかった。

ところで、遺族に、戦没者の戦死の実態を伝えるために手記を書くとすれば、おれの場合は、ビルマ攻略作戦から書かんとならんのではないかな、と芳太郎は思った。ビルマ攻略作戦で、いち早く戦死した者もいるわけだから。

一政も、龍の召集兵として、十七年三月にラングーンに上陸して、ビルマ攻略作戦に参加したのだそうだが、勝ち戦の攻略作戦のときは、彼は戦闘部隊の所属ではなかったから、戦死した戦友はいなかったというのである。

芳太郎は龍第六七三六部隊の機関銃手で、最初からずっと第一線で戦った。芳太郎の部隊では、勝ち戦の攻略作戦でも、かなりの戦友が死んだ。戦没者の遺族にしてみれば、勝ち戦での戦死にしろ、負け戦での戦死にしろ、みじめであれ、何であれ、肉親がどんなふうな戦死をしたか知りたかろう。それが聞けなければ、せめて、部隊がどんな戦闘をしたかを聞きたかろう。ビルマのどこそこで戦死、あるいは戦病死したとしか書かれていない公報を受け取っただけでは、物足りないだろう。

公報は文句が決まっていて、つまり、インズーの文章なのである。戦死公報には、何の誰べえは、瘴癘《しょうれい》の地○○で、勇猛果敢に戦って何年何月何日壮烈な戦死をしたといった書き方をしているのだそうだ。何の誰べえの名前と地名と日附さえ書き込めばいい文面になっているのだそうだ。そしてその地名や日附も、必ずしも正確ではないというのである。

なにせ、あれだけ広大な地域にわたってのあれだけの人間ひとりひとりについて、国は情報を伝える能力も意思もなかったのである。一応、戦死者については、公報が遺族の手に届く仕組にはなっていたが、公報などは結局はインズーになってしまうのである。軍隊では、心をこめず一応帳尻だけを合わせて間に合わせるやり方を、インズーでやる、と言ったが、軍隊や役所の事務はインズーになるのが当然かも知れない。

負け戦になってからは、戦友たちはろくに戦死の場所も日附も定かでないような状態で、次々に死んで行った。公報が出るのもひどく遅れるようになった。芳太郎や一政が復員したのは昭和二十一年の五月であったが、柳川に帰って来てしばらくたってから、自分で自分の戦死公報を受け取った。公報には、昭和十九年の九月十四日、騰越で戦死したことになっていた。

一政は、玄関口で、自分の戦死公報を届けに来た役所の係と一緒になったと言っていた。鹿児島に上陸して、久留米に帰って来て、留守宅として申告してあった従兄の家に行ったら、一政に続いて、役所の者が入って来て、落合一政さんの戦死公報を届けに来たと言ったのだそうである。それで一政が、私がその落合一政やけど、と言うと役所の者がけげんな顔で見たので、本人が言うとるんじゃから間違いなかよ、わしは死んではおらんが、せっかく届けに来た公報やから置いて行きんしゃい、と言って、自分の戦死通知を自分で受け取ったというのである。

一政も、戦死の場所は騰越で、日附は昭和十九年九月十四日と書かれていたそうだ。『龍兵団』という本がある。元龍の将校連がつくった雲南戦記である。その本に載っている龍の戦没者名簿を見ると、騰越守備隊の将兵は、大半が十四日に死んだことになっているが、死亡日不明の人は、みな落城の日に戦死したかたちにしたわけであろう。しかし、実際に、十四日まで生きていて戦ったのは、何名ぐらいだったのだろうか。『龍兵団』には、騰越守備隊二千余名の将兵は、九月十一日には、守備隊長以下七十名になっていたと書かれている。この七十という数字も、確かなものかどうかわからないが、騰越守備隊の二千何百人かの将兵が、九月十一日までに、毎日毎日死んだのである。十一日から十四日までの四日間にも、七十名の将兵は、毎日何人かが死んだのである。しかし、誰が何日に死んだかということになると、芳太郎や一政が記憶している者以外は、調べようもないだろう。

この名簿は、帰還のさい各隊の持ち帰った名簿と、厚生省援護局保管の名簿を、一名一名長い時間をかけて照合したのだ、と書いてある。それでもいろいろな事情から漏れた人もあることが予想されるし、出身地、死亡場所、死亡年月日など不明の方も若干あったとも書いてある。しかし、いずれにしろ、騰越での戦死者について、本当の死亡年月日を書いた名簿は作れるはずがないのである。

戦没者でも、将校なら、もしかしたら、死亡年月日はある程度わかるかも知れないな、と芳太郎は思った。この戦没者名簿には階級が書いてないが、もしかしたら、死亡年月日が、十四日になっていない人は、将校かも知れないのだ。将校の戦死は、ある時期までは、師団司令部か軍司令部に通信で報告されていて、記録が残ったかも知れない。だがそれも、どの程度まで詳細に報告されたものやら。なにせあの負け戦の修羅場では、報告の、記録のなどとは言っていられなかったのではないか。

しかし、蔵重大佐をはじめ、八月十三日に大佐と同じ壕にいて爆死した将校たち、戦死した蔵重聯隊長にかわって守備隊の指揮をとった太田大尉の死亡日は、はっきりしている。八月十三日の早朝、騰越城は、二十四機の戦爆連合の敵空軍に、猛爆撃を蒙り、蔵重聯隊長以下三十二名の将兵が入っていた壕がやられたのである。

このとき、聯隊副官留奥景光大尉、第三中隊長下川忠蔵大尉、第二機関銃中隊長大賀保大尉、福山東八郎大尉、聯隊旗手北村昇一中尉、下沢敬市少尉、落合芳雄軍医中尉、ほか下士官、兵二十四名が、大佐と共に戦死した。この状況は、即刻、報告されたに違いない。また、太田大尉が死んだ日は、十三日である。これも間違いのないところであろう。太田大尉は、九月十二日に、師団司令部に最後の無電を打っている。その無電で、明十三日に聯隊長の命日を期し、最後の突撃を敢行すると報告している。そしてその言葉どおり、十三日に斬込み突撃をして死んだのである。しかし、大尉と共に、最後の斬込み突撃をした下士官、兵の名はさだかではない。

『龍兵団』の戦没者名簿には、芳太郎も一政も、九月十四日の戦没者として名前が載っている。この本は、昭和三十七年に刊行されたもので、三十七年と言えば、芳太郎や一政が復員して十六年後だが、芳太郎や一政の生死の確認などまでは、とても手がまわらなかったのである。なにしろ、龍兵団の戦没者は、編成以来一万三千名を越えるというのである。十人のうち、六人から七人が死んだのである。戦没者名簿を作るのも大変である。

下士官や兵でも、勝ち戦だったビルマ攻略作戦での戦死者なら、いち早く遺族に伝えられ、遺骨もちゃんと届けられた人もいるわけだろうが。

芳太郎の龍第六七三六部隊第二大隊が最初の戦死者を出したのは、トングー北方のアレミヤン高地の戦闘であった。芳太郎の第二中隊は、二名が重傷を負っただけで戦死者は出さなかったが、第一中隊から、十数名の戦死者が出た。

あのアレミヤン高地の戦闘が、芳太郎の経験した最初の戦闘であった。

ビルマに進攻した一番手の部隊は、四国の壮兵団（第五十五師団）と関東の弓兵団（第三十三師団）である。

大本営は、太平洋戦争の開戦に先立って、南方派遣軍司令部の下に、三つの軍と二つの飛行集団をおき、第十四軍でフィリピン作戦を、第十六軍で蘭印作戦を、第二十五軍でマレー作戦を進める計画を立てたのである。

当初は、ビルマに関しては、明確な作戦構想はなかったらしい。第二十五軍は、五個師団でもって、仏印、タイの安定を確保するとともに、マレー半島とシンガポールを攻略するとして作戦計画を立てたが、後に、第二十五軍の後方を安定確保するために、新たに第十五軍が編成されたのである。

この第十五軍が、ビルマ作戦を行なうことになるのだが、当初、大本営のビルマについての考え方は、漠然としたものであったようだ。

参謀本部では、最初、南方作戦の総合計画をまとめたとき、右翼はタイにとどめ、ビルマは攻略範囲に入れなかったのだという。ただし、モールメン付近のビルマの一角を占領して、それを足場に独立党員をビルマ国内に広く挺身させ、イギリスの統治を攪乱しようという計画はあった。が、その程度の計画がたちまち大作戦にエスカレートしたのである。緒戦の南方作戦の成功で思い上がった大本営は、後に、例の過大な要求を南方軍におしつけて全面的なビルマ攻略作戦が展開されることになるのである。

芳太郎が乗った輸送船がラングーンに入港したのは三月二十六日であった。門司を出発してから四十六日目であった。途中、サイゴンで一週間ばかり戦闘訓練を受けたりしながらの輸送であった。

芳太郎が、これまでに少し書いた手記というのは、その三月二十六日の、ラングーン上陸から始まっている。もうかなり前に書いて、引出しに入れたままになっていた。それを取り出して、芳太郎は読んでみた。


三月二十六日、わが大輸送船団は、ラングーン港に入港した。いよいよ、ビルマ攻略作戦参加である。ビルマで第一番に目についたものは、パゴダであった。ラングーンのパゴダは規模雄大で、いかにも大陸にふさわしい景物だと感じられた。

二十八日の朝、一個分隊編成で、自動貨車に乗車、ペグーに向かう。同日、昼頃、同地に着く。ペグーは、第三十三師団が激戦して占領した街で、生々しく戦火の跡が残っていた。道路上には、敵の遺棄した自動車や装甲車が残骸をさらし、牛馬の死骸が横たわり、悪臭を放っていた。道路も民家も橋梁も、無惨に破壊されていて、激戦のさまがしのばれた。

道路の側溝には、敵の遺棄死体が、熱帯の陽光に照りつけられて、真っ黒になってふくれあがっていた。

ああ、これが戦争というものなのだな、と何とも言えない気持がした。

ペグーを通り抜けて前進すると、砲声が聞こえた。どちらが撃っているのかわからなかった。何という街か知らないが、小さな街に到着、そこで下車して戦闘準備にかかった。背嚢の入込品は、食糧と襦袢一枚だけの軽装にして、他のものはすべて、車輛に残した。

夕方から前進開始。第三十三師団が攻撃中の敵の重要拠点トングーを迂回して、退路遮断をするというのがわれわれの任務であった。

陽が落ちて夜になると、機銃弾や小銃弾が頭上に飛んで来た。敵の陣地の近くに来ていたのである。ちょっとした台地があって、そこで夜を明かした。やがて東の空が白み始めた頃、突然、敵が機関銃で撃って来た。こちらも撃った。数時間にわたる撃ち合いの後、部隊は突撃して白兵戦をして敵陣地を占拠した。

この戦闘で、一中隊は十数名からの戦死者が出た。三中隊は数名の負傷者を出し、わが二中隊からも、二名の重傷者が出た。

この戦闘が、アレミヤン高地の戦闘である。

この調子で、芳太郎は、騰越城落城の日までのことを四百字詰原稿用紙に四十枚ほど書いてあるが、これでは書き方が簡単過ぎるような気がするのであった。

と言って、ではどんなふうに書けばいいのだろうか。文章を書くというのはむつかしいものだ。

見たことを見たまま、思うたことを思うたままに書きつづればよか、と言ってもなあ、と芳太郎は考え込んだ。

そのうち、こういう書き方でもいいかも知れん、という気にもなって来た。とにかくいっぺん、一政に読んでもらって、感想を聞いてみよう、と思った。奥州町の萩原稔にも意見を聞いてみるといいかも知れない。文章などというものは、身についたもので、おそらく変えようがない性質のものだろう。しかし、意見を聞けば、少しは教えられることがあるかも知れない。

龍は、はじめ、第二十五軍の隷下にあったが、第二十五軍が龍を返上してもよいと申し入れたので、第十五軍の隷下に移され、ビルマで使われることになったのだという。

ビルマ攻略計画案の立案者は、大本営参謀本部作戦課長の服部卓四郎大佐だと聞いているが、服部大佐に限らず、軍の将軍や参謀たちは、よっぽど、日本軍の戦力を過信していたようである。最初、作戦が順調であっただけに、それが過信であったことに気がつくのが遅れ、やっと気がついた頃には、日本軍は、くたびれたゴムが、伸びきるだけ伸びきったような状態になっていて、もう収束のしようもなくなっていたのだ。

奥州町に住んでいる元新聞記者の萩原稔は、よくそれを言って憤慨するのである。芳太郎は、第二十五軍が龍の返上を申し出た話や、服部卓四郎のことなど、萩原稔に聞いたのである。

「萩原さんのところに行って来るで」

芳太郎がハル子にそう言うと、

「はあ。そう言えば、萩原さんとも、しばらく会うてないね。元気にしとるじゃろうね」

「ちょっと行って来る」

「何の用ね」

「別に用というようなことはなか。ちょっとのぞいてみるだけじゃ」

と言って、芳太郎は、家を出た。

いくらか、町が春めいて来たように感じられる。桜の蕾も大分ふくらんで来ている。お濠の水も、多少ぬるくなって来ているのだろう。

このあいだ会ったとき、萩原は、ビルマ攻略作戦について、講釈を聞かせてくれたのであった。萩原は、よっぽど軍隊嫌いである。

(言うも愚痴のようなもんやが、軍司令官が、返上、と一声言えば、何万もの人間の大移動が始まり、何万もの人間がひねりつぶされるんやから、かなわんな。それが軍隊なんやけどね。二万人もの人のいる師団が、奴らにとっては、将棋の駒の一つか、トランプのカードの一枚でしかなか。参謀と称する輩が作戦というやつを作ると、何万もの人間がたちまち殺される。そういうことが平気でのうては軍人はやれんのじゃろうが、奴らには、原爆を落としたアメリカに文句を言う資格はなか。白石さん、あんたはそうは思わんね)

萩原は、そう芳太郎に言った。

萩原の言うとおりなのかも知れない。確かに、軍隊では、将軍の一声で、何万人もの人間の運命が違って来る。参謀が無茶な作戦を作ると、大量の人間が死ぬことになる。無茶と言えば、あの戦争自体が、最初から無茶だったのかも知れない。ビルマくんだりまで行って、糧秣も兵器弾薬もろくになく、十五倍、二十倍の敵と戦うなどというのは、どだい無茶である。あの頃は、不可能を可能にするのが大和魂だ、などと言われて尻を叩かれたが、将軍や参謀たちは、成算もないのに、ただやみくもに不可能を可能にしろと命令していたわけだろうか。泰緬鉄道を作ることが、どれほどの難工事であるか、アラカンを越えてインパールを攻略することがどのようなものであるか、将軍や参謀たちには、まるでわかっていなかったのであろうか。

(奴ら、一種の精神病患者なんやね、病人たい、病人、軍人病とでも言えばよかかね、この病気にかかると、ミイトキーナを死守せよ、などと平気で言えるようになる。玉砕なんて、自慢にも何もならんよ、勝目のない喧嘩をして、ぶっ飛ばされたからと言うて、自慢にはならんじゃろう)

玉砕なんて、自慢にも何もならんよ、という言い方に、芳太郎はちょっと反撥を感じて、しかし、やむにやまれん場合もあるじゃろう、と反論すると、下の者が意地になって、やむにやまれんと言おうが、それをやめさせるのが上に立つ者の役目ではなかね、それが逆じゃった、実際に戦こうとる者が、とても戦いきらんと言うちょるのに、どうでもこうでも死守せえ、と上の者ば言うたわけじゃろうが、と萩原は言った。

萩原は、龍の兄弟師団の菊兵団の兵隊として、戦争に行って来た人物である。復員すると新聞記者になったが、定年退職して、今は無職である。無職ということでは、芳太郎も一政も、同様である。久留米の小村寛は開業医だから定年はないが、いわゆる戦中世代と言われる年齢の者は、今は、定年で退職しているか、ちょうど定年にさしかかっているか、そういう時期に来ているのである。

そう言えば、萩原も戦記を書いていると言っていた。萩原が召集された菊兵団は、マレー・シンガポール作戦に使われ、ビルマ攻略作戦に使われ、北ビルマのフーコン地区、ミイトキーナ、メイクテーラで戦い、龍と同じように、六、七割がたの戦没者を出した師団である。菊兵団の一部は、ガダルカナルにも送られている。

萩原は、マレー・シンガポール作戦からメイクテーラ会戦まで、ずっと第一線で戦って来たのである。元新聞記者だから、文章はお手のものだろう。萩原のことだから、きっと反戦的な戦記を書くのだろう。参加した作戦の全部について書くつもりだろうか。それなら膨大なものになるだろう、と芳太郎は思った。

萩原は、新聞記者をしていた頃、芳太郎のところに取材に来たことがあり、それがきっかけで付き合うようになったのであった。戦記のことについては、芳太郎はこれまでは、少し書いてあると言っても、本にして出版するというようなことまでは考えていなかったので、萩原の戦記執筆についても、さほど関心も持たなかったが、どんなものを書いているのか、頼んで見せてもらおうと思った。

突然の訪問であったが、萩原は家にいた。

庭先から入ると、萩原は八畳で、机に向かって本を読んでいた。

「今日は、ごぶさたしとります」

と芳太郎が声をかけると、萩原は顔を向けて、

「これは、白石さん、珍しか」

と言った。

「いつも読書家ですなあ」

と言うと、

「本でも読まんと、ほかに、することがなかけん」

「戦記ば書いていなさっとじゃろう。大分進まれたかね」

「進んどらんち」

「実はな、わしも戦記ば書いてみようと思うて」

「ほう、それはよか話たい。ま、上がって」

と萩原は、芳太郎を部屋に上げると、

「白石さんも戦記ば書かるるとね、そりゃよかこつたい、ぜひ読んでみたかね」

と繰り返した。

芳太郎は、落合一政が『雲南戦記』を出版した話をした。萩原は、一政とも知合である。芳

太郎に取材に来たとき、一政のところにも取材に行ったのである。小村寛のことは、もちろんよく知っている。久留米螢川町の小村医師は萩原が勤めていた新聞に、詩や随筆の寄稿を依頼されている文人である。萩原は社会部の記者であったが、小村は文化部だけに知られている人ではない。

「落合さんの本は、どげな本な」

と萩原は言った。

「よか本じゃ、まだ読み残しとるから、持って来んじゃったが」

と芳太郎が言うと、

「わしも、早速、買わせてもらわにゃ」

「電話をかくるとよかばって」

「そうじゃ」

と萩原は言い、その場で一政に電話をかけて、郵送してほしいと頼んだ。

「すぐ送ると言うとった」

電話を切ると萩原は、そう芳太郎に言い、あんたも戦記を書くべきだ、とまた強調した。

芳太郎と一政とは、玉砕部隊の生き残りとしても、俘虜生活の経験者としても、類のない存在だと萩原は言うのであった。その体験をぜひ文字にしておかなければならない。落合一政がそれをしたのなら、今度は、あんたの番じゃ、と萩原は言った。

「だが、わしにはよか文章が書けんからの、それが悩みじゃ」

芳太郎は、例のセリフを繰り返した。すると萩原は、文章の良し悪しは二の次だ、とにかく書いてみることだ、と言った。

「落合さんもそう言いよるがの。だが、そぎゃん言うても程度というもんがあるじゃろうが。実は、これまでに書いたものが少しあるんやけど、読んでみてくれんね。読んで感想を聞かせてくれんね」

芳太郎がそう言うと、

「ああ、いいとも」

と萩原が答えたので、芳太郎は持って来た原稿を封筒ごと、これじゃ、と言って渡し、

「萩原さんはどげな書き方をしとるのか、読んでみたか。見せてくれんね」

と言った。

「まだ一部しか書いとらんが」

と萩原は言って、机の上に積み上げている封筒の一つを引き抜いて持って来た。

読み始めると、すぐ、さすがだ、と思った。萩原はフーコン地区の凄惨な戦闘の話を書いていた。夢中で読んだ。読んでみて、自分のものとどこがどう違うかを指摘や説明はできないが、なにか、まったく違うものを感じた。

餅は餅屋と言うが、違うものだな、と思い、芳太郎は意気阻喪した。いくら、文章は問題で

はなか、と言われても、自分の文章を活字にするのはオコがましいような気がして来た。

顔を向けると、萩原は、芳太郎の原稿の終わりに近いあたりを読んでいた。ビルマ攻略作戦の部分は、すっ飛ばして、騰越城の最期の章を読んでいた。

「これでは短か過ぎるね。この五倍ぐらいは書くことがあるじゃろうが。逐一丹念に思い出して書いてみたらどうやろうね。俘虜収容所のことは、全然書いとらんのやね。収容所のことも逐一丹念に思い出して、書いてみたらどうね」

と萩原は批評した。

3

『雲南戦記』を書いたために、ひところは雑用がふえて、にわかに忙しくなった。かかって来る電話もふえ、手紙も随分もらった。

読後感を伝えて来る人もあり、一冊譲ってほしいと注文して来る人もいる。一政は手紙には必ず返事を出し、本の注文に対しては、時間をあけずに発送した。郵便局通いが日課のようになっていた。

妻の幸枝が、まめまめしく手伝った。幸枝が一政に代わって返事を書くというわけにはいかないが、本の発送に関しては、書籍小包をつくって、宛名を書いたり、切手を貼ったりした。最近はひところほどではなくなっている。一冊だけの日もあり、三、四冊の日もあり、まったくない日もある。けれども一政が、戦記出版以来今日までに、郵便局に運んだ『雲南戦記』は、もう五百冊を越えている。手紙もこれまでに百通ぐらい書いている。

幸枝が、ときどき、

「おとうさん、今日は私が郵便局へ行きまっしょうか。近所まで買物に行く用事がありますけん、ついでに寄って来ましょうか」

と言う。しかし、一政は、

「よかよ、散歩がてらたい、郵便局にはわしが行く」

と言って、いつも自分で、本と手紙を入れた紙袋を下げて、東町局まで出かけて行ったものであった。

しかし、それが日課のようになっていたピークの時期は、どうやら過ぎたようである。今でもときどき手紙は来るし、本の注文もあるにはあるが、ひところに較べると、ずっと間遠になって来ている。

「行き渡るべき先に、ほぼ行き渡ったということじゃろうね。浜崎さんの遺族は、誰かからか手に入れて読んでくれただろうか。それとも、わしがこんな本を書いたことを、知らんでいなさるかも知れん。浜崎さんの遺族は、一番先に読んでもらいたか人だと思うとるが、どこに住んどられるか知らんけん、送りようもなか」

「捜しだす方法はなかでしょうか」

と幸枝は言った。

「どぎゃんしてな」

「厚生省に問い合わせたら、教えてくるるのではなかでしょうか」

「復員して何年目であったかね、捜してみたことがあるが、わからんじまいだった。厚生省の援護局にも尋ねてみたし、龍の戦友会の幹事をされとる佐賀の棟本さんにも尋ねてみたが、行方不明たい。誰か、どこかにおらるると思うが」

「その浜崎さんちゅう方は、おとうさんより若か人ですか」

「ああ、四つか五つか下だったようだ」

「それでも、もう還暦ですもんね。ご両親は亡くなっておらるるとでしょう」

「妹さんがいると聞いとったが……」

「その方のうちは、なんばなさっとられたとですか」

「会社のえらか人の息子だというこつだった。どげな会社かは、聞いてなか。自分の家のこつは、ろくに話さん男じゃったが、妹さんの話は何度か聞かされた。ばってん、どこかに妹さんがおらるるはずだが……親戚もおろうが……」

「達者でおられれば、その方の妹さんは、孫でも抱いておらるるとでしょうが、達者でおらるるかどうか……」

「達者でおらるるなら、ぜひ一部届けたいもんだが、なんもわからんけん、どうしようもなか」

浜崎一等兵のことを、一政はこれまで、繰り返し幸枝に話している。幸枝はそのたびに、すでに何回も聞いた話に耳を傾け、一政が話し終わると、

「その方、生きていなさったら、よか仕事ばなさっとじゃろうに。頭の良さそうな人ですけんね」

などと、涙ぐみながら言うのであった。

「浜崎さんは、幸枝と同じように、泣き虫たい」

一政がそう言うと幸枝は、

「もう、二度と戦争はしとうはなかですね」

と言うのであった。

「そうたい、戦争ほど、悲惨で残酷なものはなかたい」

一政は、浜崎の泣き顔を思い出しながら、言うのであった。

浜崎は忘れられない戦友である。何という名の学校であったか、大学の名は知らないが、浜崎は大学を出ていたのに、幹部候補生の試験を受けなかったのか、受けたが合格しなかったものなのか、とにかく一等兵であった。きつかね、というのが体力のない浜崎の口癖であった。柔和な眼が、すぐ涙でうるむ男であった。日本で最も強いと言われる北九州の部隊には似つかわしくない一等兵であった。

もっとも、自分も強い兵隊だとは言えない、と一政は思うのである。しかし、強い兵隊とはどういう人をいうのであろうか。体が大きく腕力もあり、見るからに強そうな兵隊がみんな強いわけではない。体の貧弱な、ふたこと目には、きつかね、と言っていた浜崎だが、弾丸の下では、勇敢に動いた。騰越城に帰って来て、高良山陣地も飛鳳山陣地も敵に奪われ、東営台、来鳳山、礼儀台、宝凰山が全滅に瀕していたとき、迫って来る敵に夜襲攻撃をかけたが、あのときは、浜崎は、先頭を切って敵前に出て行った。

しかし、遮放で顔を合わせて以来、浜崎とは、ずっと同じ分隊であったのに、彼に関しては、いくつかの場面を思い出すことができるだけである。『雲南戦記』を読んだ人から、よくまあこれほど詳しく憶えていなさる、あんたは記憶力が抜群のごつある、と評されたが、憶えていてもいいはずのことで、憶えていないものも多いのである。

騰越城の話になると、分隊は違っていたが、今は柳川の白石芳太郎だけが体験を共有しているわけで、だから、芳太郎と話すと、キリがないのである。

『雲南戦記』を届けがてら、一政が芳太郎を柳川に訪ねて、ひと月ほどたってから、今度は、芳太郎のほうが、一政を訪ねて、久留米に話しに来て、一政の家に一泊した。

芳太郎は、自分の手記は、まだ少ししか書けていない、と言った。

「一応は書けても、本にでけるほどは書けんもんじゃね。落合さんは、やはり、文才があるごたる。『雲南戦記』を読んで、わしはそう思うた。あんたは文章も立派だが、一冊の本がでけるほど書けるっちゅうのは、才能たい。しかし、わしも、時間ばかけれぱ、でけるかも知れん。焦らんでやってみようち思うとるたい」

「そうたい、そうたい。じっくり時間をかければよか。わしは、ちょっと、書き急いだような気がしとるたい」

と一政が言うと、

「しかし、あげな本を出したら、胸のつかえがとれたような気がするじゃろうね」

と芳太郎は言った。

なるほど、『雲南戦記』を書いたら、なにか、これで済んだといった気がしないでもない。

胸のつかえがとれた、と言えば、そうかも知れぬ。永年かかえ込んでいた懸案を果したと言うか、借金をやっと払ったというか、何かを終えたような気持がある。

とにかく本を書いて、よかったと思っている。死んだ戦友たちへの供養になったと思う。胸のつかえがとれた、と言えば、『雲南戦記』を読んだ遺族から、胸のつかえがとれたような気がするという手紙を何通かもらった。身内がどんな戦闘をして、どんな状況の中で戦死したかが、身内の名前が出ていなくてもわかる、なにかスッキリしたというのである。そういう手紙をもらったりすると、書いてよかった、と思う。けれども、『雲南戦記』を書いたら、なにか、解放されたような、楽になったような感じがする。一政は、そういう気持になっては、戦死した戦友に悪いと思い自戒した。しかし、自戒しても、忘れてはならぬ戦争の生々しさが、少しずつぼけて行くような気がするのであった。

先日、螢川町の小村と、久しぶりに街で飲んだ。そのとき一政が、手記を書いて本にしたら、済んだような、ぼけていくような気がして、これでいいのかと不安に思わるると、自分の気持を話すと、

「書くということは、そんなもんかも知れんね。しかし、なにもかも書き尽くしたわけじゃなかろう。書けることと書けんこと、書きたいこと、書きたくないこと、本には出てないことが、まだ山ほどあるじゃろうが、あんたはまだ解放されとらんよ、まだまだ済んどらん」

と小村は言った。

「あれが精一杯じゃ。あれ以上は、もう、よう書けんたい」

と一政が言うと、

「落合さんが『雲南戦記』ば書いたこつは、戦没者に対して、これ以上のない供養たい」

「そげなつもりで書いたが、書いたということで安心して、思い出が薄れてしまうごとある。それが、不安でもあり、申し訳なかというような気持でもある」

「歳月じゃ。手記ば書こうが書くまいが、本ば出そうが出すまいが、歳月は過去の生々しさを薄めてしまうもんたい。私も、あの戦場は、本当にあったものかどうか、夢か現実か、わからんごと感じるようになって来とるたい。事実自分が経験したことが、他人事のように感じられる。それが自然と言えば自然かも知れんよ」

と小村は言った。

そうかも知れない、と一政は思った。なにしろ、あれからもう三十五年もの歳月がたっているのである。むしろ、その割には、自分の追憶は、まだまだ薄められていることが少ないと言えるかも知れない、とも思えるのであった。

浜崎については、ずっと行動を共にした戦友だから、書きたいことも多いのである。ところが、『雲南戦記』には、わずかしか登場しない。彼のことをもっと詳しく書くなら、他の戦友のことも、もっと詳しく書かなければ全体の調和が崩れてしまうだろう。今になってみると、本当は、浜崎もその他の戦友も、思い出す戦友のすべてについて、もっと、書けること、書きたいこと、をこまごまと書くべきであったような気がしている。一気に書き上げたと言えば、聞こえがいいが、書き急ぎ過ぎたかも知れない。

馬鞍山陣地では、梱包おろしの使役中の浜崎の姿は憶えているが、戦闘中の彼については、全然、記憶がない。絶えず二人はそばにいたわけではないが、彼が自分の隣りにいた場合もあったはずだ。ところが、まるで憶えがない。

一緒に軍馬の処置に行ったのを憶えている。馬鞍山陣地が保ちきれなくなって、身のまわりの重要物、軍馬等を早急に処置せよ、と隊長命令が出たのであった。

一政は、写真は、すでに他界した両親の写真だけ、手紙は、慰問袋に入っていた見知らぬ小学生のものを持っていただけであったが、兵隊にとって、処置しなければならない身のまわりの重要物とは、写真と手紙、そして手帳である。隊長としては、防諜上、遺棄死体に残されているそういったものを、敵の手に渡したくない、ということらしいのであった。

「戦死者はほっておくしかなかけん、身元のわかるようなものは処分しておけということなのだろうが、いまさら、なんばこきよっとね。馬鹿らしか。龍が北九州編成の第五十六師団だということぐらい、敵さんとっくに知っとるばい。なんで手紙ば焼いて、それば隠さんとならんとね」

一政が、写真と手紙に火を点じるのを見て、浜崎は、ボソボソと呟くように言った。

「理屈じゃなか。命令には従わんとならんばい」

「おれは、そぎゃんなこつには従わん。おれには、処置せんとならんもんは、なんもなか」浜崎は、軍馬も、なんも殺すことはなかち思うが、そこまで言うたら、おれが殺さるるけん、しようがなか、と言って、軍馬の処置に参加した。

兵隊は、一銭五厘でなんぼでも集められる消耗品、軍馬は兵器で、兵器は天皇陛下の御分身だ、だから馬の方がお前たちより偉いのだ、と初年兵のとき古年兵から言われたが、軍馬は兵器だから、敵には渡されぬ、その前に殺さなければならぬ、というのであった。

弾を使ってはもったいない、銃剣で心臓を刺せと言われた。

一政は、弾雨の下で、馬鞍山までその背に梱包を積んで来た愛馬を刺した。攻略作戦でラングーンに上陸して、作戦で北上中に、名も知らぬ村落で拾った馬であった。以来、二年余り、いわば苦労を共にした相棒である。拾った馬だから、年齢不詳である。温和な性質の栗毛の牝馬であった。浜崎の愛馬は、どこでどのようにして手に入れたのか聞いていないが、芦毛の牝馬であった。芦毛と言っても、黒っぽい灰色をしていた。あれも年齢不詳であった。

お前は、色白のベッピン馬やが、婆さんな、若か娘な、身のこなしから判断すると婆さんのごたるが、どうな、などと浜崎は芦毛に話しかけて、可愛がっていた。

馬というのは可愛い動物である。一政の栗毛のおはなちゃんは、一政の声や足音を聞き分けて、しばらく離れていた後で一政が近づくと、前掻きをして迎えた。

「アーコは、頭が鈍か。おはなちゃんは、利口たい。落合さんはいい馬ば手に入れんさったな」

アーコというのは、浜崎が芦毛の彼女につけた名前である。浜崎はそう言って、おはなちゃんをほめたが、アーコももちろん、浜崎の声や足音ぐらいは聞き分けていたに違いない。聞き分けてはいても、おはなちゃんのように、派手なしぐさをしなかったということかも知れない。

四十数頭の軍馬を、ひとところに集めて、次々に殺した。凄惨であった。軍馬は、事情を知っているのか、哀しげな声で、いなないた。馬の胸から吹き出す血を浴びて真っ赤に染まりながら、一人で何頭も刺した兵隊もいた。一政はおはなちゃんだけを、浜崎はアーコだけ、自分の馬だけを刺した。

馬の前に立って銃剣を構えると、おはなちゃんは、剣先を見ながら大きな眼から涙を流した。一政は、胸を詰まらせながら、許してくれよ、おはなちゃん、と口の中で呟き、それからヤッと掛声をかけて、彼女の胸めがけて銃剣を繰り出した。おはなちゃんは、前のめりになり、それから横倒しになって、痙攣した。おびただしい鮮血を胸から吹き出した。

浜崎が、アーコの心臓に銃剣を突き刺した瞬間を見ていない。気がついたときには、アーコも倒れていて、浜崎が泣きながら、脚をしばった縄を解いていた。

あのとき一政は、口をきく気がしなかった。一政もおはなちゃんの脚をしばった縄を解き、合掌して陣地にもどった。

浜崎も、黙りこくっていた。だいぶたってから、浜崎が、

「わざわざ殺すことはなかろうに。退却ばするなら、逃げらるるところまで一緒に逃げればよ

かたい。玉砕ばするなら、そんでんよか、どっちにしても、軍馬殺す必要はなか」

話しかけているのか、呟いているのかわからないような言い方で、ブチブチと言った。

「命令たい、そぎゃんこつ言うてはならん」

他の者に聞かれてはいけないという思いもあって、一政は浜崎をたしなめた。

その後、遠征軍は、また、ひとしきり激しく撃って来た。砲撃の後は、突撃隊の来襲を警戒しなければならない。

その日、敵は何回突撃を繰り返しただろう。山が黄昏れかけていた時刻に、また敵が肉薄して来た。

日本軍は、敵を引き寄せるだけ引き寄せておいて、重機で撃ち払い、三八を撃ち、手榴弾を投げた。四、五十メートル前で遠征軍は、死体の山を築いた。

一面、死体だらけであり、折り重なって死んでいる者もいた。その死体を遮蔽物にして敵はにじり寄って来る。すぐ眼前の死体の上に機銃を据えて撃って来た遠征軍の機関銃手がいた。

壕内では、弾薬が尽きかけていた。敵にはそれがわかっているのであろう。こちらの射撃がゆるくなると、大胆に陣地に肉薄して、手榴弾を投げ込む。そのたびに、誰かが死に、誰かが負傷した。

こちらからも、何回か、壕から飛び出して逆襲した。剛勇の班長がいて、手榴弾が届くほどの距離に敵が近づくと、おれに続けと大声で叫び、敵中に斬り込んで行くのである。

そのたびに敵は逃げたが、また立て直して攻撃して来る。斬込みで一時敵を斥けてみても、血を払ってわずかな時間をかせぐことにしかならない。みんな心のどこかで、そう思っていて、しかし、そう思ってもどうにもならないと知っている。浜崎のように、理屈を言ってみても、愚痴にしかならない。おはなちゃんとアーコを刺殺したあとで、浜崎は、退却ばするなら……と言ったが、隊長は、弾薬を使い果たして、もうこれ以上は戦いようがないという状況になるまでは、まったく退却の気配を見せなかった。遠征軍の攻撃に十日ほど耐えた後で、成合隊長は、自ら抜刀して先頭に立ち、全員を率いて斬込み突撃を行なった。

例によって敵はいったん退却した。敵が退却したので、斬込み玉砕という結果にはならなかったが、日本軍が、全滅するか退却するまでは、遠征軍は、一時退いてもまた攻撃して来るのである。

それがわかっているから、全員斬込み突撃の後、壕にもどって来ると、隊長は、結局、脱出命令を出したのである。完全包囲下の陣地からの脱出は容易ではなかった。隊長は、闇の下りた壕の中で、部下を集めて言った。低い、きびしい声であった。玉砕するのは容易だが、現況下のわが軍には、兵力の消耗は一兵たりとも許されない。部隊はすみやかに本陣地を脱出して本隊に帰還する、ただちにその準備をしろ、と言った。

激しい雨に打たれながら、隊長の言葉を聞いた。行動不可能の重傷者には、手榴弾が一発ずつ与えられた。自決用の手榴弾である。

行動不可能の重傷者が、三名いた。名前は知らない。壕から篠つく雨の中に全員が出て行くと、しばらくして壕内の爆発音が聞こえた。続いてまた一発轟いた。みんな黙ってその音を聞いた。重傷者たちは、与えられた手榴弾を軽く手でたたきながら、敵が来たらこれで無理心中だと言っていたという。してみると、あの爆発音が聞こえたときすでに敵は、陣地に入り込んで来ていたのであろうか。

それから、一寸先も見えぬ漆黒の闇の中を歩き続けたのだ。雨は休みなく降った。雨を吸えるだけ吸った軍服の中の体は動きが不自由で、疲労が倍加する。剝き出しの顔や手が、毒草の棘に傷つけられて、体が痺れた。動けない重傷者以外は、負傷者も強行軍を共にしたのだが、何人も落伍した。ジャングルの中で、落伍してうめき声を出す負傷者を、戦友が、落伍したら死ぬぞ、がんばれ、と叱咤し、激励する。闇の中だから、ただその声が聞こえるばかりであった。

寒かった。標高五千メートルの冷水溝付近に来たときには、寒さと飢えと疲労とで、ものを思う気力もなかった。装具に締めつけられて息が止まりそうであった。このまま、急にどこかから撃たれるなり、谷に転落するなりして、ストンと死ぬことができたら、その方が楽だ、と思いながら、それでもなんとか、トボトボと歩き続けたのだ。

夜が明けると、両脚をやられ、四つん這いで這いながらついて来る負傷兵の姿が眼に入った。

一政が、馬鞍山陣地で戦っている間に、総反攻を開始した雲南遠征軍は、高黎貢山脈の西部地区にまで進出していたのである。

戦後復員してから、当時の戦況を知った。師団では、遠征軍の反攻開始の時期を、はじめ雨季入り一ヵ月前の四月中旬と予想していたのだが、その頃になっても反攻の兆がなかったので、判断に迷っていたというのである。ところが、日本軍は、雨季入り直前の五月初頭、中国軍の暗号を解読して、反攻開始は五月十日、主反攻方面はおおむね、恵人橋以北、六庫渡以南の地区だと知った。暗号が解読できたのは、たまたま十九年の二月に、濃霧のために騰越付近に不時着した遠征軍の将校を捕え、携行していた遠征軍の編成職員表と共に新暗号書を入手したためだというのだ。それで師団は効率の良い作戦を立てることができたのである。

師団としては、遠征軍の反攻開始の時期と共に、敵がどの地区を主反攻地区に選ぶかを、何よりも知りたかったのである。

龍の防衛地区は、北はピモー南方の中緬国境から南はクンロン南方に至る約四百キロの範囲に及んでいたが、兵力に圧倒的な差のある遠征軍が、予期される進攻路を一斉に進んで来たら、防ぎようがない。クンロンからセンウイに向かう作戦路は一条しか考えられず、この方面からの反攻は、比較的小兵力で妨害できるが、北方の騰越方面とその南方の龍陵方面に、同時に進攻して来る場合と、時機を違えて進攻して来る場合の両方を予想して、そのどちらにも対応できる作戦を準備しなければならなかった。

それは、しかし、言うは易く、行なうに難い状況にあったのだ。予想がはずれたと言って、急に対応の態勢を切り換えることはできない。広汎な戦場で急速に兵力を移動させることのできる戦力は、日本軍にはなかったのだ。

それだけに、遠征軍の主反攻地区を事前に知って、軍は幸運を喜んだのである。

松山師団長が、各団隊長を芒市の司令部に集めて反撃方針を示し、その要領を指導した日から、遠征軍の総反攻開始の日まで、五日しか日はなかったが、幸い、従来の判断から、師団では主力を、あらかじめ恵人橋以北に配置していたので、ほぼそのままの態勢で迎撃し反撃すればよかったのである。

作戦の上では、馬鞍山の戦闘も、冷水溝の戦闘も、日本軍としては、予定していたものである。日本軍としては、怒江を渡河して進入して来た遠征軍を、まず怒江西岸で反撃し、次に高黎貢山系中に戦場を移す計画であったというのだから。

ただ、戦闘の場所は予定通りであったが、期待通り、敵を各個に撃破することはできなかったのだ。

高黎貢山系の西部地区への敵の早急な進出も予想していたものであった。騰越と龍陵の間を、怒江に並行して南北に流れる龍川江岸で、その敵を殲滅あるいは撃破する作戦であった。ところが殲滅あるいは撃破されたのは日本軍の方であった。

兵力があまりにも違い過ぎた。兵員は、十五対一、あるいは二十対一だというのである。兵器弾薬の差はもっと大きく開いていた。日本軍が一発撃つと、五十発も百発もお返しが来る。

空も完全に制圧されており、どうにも勝ち目のない状況の中で、日本軍は飢えながら戦ったのである。

馬鞍山陣地を脱出した一政たちは、敵兵の海の中にさまよい出た小舟のようなものであった。すでに、一帯のいたるところに敵が充満している気配を感じた。いつ襲撃されるかも知れぬという思いで、歩いた。思わぬところに、敵の分哨があったりした。

馬鞍山を脱出して、一晩じゅう歩いて、沢の霧の中に入っていた頃には、もう夜が明けていたのだ。あのとき、隊が停止したのは、前方干崖山の中腹に敵の分哨小屋があるのが霧の切れ目に見えたからであった。

敵兵の姿も見えた。隊にはもう戦い続ける力はなかった。もし敵に見つかったら、おしまいである。もはや、なんとか敵に見つからずに本隊にたどり着くことだけを、一政たちは考えていたのであった。

一政たちは、谷底からもっと濃い霧が湧いて立ち上って来るまで、敵の分哨小屋の下の間道で、凍えていたのであった。

霧の切れ目に敵が見えるということは、そのとき敵からもこちらが見えるということである。動くな、声を出すな、と隊長から言われた。あれは何と言ったか、駅伝と言ったのだったか、一人ずつ命令を次々に伝えて行く方法。動くな、声を出すな、と次々に伝えた後、一政たちは、かなり長い時間、霧の中で鳴りをひそめていたのであった。

その間に、名前は知らぬが、一政の後ろにいた一人の兵士が凍えて、体が動かなくなって、谷底にくずおれるように落ちて行ったのである。

あの名を知らぬ兵士の凍死については、『雲南戦記』に切実な思いで書いたが、すんでのところで自分も、凍えて谷底に落ちて行くところだったのだと一政は思うのである。

あの兵士が寒気に耐えきれずに痙攣を起こしたときに力なく叫んだ馬鹿野郎という声が、いまだに耳に残っている。

そのうちに谷間から濃い霧が湧き上がって来て、隊はまた前進を開始したのだ。

分哨小屋の真下を通過したときには緊張した。濃霧に包まれて見えなくはなっていたが、どんなことで気づかれないとも限らない。あの思いを、虎の尾を踏む思いと言うのであろう。

そのまま間道を進めば敵の前に出るというので、分哨小屋の下を通過するとすぐ、今度は間道から外れて、さらに沢を降りて行ったのであった。

濃霧に閉されて眼に見えぬ谷底が足の下にある。どれくらい深いか見当もつかぬ奈落を感じながら、小笹につかまりながら、切り立つ断崖を、用心しながら降りて、やっと谷底にたどり着くと一政は、念仏を唱えて戦友たちの無事を祈った。小笹の藪の中からサヤサヤと音を立てて、一人ずつ出て来た。手は笹に傷つけられて血をにじませていたが、みんな無事であった。

一政たちは、互いに、おう無事だったか、よかった、と肩に手をかけてささやいた。だが、四つん這いで這いながらついて来た負傷兵は、置いて行くよりなかった。あの負傷兵は、あれからどこでどうなったかわからない。おそらく凍死してしまったのであろう。あの谷底で、浜崎と顔を合わせている。あの谷底では、浜崎は、きつかね、と言う余裕もなかった。彼は体力も腕力もないので、疲労も人一倍だったはずである。屈強な者さえ、フラフラになった強行軍に、浜崎はそれでも、なんとか落伍せずについて来たのであった。

「よう頑張らした。だが、まだ終わりじゃなかよ。気強う頑張り続けな」

と言って一政は浜崎を励ました。

浜崎は、うん、と答えただけであった。

隊は、谷底に降りると、谷川に沿って進んだ。

いくらも進まないうちに、迫撃砲弾を撃ち込まれた。まず最初の一発が、先頭の近くでキャーンとけたたましい音を立てて炸裂した。担架隊員の一人が、大腿部をやられて、痛かったのであろう、思わず何やら大声で叫んだ。その声が、敵の分哨に達したようであった。今度は迫撃砲弾と共に銃弾が飛んで来た。

敵は、最初の迫撃砲の一発を、しばしば探索のために撃って来る。そして手応えがあると、集中して撃ち続けるのである。戦闘を繰り返しているうちに、敵の戦法を、経験からも憶えたし、古い兵隊にも教えられた。雲南遠征軍は、陣地を攻撃する場合には、まずたっぷり空爆や砲撃を加えた後で歩兵を攻め込ませるのだが、日本軍のいそうな場所に見当をつけて、なんとなく撃ってみたりもするのである。

一政たちは、最初の一発で大腿部をやられた負傷者を交替して肩にすがらせて歩いた。どこをどう歩いているのか、一政にはわからなかった。知ろうとも思わなかった。騰越城に行くのだということだけはわかっている。みんなと一緒に歩いていれば、騰越城に着けるわけであろうと思った。

いったん行先の知れぬ間道に出て、しばらく進んだ後、隊はまた沢に入った。また一つ、山を越えなければならないらしい。雨はやんだ。霧も晴れていた。そして、冷気がさらに厳しくなった。

また突然、銃撃をうけた。間道の方から、自動小銃の弾がビュンビュン飛来する。敵の兵力は、一政にはわからなかった。急げ、と言われて、敵と反対の方向に必死に駆けた。

後方警備の兵士が応戦しながら、後退する。後方警備に就いている兵士以外は、応戦せずにできるだけ早く山を登った。

そういう状況の中で内野軍医が落伍した。内野軍医は、隊を追ったが、もう力が尽き果てていたのである。よろめきながら追いすがったのも瞬時で、その場に俯せに倒れたまま、動かなかった。

銃撃だけでなく、敵は迫撃砲も撃って来た。今井一等兵が、倒れた内野軍医を助けようと引き返して撃たれた。今井は内野軍医の当番兵であった。今井が軍医のところに引き返そうとしたとき、一政は、よせと言ってとめたが、今井はそれを振り切って駆けもどった。末永軍曹が、今井を追って降りて行ったが、末永軍曹が着いたときには、今井は内野軍医の上に折り重なってすでに死んでいたというのである。

やがて末永軍曹は、二人の手首を切り取ってもどってきたのだ。そこからひたすら逃げたのだが、あの襲撃の後、隊はもうまとまった行動はとれない状態になっていた。ほとんどの者がもう、今にも野垂死にしそうな姿になっていた。目立って足取りが乱れ始めた。そして、テンデンバラバラに歩き始めていた。

馬鞍山を出て以来、ほとんど物を食べていないうえに、寒さがきびしくなるばかりである。あのときは、しかも、雪混じりの冷雨に降られたのであった。体に力がなく、歩いているうちに、内野軍医のように、倒れてしまうのである。一政も例外ではなかった。倒れては時間をかけてなんとか起き上がり、また倒れた。

これで凍死してしまうのだな、と一政は思った。

何度も倒れたり起き上がったりを繰り返しながら竹藪に入って横たわった。起きてはいられないし、かと言って横たわると、凍りつくように冷えた地面に、たちまち体温を吸い取られて、凍死を早めることになるのであった。

焚火をすればいいのだろうが、薪を集める気力がない。ここまで来れば、火を焚いても大丈夫なような気がするのだが、敵に所在を教えることになると言って、許されないかも知れない。それよりも何よりも、このままでは凍死してしまうのだと頭の中では思いながら、何もする気になれないのであった。

そこへ救援隊が現われたのだった。

「おい、しっかりしろよ。もう大丈夫だぞ、救援に来たけんな」

夢の中で聞く声のような声を聞いた。

救援に来た兵は、小ぶりの握り飯を一つずつ配って回り、枯枝を集め焚火を起こしてくれた。もはや、握り飯を食うこともできないほど衰弱していた者もいたが、一政は、握り飯と焚火の暖気で、かなり生気を取りもどした。

あれから、冷水溝の友軍陣地に入ったのだが、一息つく間もなく、冷水溝陣地でまた遠征軍の猛攻を受けることになったのだ。

一政が、冷水溝陣地に入ったとき、陣地は遠征軍に包囲されていたので、敵に気づかれないように、一人ずつ、遮蔽物のない二百メートルほどの草原の坂を駆け上って、飛び込んで行ったのであった。

冷水溝陣地は、六月の半ばまで、保《も》ちこたえたのである。

あれから一政は、いったん、負傷患者の護送命令をうけて、山を降り、瓦甸まで行って、また冷水溝陣地に引き返して来たのであった。

思い出してみると、一政は、馬鞍山に大行李で行ってそのまま戦闘に加わって以来、遠征軍に収容されるまで、のべつ幕なしに、戦い続けたのだ。

騰越城の攻防戦の中から生き残ったのも稀有なことだが、それまでに死なななかったことも、今になってみると、不思議である。

冷水溝という名は、一般には、拉孟、騰越、龍陵以上に、ほとんど知られていない戦場だが、そこを奪うために雲南遠征軍は、米空軍の来援を求め、ロケット弾、破片爆弾等を使用したのだ。だが、それでもなかなか占領できず、手を焼いたというのである。

冷水溝陣地を奪って、高黎貢山系中の遠征軍の進攻路は、やっと開通したのである。だが遠征軍の兵士も、弾薬ほどは食糧の補給は充分でなく、饑餓と寒さに苦しんでいたのだというのである。

久留米の落合一政に、白石さんも本になるほどの手記を書いて出版しろと勧められて以来、芳太郎はずっと、その気でいて、以前に書いたものとは別に、改めて一から書き直しているのであった。

4

だがやはり、本にしようと思うと、緊張し、硬くなってしまうのであろう。これまでに書いた四十枚の手記のように一気呵成には書けないのであった。書いたものが、気に入らなくなったり、もっとよく書けそうな気がして来たりして、なかなかうまくまとまらないのである。

文章は問題じゃなかよ、あんたの体験をそのまま、見たことを見たまま、思うたことを思うたままに書きつづれば、これぐらいのものは、すぐでけるよ、と一政は言った。これぐらいというのは、一政が書いた『雲南戦記』ぐらい、ということである。一政の言葉を芳太郎は一度ならず思い出したものであった。奥州町の萩原稔は、逐一丹念に思い出して書いてみたらどうね、この五倍ぐらいは書くことがあるじゃろうが、と言った、萩原の言葉も思い出すのである。

しかし、取りかかってみると、『雲南戦記』ぐらいのものを作るのはやはり容易ではないのである。萩原の言うように、これまでに書いたものの五倍など、とても書けそうにない。

芳太郎は、書きかけの自分の手記を読み返してみて、文章は問題じゃなかではない、文章が問題なのだ、と思った。格別に名文を書く必要はないし、書けもしないのだから、一政が言ったように、体験をそのまま、見たことを見たまま、思うたことを思うたままに、構えずに書けばいいのだ、と思う。しかし、それがむつかしい。そう思ってみても、書けないのである。萩原は、逐一丹念に思い出して書け、と言った。しかし、逐一丹念に思い出していると、思っているばかりで、時間が過ぎてしまうのであった。

それに、逐一丹念に思い出そうとしても、記憶には曖昧な部分が多いのである。ある忘れられない情景がある。ところがその情景の時間や場所が心もとなかったり、その情景の中で思い出す人物のほかに、そこに誰がいたかが思い出せなかったりする。丹念に思い出すということが、まずむつかしいのである。

そのうちに芳太郎は、この調子では、ラングーンに上陸以来復員までのことを書くのでは、書き上がるのはいつになるかわからない、もし、逐一丹念に思い出しながら上陸以来の全部を書けば、これまでに書いたものの五倍ぐらいにはなるだろうが、あまりに大仕事で億劫に思えて来た。いや五倍どころではあるまい。十倍にも、それ以上にもなりそうである。一政は、四百字詰原稿用紙百五十枚ほどで『雲南戦記』を書いたと言っていた。百五十枚でも、芳太郎がこれまでに書いた手記の約四倍の分量である。一政の『雲南戦記』から見当をつけると、雲南の話だけを書いても、百五十枚や二百枚にはなりそうである。

これまでに書いた手記は、確かに短か過ぎるのである。ラングーン上陸から騰越の落城までで四十枚というのは、短か過ぎるのである。ラングーンに上陸したのが昭和十七年の三月で、騰越の落城は、十九年の九月十四日である。本当はあの二年半にわたる戦場の話を四十枚に書ききれるはずはないと思う。最初、ビルマ攻略作戦も、怒江作戦も、すべて書く気になったのは、戦死した戦友やその遺族のためにそうしなければならないと考えたからだったが、意余って才足らずということである。

一応、アレミヤン高地の戦闘の後、トングーを占領して、そこからケマピューに向かうところまで新たに書き直したが、結局自分も雲南に限定して書こうと芳太郎は構想を変えることにした。

「なかなか書けんね」

連日、机に向かって追憶にふけっている芳太郎の様子を見て、妻のハル子が言った。

「うん、なかなか書けんたい。むつかしいもんたい」

と芳太郎が言うと、

「ひまはあるとですから、気長にやればよかですよ」

とハル子は言った。

芳太郎は数年前に、博多の食品会社を定年退職して、以来年金生活をしているので、確かに、時間はあるのであった。

「ひまはあろうが、才能がなか。それに、半分忘れてしもうたことが多かもんね、なかなか書けんぱい」

　これまでに書いた四十枚の短い手記は、しかし書いておいたことが、無駄ではなかった。二年半の戦場のいいメモになっている。手記には、ケマピューの次に、ナンペイおよびナンパレイを攻撃占領して、さらに、ロイコ、セムウイン、ラシオへと進攻したことが書かれている。ラシオに突入したのは、四月二十九日の天長節であったと書いている。ラシオに数日駐留して、そこから滇緬国境の町畹町に向かって進撃し、畹町東北の高い山を占領した。そこからいったんミイトキーナに転じ、ふたたび南下して、バーモを経てナンカンに到り、ナンカンから滇緬公路を、芒市、龍陵、拉孟へ進撃して、拉孟からまた反転して孟蓮峠を越えて騰越に入ったのである。

　騰越に着いたのは、九月頃であった。それとも十月に入っていたのだったか？　とにかくラングーンに上陸して約半年ほどたった頃であった。その間、何回も戦闘を繰り返し、ある期間は警備ということで駐屯の日々もおくったのであった。

　騰越城では、最初二週間ばかり東門の守備に当たり、それから北方五キロほどの高良山に移り陣地を構築して守備についた。十八年一月一日、早朝から敵の攻撃を受けた。高良山の守備交代後、大隊が騰南地区の討伐作戦に出動して、千達に駐留していたとき、支那語の受講を命ぜられて、九カ月間の教育が終わると南甸《ナンデン》の行政班に勤務した。

南甸の行政班では、十五軍の糧秣収集に当たったり、便衣をやったりした。十九年の正月は城子街で迎えた。

その間も、必ずしも平穏なわけではなかった。敵の遊撃隊といつどこで撃ち合わなければならなくなるかわからない環境で、実際に何度か撃ち合った。しかし、遠征軍の総反攻以後の日々に較べると、南甸や城子街で過ごした日々はのんびりしたものであった。

そののんびりした日々のことも芳太郎は、一とおり簡単に書いてある。それを読むと、雲南の山河が瞼に浮かぶのであった。

今度は、メモ風の簡単なものではなくて、一政のような喜怒哀楽がほどよく出ている文章を書かなければならない、と芳太郎は思った。

「文章の書き方ば教えてくれんな。逐一丹念に思い出して書いてみたらどうね、と言われても、どぎゃんふうに書けばよかか、わからんばい」

芳太郎が萩原にそう言うと、

「そうじゃのう」としばらく考えてから萩原は、「うまか文章ば書こうち思わんこったい」と言った。

「わしにうまか文章が書けるち思うとらんけん、そげなこつは考えんが、わしの文章は形容が足りんのじゃなかとね」

「そぎゃんこつ気にせんでよか。白石さんの文章は、素直な好感の持てる文章たい。形容も少なかろうが、気取ったところがなかもんね。ま、たいていのもんは、気取って、名文ば書こうと力みよるんじゃ。なになにのように、なになにのようにち、ように、ように、と比喩ば使うて飾り立てたがるじゃろうが。あるいは、擬音副詞や擬態副詞をやたらに使うて描写ばするじゃろうが。それがよか文章だと思うとるが、実は逆たい。飾り立てた文章は、キンキラキンと言うて、専門家は買わんたい」

と萩原は講釈した。

「ギオンフクシやギタイフクシちゅうのは、何ね？」

と芳太郎が訊くと、

「ほら、言うじゃろうが、フラフラとだとか、ガタガタとだとか、バタバタとだとか、ナヨナヨとだとか、それたい」

と萩原は言った。

「そういう言葉は、使わんほうがよかね」

「使ってもいいが、ほどほどにちゅうこったい」

なるほど専門家というのは、耳新しいことを言うものだと思いながら、芳太郎は萩原の講釈を聞いた。

「落合さんはどうね、キンキラキンじゃなかかね」

と芳太郎は、『雲南戦記』の読後感を聞いてみた。

「落合さんも、素直でよか文章を書かれる人じゃ。切実なものがストレイトに出とるもんな」

「ギオンフクシもギタイフクシも、落合さんぐらいの使い方ならよか、というこつだろうか」

萩原は、『雲南戦記』で一政が使っている擬音副詞や擬態副詞など、まったく念頭になかったようで、芳太郎がそう言うと、一瞬キョトンとして、それから、

「そうじゃなあ」

と言った。

『雲南戦記』には、ように、も、擬音副詞も擬態副詞も、しばしば使われている。あれぐらいが、ほどほどということなのであろうか。それにつけても芳太郎は、自分の文章にはそれが少な過ぎるように思えるのであった。

高黎貢山中の寒気について、一政は、背筋を水が流れるような寒さ、と書いているが、あの寒気を、猛烈な寒さだとか、厳しい寒さだとか、ぶっきらぼうに書いただけでは、経験しない者にはわからないだろう。まさにあの寒さは、背筋を水が流れるようであり、凍えるようであり、感覚がなくなるようでありながら、ガタガタした。一政は、馬鞍山陣地を脱出した兵士たちが、寒気と空腹と強行軍の疲労とで、まるで夢遊病者のようにバラバラと歩き、そのうちに、あっちでもこっちでも、バタバタと倒れた、と書いているが、バラバラもバタバタも使わずに、ほかにどう書けば、あの頃の高黎貢山中の行き倒れ寸前の、あるいは、倒れて死んでしまった兵士たちの状態を伝えることができるのだろうか。

もっとも、そう書いてみても、あのときの感覚は伝えようがない、とも言えるのだろうが……。

結局、あのときの足の重さは、鉛のような足とでも言うしかないのであろうか。あの饑餓状態はどう言えばいいのだろうか。『雲南戦記』を読むと、一政は、高黎貢山中で、凍死寸前に、冷水溝陣地へ救援に向かう聯隊本部の兵士たちにめぐり会って、小さな握り飯を一つもらい、救援兵が起こしてくれた焚火で暖を取り、蘇生した思いになるのである。

その小さな握り飯の味を、どう書けば人に伝えることができるのだろうか。一政は、本当においしかった、私は何度も何度も嚙みしめて食った、と書いているが、どう言ってみても、そういうときの握り飯のうまさは言い表わしようがないのではあるまいか……。

すぐこんなことを考えるようになったので、手記の書き直しは、ろくに進捗しないのだ、と芳太郎は反省するのであった。

萩原が言うように、形容のことを気にしたり、いい文章を書こうと思ったりしないで、とにかく書くことだ、と芳太郎は思う。しかし、そう思っても、さて書き始めてみると、うまい文章というのではなくても、いくらかでもいいものを書くにはどうすればいいか、ああでもないこうでもないと考えてしまう。そんなことを考えていたり、思い出にふけったりしているうちに、時間ばかりたってしまうのであった。

次に萩原を訪ねたとき、芳太郎はその話をした。すると萩原は、

「そぎゃん考えに取り憑かれとるうちは、書けんね」

と言った。

「では、どぎゃんにすればよかじゃろうか」

「よか文章にしようなんて、全然思わんこったい。最初はそぎゃんこつを考えずに、下手でんよか、なんでんかんでん突っ走って、一とおり終わりまで書いてみんしゃい。少しでんよか文章にするにはどうすればよかかちゅうこつは、一とおり書いてしもうてから後で検討すればよか。そぎゃんせんと、白石さん、いつまでたっても書けんよ」

そうしてみようと思って、芳太郎は帰ったが、やはり萩原に言われたような気持にはなりきれずに、突っ走るより、検討に心が傾いてしまうのであった。

名文を書こうなどという気持はさらさらない。だが、少しでもよいものにしようと思うと書けなくなってしまうとは、文章とは厄介なものである。一政は、『雲南戦記』を書き上げるのに、ひと月ぐらいしかかけなかったと聞いている。一政の文章の才は、生まれつきのものかも知れない。

芳太郎は、一政の記憶力にも敬服するのであった。

『雲南戦記』には、随所に日附が出て来るが、よくも憶えているものである。一政に較べて自分は、だいたいのことしか憶えていない。日附まではっきり憶えているのは、入隊の日、ラシオを占領した日、それはあの日が天長節だったということで憶えているのである。それから雲南遠征軍の総反攻開始の日、騰越落城の日の九月十四日、そして復員した日。……それぐらいである。何年の正月は、どこで迎えたぐらいは憶えている。しかし、それぐらいである。ところが一政は、たとえば、馬鞍山を脱出して、高黎貢山中の藪の中で、十四、五名の友軍兵士に出会ったのは、五月二十三日であった、と書いている。その兵士たちから、一政は小さな握り飯をもらうのである。一政が、その救援隊の兵士たちと会ったのは、冷水溝陣地から二百メートルほど下った山腹の藪の中で、藪を出ると、そこから頂上の陣地までは、一面の草原であった、と書いている。一政は、その救援の兵士たちに合流して、二百メートルの草原の山腹を駆け上って陣地に入り、息をつく間もなく、敵の攻撃をうけるのである。

芳太郎は、自分が騰越から師団輸送隊のトラックに分乗して瓦甸に向かったのは、雲南遠征軍が総反攻を開始した直後であったような気がするのだが、そうだとしてそれが、五月の中旬であったのか下旬であったのかは、憶えていない。

ただ、雲南が雨季に入ったばかりのある日であったと思うばかりだ。日附は憶えていないが、出発したのは、雨の降りしきる夕方であった。

雲南地方は、五月の半ばから下旬にかけて雨季に入るので、師団では、遠征軍の反攻開始は、その一カ月ぐらい前、つまり、四月中旬ごろだと読んでいたが、その動きがなく、そのうちに、それは五月十日だと、暗号解読で知ったのである。その話を芳太郎は、干崖から騰越に引き揚げて来たときに聞いたのだったと思うのだ。だが、騰越に久しぶりに帰って来たのは、五月十日の前であったのか、後であったのか、思い出せない。

とにかく、あのとき見た情景から考えて、干崖から騰越に帰って来たときには、すでに反攻は始まっていたのだ。十八年の三月以来、一年余ぶりに帰って来て眼にした騰越は、一年前の騰越とはすっかり変わっていた。一年前は、城外陣地はしばしば遊撃隊に攻撃されたが、騰越城内は市の立つのどかな街であった。だがあのときはもう、血の匂いの充満した緊張が張り詰めた街になっていた。続々と後送されて来る負傷兵のある者は、片腕を肩の付け根からもぎ取られていた。脚を砕かれている兵士がいた。顔中を繃帯で覆っている者もいた。その瀕死の負傷兵たちの姿が、前線の戦闘の激しさを伝えていた。負傷兵たちは、怒江を渡河して攻撃して来た遠征軍と戦って来たのである。

芳太郎は、干崖からそのような騰越に帰って来るとすぐ、師団輸送隊のトラックで瓦甸に向かって出発した。

あれは、あるいは、遠征軍の渡河反攻が始まった直後であったかも知れない。

遠征軍の反攻開始の日も、確か十日と聞かされたような気がするのだけれども、それだって、あるいは初めから、十一日と聞いていたのかも知れない。雲南遠征軍が大挙して、恵人橋以北、栗柴垻《リッシバ》渡の間で怒江を渡河して攻め込んで来たのは、五月十一日の夜である。

龍兵団は、怒江を渡って来る遠征軍に対して渡河点攻撃を加え、江岸に撃滅せよ、と隷下の部隊に反撃命令を下達していたが、圧倒的に兵員装備共に優勢な遠征軍に、龍の各部隊は、損傷を与えても、その渡河を阻止することはできなかった。

遠征軍の反攻開始日、渡河点を事前に知っていても、日本軍には、勝敗を逆転させる戦力はなかった。それを知らないよりは、知っていたほうが、準備は整う。しかし、相手の十五分の一の兵員と、何十分の一の火力とでは、せいぜい持ちこたえる時間を長びかせることができるだけである。

遠征軍は、恵人橋以北栗柴壩渡の間の十カ所で怒江を渡って来たのである。それを、北から順に言えば、ピモー正面で猪瀬大隊、冷水溝正面で日隈大隊、大塘子正面で宮原大隊、紅木樹正面で松井聯隊が迎撃する。冷水溝も大塘子も紅木樹も、高黎貢山中の地名である。

そして、恵人橋以南では、平戛《ヘイカツ》とクンロンを遠征軍は包囲攻撃するのである。

この、遠征軍が怒江を渡河して以来を、〝反攻〟と言うのであるが、五月十一日の第一次反攻では、遠征軍は予期する戦果を挙げることはできなかったのである。しかし、雲南の日本軍は、遠征軍の海の中の島のようなものであった。

反攻以前も、雲南で日本軍が奪ったのは、いくつかの点だけであった。北支や中支と同じようなことだったのかも知れないなあ、と芳太郎は、今になって思うのであった。大本営は、騰越や龍陵や拉孟を占領することによって、援蔣ルートの滇緬公路を断ち、同時にビルマを防衛しようと考えたのだろうが、敵国で、町や村をいくつか占領してみても、そこに孤立することにしかならない場合が多いのである。昭和十七年の天長節にラシオに入った後、ミイトキーナに転戦し、それから国境の町のナンカンに行って、二カ月半ほど東北約五キロのところにあったパンカムの吊橋の警備についた。ナンカンはビルマ領である。そこから、東北約百キロの龍川街に討伐に行った。ナンカンから雲南に入ったのは、十七年の秋であった。龍陵まで滇緬公路を輜重隊のトラックで行き、龍陵から騰越城までは徒歩行軍で行った。以来、何回討伐に出ただろう。ということは、反攻以前から、雲南の日本軍は、中国軍の海の中にいたということだが、当時、討伐に出動していた頃は、あまり、そういうことは考えなかったのであった。

雲南は住民の少ない山地で、小さな町を占領すれば、そのあたりをすべて押えたように思えたのである。住民は漢人一色ではなかった。騰越の住民はほとんどが漢人であったが、場所によっては、タイ族やカチン族や、なんとかいう少数民族もいた。そういう土地柄が、北支や中支などに較べると、自分たちが敵の海の中にいることを忘れさせてくれたのかも知れない。

龍陵を出て、龍騰街で一泊し、次の日の夕方、孟蓮に着いた。龍陵から騰越までは、五十キロぐらいあるだろう。龍騰街からは何キロぐらいだろうか。孟蓮の街を通り過ぎると坂の急な孟蓮峠にさしかかる。峠を越えると、遠くに騰越の街が、山と山の間に見えた。

騰越城の周辺には、水田と畠が広がっていて、その中を道路が真っ直ぐ通っていた。

騰越城に着いて一泊した次の日には、早くも騰北地区に討伐に出たのであった。

東営台地を過ぎて馬站街に入ると、突然、敵は機関銃を撃って来たのである。

思わぬ襲撃で停滞しているうちに日が暮れてしまった。芳太郎は、はじめ小川に飛び込んで膝上まで浸っていたが、そのうちに闇の中を川から上がって森に入った。

払暁、馬站街の北方の固東街に突入する態勢をとった。固東街の前に幅二十メートルぐらいの川が流れていて、敵は対岸にトーチカ陣地を構築していて、銃眼が間断なく火を噴いていた。

部隊は、大隊砲と機関銃の掩護射撃下、川にかかっている板橋を渡って突入した。固東街は午前九時に陥落した。敵は遺棄死体を残して、東北方の固東富士方面に逃げた。部隊はそれを追ったが、敵は逃げながら執拗に抵抗した。固東富士の敵の陣地を占領して、山裾の部落に進出すると、敵は裏山から迫撃砲の支援下に反撃に出て来て、友軍の進出は停滞した。敵は裏山の山頂から、固東富士の斜面に通じる道路を前進しようとする友軍を撃った。

その敵に夜襲をかけることになって、日没を待ち、一晩がかりで岩山をよじ登った。敵は、はじめのうちは、しきりに手榴弾を投げていたが、日本軍が頂上に近づいた頃には、いち早く逃走していた。

固東富士の次は、橋頭街で戦った。それから馬面関を攻略して騰越に引き揚げたのであった。

あの頃は九月の終わりであったか、それとも十月になっていたか、とにかく秋であった。固東富士の敵陣を陥すと、部隊は、稜線伝いに前進して、中国軍が潜伏していると思われる眼下の部落を攻撃したのだ。その部落には、数人の便衣らしい敵兵が逃げて行くのを遠くから見ただけで、住民の人影はなく、豚や鶏だけが歩きまわっていた。大隊はその部落付近で宿営するということになって、芳太郎の分隊は北方の山中に分哨に出たが、そのあたりには、栗の実がたわわにみのっていた。あの山では、軽機の陣地を急造すると、夢中で栗を拾った。翌朝、そこから、茄栗で雑嚢をふくらませて、橋頭街に向かって出発したのだ。

龍兵団が、芒市、龍陵、騰越など、雲南の要衝を次々に攻略し、怒江の線まで進出したのは、十七年の五月だったのである。芳太郎は、ナンカンから雲南に入るとき、雲南の掃蕩戦は、六月ぐらいまでにほぼ完了していると聞いていたが、来てみてそうではないことを知った。

もっとも、あの討伐戦で戦ったような敵が、十七年の五月以来、ずっと活潑に跳梁していたのか、一時、鳴りをひそめていて、また浸透して来たものなのか、そのへんのところは、下級兵士であった芳太郎にはわからない。戦局についての情報は、下級兵士は、上官に聞かされて一部を知るばかりであった。

芳太郎は、後になって、どこまで話のとおりなのかわからないが、龍兵団が怒江の線まで進出して、続いて残敵掃蕩戦を展開して、もう怒西地区にはまとまった敵の部隊は存在しないと思っていたにもかかわらず、五月の末に、拉孟と龍陵とが敵の大部隊の反攻をうけ、苦戦の末、やっと撃退したのだという話を聞いた。

蔣介石は、新手の部隊を拉孟以南で渡河させて、まず平戞を占領し、さらに北上して龍陵に攻撃をかけて来たというのである。

その後、敵がどのぐらい活動したかわからない。だが掃蕩戦はほぼ完了したと言われていた。あのとき、騰北地区にあれほどの敵がいて、各地で頑張っていたということは、ほぼ完了どころでなかったように思えるが、しかし、あの掃蕩戦後は、敵の動きが、かなり衰えたと言えるかも知れない。あれから後も、芳太郎は、襲撃されて戦ったり、討伐にも出て戦闘したりもしたが、十八年の春以降一年間ぐらいは、芳太郎の周辺は、まあ、ほぼ、平穏であったと言えるかも知れない。だが、その平穏も、結局は束の間だったのだ。

討伐には、十七年の秋と、年が明けた十八年の春とに出動した。その後、芳太郎は、支那語教育の受講者に選ばれて、九ヵ月間、語学教育を受けた。騰越城外来鳳山麓の小学校が教場であった。そのころから十九年の春までが、芳太郎の平穏な期間であった。

もっともそれも、芳太郎がそう感じていただけで、怒西地区の中国軍の動きは小さくなったが、米空軍の活動が、あのころから一層活潑化していたのであった。騰越上空に爆撃機が姿を見せるようになり、八月中旬ころからは、それが連日来襲する状況になっていたし、騰越の周辺の敵地上軍の活動は不活潑になったものの、高黎貢山系中の友軍陣地に対する中国軍の攻撃は激しさを増して来ていたらしかった。

芳太郎は、十七年秋のあの討伐戦では、橋頭街を攻略した次に、馬面関に向かって前進した。あの討伐戦では、馬面関の戦闘が最も激戦であった。

橋頭街を占領した部隊は次の日の早朝、馬面関に向かって行動を起こしたのであった。芳太郎の小隊が先兵になった。前進中、二人の便衣を捕えた。その捕虜の言によると、馬面関の中国軍は天嶮を利用した堅固な陣地にこもり、兵員も相当な数がいるらしいのである。

部隊が、深い谷を見下ろしながら、山間道を進んでいると、突如、敵は、前方の山腹から機関銃で撃って来た。そのあたりの山には、随所に敵がいて銃座を設けていたり、うろついていたりしていたのである。撃たれて、そこがすでに最前線であることに気がついた。

左方、百五十メートルの竹林に覆われた高地を占領して前方をうかがっていると、十数名の便衣の中国兵がこちらに気がつかずに上って来た。芳太郎はじゅうぶん敵を引き寄せておいて、軽機を腰だめにして撃った。仰天した敵は、転がるようにして谷間に逃走した。射殺した敵は三人であった。竹藪にひきずりこんで衣服を検めると、便衣の下は軍服であった。階級は軍曹二、伍長一であった。

至近距離から撃って、三人しか倒せなかったのが残念であった。

畠の向こうに陣地があるらしく、空色の防寒衣を着た歩哨が見えた。照尺を五百にして撃ってみた。歩哨は即座に姿を隠した。

敵も迫撃砲を撃ちだした。日が暮れるまで撃ち合った。

あの討伐戦でも、日本軍の極め手は、夜襲であった。第三中隊が突入するという。夜になると射撃音が絶えた。敵は、おそらく威嚇のつもりなのであろう。ときどき、思い出したように、闇に向かって機関銃を撃った。

攻撃隊が山脚に到着したら、青吊星の信号弾を撃ち上げるのだという。やがて、青吊星が漆黒の空に上がった。同時に敵は、一斉に撃ちだした。曳光弾が色とりどりの線を光らせて闇空を飛んだ。東の空が白むころ、銃声が熄み、夜襲は成功しなかったと伝えられた。攻撃隊は、三度突撃したが、ついに陣地を奪取できなかったというのであった。

大隊はその日の午後、総攻撃に出た。分隊は、各個前進で竹藪から飛び出して昨日便衣の敵が上って来た畠の前まで進み、そこから右手の窪地に降りるようにと指示された。

芳太郎は、竹藪を飛び出すと、走りにくい畠を無我夢中に走った。窪地まで二十メートルほどの地点で、機関銃の射撃を受けたが、当たらなかった。横から撃たれても弾に当たることは少ないと、どこかで感じながら窪地に飛び込んだ。

あのころは、まだ、友軍にも弾薬に余裕があったのだろうか。敵もふんだんに迫撃砲を撃ったが。こちらも、山砲や聯隊砲を使い、威勢がよかった。殷々たる砲声と豆を煎るような銃声が間断なく鳴った。

弾雨の中を前進して、四時間ぐらいかかって敵陣を奪取したのであった。敵は、接近する日本軍に多量の手榴弾を投げながら、執拗に抵抗したが、友軍の砲撃に制圧された。

踏み入ると敵陣は、死体に埋まっていた。首から上を吹き飛ばされた死体。手や脚を吹き飛ばされたもの。裂けた腹から内臓が飛び出している死体。無残な死体を見たのはそのときが初めてではないが、忘れられない光景である。

馬面関は、そうした戦闘をして攻略した陣地であったが、日本軍が引き揚げると、またぞろ中国軍が進入して来るのである。すると日本軍は、また同じ場所に討伐に行くのだ。あのあたりには、その後も討伐隊が出かけている。なにやら、押せば退き、退けば押して来る、イタチゴッコというのか、オニゴッコというのか。そんな感じの敵との付合である。おれは、あのオニゴッコをしながら怒西地区の町々を随分回ったなあ、と芳太郎は思うのであった。馬站街、固東街、明光、橋頭街、瓦甸……それらは、芳太郎には忘れえぬ地名だが、それらの地名の出ている地図は、日本では手に入らないだろうし、そんな地名は、書いても話しても、戦争であのあたりに行った人のほかは、耳にとめる気にもならないだろう。だから、自分も本を出すときには、一政のように地図を添えなければなるまいな、と芳太郎は思うのであった。

騰北地区ばかりでなく、騰南地区の町々も随分回った。十八年の三月には、騰南地区に討伐に出て、南甸、干崖、千達、太平街、巨石関などを回った。太平街では、中国軍と遭遇して、白兵戦をやった。南甸は、騰越の西南約二十五キロにある美しい町であった。芳太郎は支那語教育を受けて、南甸警備隊勤務を命ぜられたのであった。四方を山に囲まれた盆地の町であった。山中の町だが南甸は耕地が広く、米や野菜の収穫が豊かであった。果物も豊富であった。バナナ、パパイヤ、パイナップル、栗、梨、胡桃。春から初夏にかけて一面の山畠にケシの花が咲き乱れる阿片の産地でもあった。

芳太郎はそこで、行政班に所属して、糧秣収集や情報収集、宣撫工作などをしていた。

そのころ、聯隊本部は瓦甸に、歩兵団司令部は騰越にあった。そのころの敵はもっぱらゲリラ活動をしていた。南甸と干崖との間には、軍用有線が通じていたが、それがしばしばゲリラに切断された。

騰越から干崖に向かった連絡班が襲われたのは、芳太郎が南甸の行政班に勤務して一月《ひと》ぐらいたったころであった。騰越から干崖に向かって出発した連絡班の下士官と兵が、南甸の北一キロの渡河点でゲリラに襲われ、四人戦死し、一人が重傷を負った。

芳太郎が、切断された電話線の補修に行ってゲリラに襲撃されたのは十一月の中旬であった。あれは、南甸から約七キロほど離れた部落の近くであった。部落に潜んでいたゲリラが、機関銃で撃って来た。とっさに物のかげに身をかくして応戦し、機を見て部落に突入した。ゲリラは手榴弾を投げて抵抗した。数名のゲリラを殺したが、こちらも勝間上等兵が胸を撃たれて即死した。分隊が部落内を掃蕩した後、芳太郎は勝間上等兵の遺体を収容すべく戻ったが、日本軍が部落に突入した隙に、敵の誰かが勝間上等兵の両腕両脚を切断して持ち去っていた。当時、敵は、日本兵の命に賞金をかけていた。殺した証拠に、勝間の手足は持ち去られたのである。勝間は召集以来の戦友であった。出征も同じ先発隊で一緒であった。営門から駅までずっとついて歩いた勝間の奥さんの姿が思い出された。こんな姿になって、と芳太郎は泣きながら思った。

十八年の暮に芳太郎は、南甸から干崖の本隊に復帰し、十九年の元旦を、城子街で迎えた。本隊に復帰すると芳太郎は、二週間ほど分哨勤務についた後、城子街の勤務を命ぜられた。

思い出せば、城子街に移って春を迎えたころから、敵は反攻の前触れを見せ始めていたのである。近いうちに反攻が始まるという情報が、住民たちにも伝わっていたのである。三月ごろからなんとなく城子街の住民たちに動揺の気配が見られるようになった。

この地方の行政長は土司官と言われていたが、土司官との連絡係として、毎日、定時に警備隊に来ていた現地人が、定時に来なくなり、来てもすぐ帰るようになり、やがてまったく来なくなった。

そのうち、巨石関に約一個営（聯隊）の中国軍が集結しているという情報が入った。怒江右岸の友軍陣地に対する敵の攻撃が日増しに激化しているという情報も伝わって来た。

ゲリラはふたたび正規の部隊に変わって来た。巨石関に中国軍が集結していると聞いて、城子街警備隊は、干崖警備の第二中隊に合流して討伐に出発したが、逐次、中国軍のほうが日本軍を討伐する状況に変わり始めていたのである。日本軍にはもはや、敵を討伐したり、撃滅する戦力はなかったのだ。今度は敵が攻め、こちらが守る番であった。日本軍にできたのは、寡兵よく、いかにより長く持ちこたえ、いかにより多くの損害を与えるか、ということだけであって、いずれにしても勝目のない戦いをしなければならなかったのだ。

それを、上の者も下の者も考えなかったのだ。だんだんそれがわかって来たが、しかし、それがわかって来ても、陸軍上等兵にはどうしようもないことであった。

どうしようもない、戦うしかない、そう思いながらおれは、ひたすら撃ちまくった。ところで、おれはあの戦争で、いったい何人ぐらい殺しただろうか？　ラングーンに上陸して、騰越が落城するまで、二千人ぐらいは殺したのではあるまいか？――

芳太郎は、今日も結局書けなかった。思い出すばかりであった。

5

『雲南戦記』を出版して以来、一政は、この本が浜崎の遺族の眼に触れて、手紙でももらえたら、と思っていたが、このところ、その期待は薄れていた。

いつだったか一政は、妻の幸枝に、『雲南戦記』は浜崎さんの遺族に一番先に読んでもらいたい手記だと言った。そして、幸枝と、浜崎さんの遺族の年齢を数えてみたものであった。

彼の両親は、現在、もし達者で生きているとすれば、八十いくつ、九十いくつ、という年齢になっている。そのような高齢でも他界していると決めてしまうことはできないが、おそらく、亡くなっているのではないか。彼の妹さんは、五十代である。年齢からすれば、妹さんのほうは達者だと考えられる。だが、もしかしたら、その妹さんも亡くなっているのではないだろうかとも思った。戦争中、本土も空襲で焼かれたし、空襲は免れたとしても、若い年齢で病死していないとも限らない。

あるいはもう、浜崎の遺族は誰もいないのに、そうとは知らずに自分は、彼の身内を捜そうとしているのかも知れないな。一政はそうも思っていた。

ところが、浜崎の妹さんの住所がわかったのである。

先日、大学で浜崎と同窓であったという博多在住の松尾という人から、偶然、貴著『雲南戦記』を入手、読んでいるうちに友人浜崎常夫の名前を発見して、驚きもし、懐しくも思った、彼の妹さんにも一冊進呈したいので、もし残余があるなら頒けてほしい、と千円札を二枚同封した手紙が来たのだ。

「思いがけんこつが起きるもんたい。浜崎さんの妹さんは、達者にしとるると」

松尾からの手紙を読みおえると、一政は幸枝に言った。

幸枝は、

「その松尾さんといわるる方、博多に住んでおらるるとですか。なら、お父さん、早速訪ねて行かれたらよかじゃなかですか。やっぱ、本ば出してよかこつでしたね」

と言った。

「ああ、明日《あす》でん、明後日《あさって》でん、訪ねてみようち思うとるばい。その前に電話ばかけて、先方の都合ば訊いてみんといけんじゃろうが……」

「そうですね。手紙に電話番号、書いとられますか?」

「書いとらんが、名前と住所がわかっとるけん、博多の一〇四番に訊けば、すぐわかるやろう」

「そうですね。宿題が一つ片づきましたね」

「まだまだ片づいとらんよ、まだ会うとらんのじゃから……」

と一政は言ったが、これでひとつ、長い間心にかかっていた勤めが果たせるわけだ、と思った。

早速、博多の一〇四番で調べてもらった番号で電話をかけてみると、婦人が出た。甲高く若々しい声の婦人であった。松尾さんの娘さんかな、それとも、声は年を取らないというから奥さんかも知れんと思いながら、一政は、自分は『雲南戦記』という本を書いた久留米の落合一政という者ですが、ご主人にちょっと、と言った。電話に出た婦人は、はい、はい、少しお待ちください、と言って、すぐ松尾に代わった。

長電話になった。松尾は一政に、ぜひお眼にかかって浜崎の話を聞かせてもらいたい。そのために、迷惑でなければ、明日でも明後日でも、そちらの都合のいい日におうかがいしたい、と言った。一政は、いやいや、自分のほうから訪問する、と言ったが、結局、明日松尾が久留米まで出かけて来ることに話がまとまった。

一政は、明日、お眼にかかったときに詳しくうかがいたいが、浜崎の妹さんは、どこに住んでおられて、どんなふうに暮らしておられるのだろうか、と尋ねた。

松尾は、それほど詳しく現況について知っているわけではないが、と前置きをして、彼女の今の姓は田村で、東京で息子さんと一緒に住んでいると言った。ご主人に、何年か前に先立たれましてね、実は、私が浜崎の妹さんと会ったのは、もうかなり前の話で、今は年賀状を交換する程度の付合しかしておらんのですが、以前、会ったとき、兄の戦死の状況を知りたいと言っておったのを、あなたの本を読んで思い出しましてな、と松尾は言った。

私も、浜崎さんのご遺族の所在がわかれば、『雲南戦記』をお送りしようと思うとりました。浜崎さんの臨終の様子については、私は簡単にしか書いとりませんが、あの戦闘の実態ば読んでもらえれば、浜崎さんの戦死の状況ば伝えるこつにもなりまっしょう。一政がそう言うと、松尾は、そうです、そうです、と言った。

一政は、浜崎の妹さんの在所は東京だと聞いて、東京ではすぐには会えんな、と思った。しかし、いずれそのうち一度は会いに行かなければなるまい、と思った。しかし、手記に書いてある以上に、どれぐらい詳しく、浜崎の死について語ればいいのか、——いつもそのことで一政は思い悩むのである。

浜崎は、戦没者名簿には、十九年九月十四日に騰越で戦死したと記載されているが、実は、騰越落城後、一政と同じく中国軍の捕虜になって、保山で死んだのである。

浜崎が捕虜になったということからして、浜崎の妹さんは、おそらく知らないはずである。まさか浜崎の妹さんは、兄が捕虜になったことを、恥辱だとは思うまい。中国の俘虜収容所から復員した者で、捕虜になったことを今でもひた隠しにしている人がいるそうだが、今はもうそんな時代ではないだろう。けれども、浜崎が死んだときの様子を聞いたら、妹さんはさぞつらかろう。

浜崎は、何千匹とも知れぬシラミに取りつかれ、消耗しきって死んだ。浜崎の毛布のくぼみに溜まっているシラミを、一政は、まるで豆でも掬うように両手で掬って捨てた。あまりに数が多いので、いちいち潰す余裕はなかった。シラミを掬う一政に、最後の夜の浜崎は、礼を言う気力もなく、虚ろな瞳を向けていた。

他の戦没者に較べて、浜崎だけが特に悲惨な死に方をしたのではない。手で掬って捨てるほどのシラミにたかられていたとは言え、浜崎はむしろ、仲間に看取られて死んで行ったのだから、もって瞑すべしと言えるかも知れない。しかし、遺族は、いずれにしても聞けばつらかろう。だが、つらくても、聞きたかろう。やはり、そういうこともつぶさに伝えるのが、生き残った者のつとめなのかも知れない。部下の小隊長に射殺された中隊長やその当番の遺族には、さすがに真相は話せないが、けれども、腕や脚をもがれたり、はらわたを飛び出させて死んで行った戦没者の遺族には、それがどんなに悲惨な姿であり、聞くほうではもちろん、話すほうでもつらくても、やはり事実を伝えるべきではあるまいか。きれいごとや中途半端で済ますなら、いっそ松尾さんに言ったように、『雲南戦記』で雲南の戦闘の実態を読んでもらうだけにとどめて、それ以上は、一切口をつぐんでいるべきかも知れぬ。しかし、遺族にしてみれば、戦闘の実態だけでなく、身内の最期の様子を、もっと詳しく知りたいであろう。その要求に自分は応じなければならないのではあるまいか。

一政は、自分が浜崎の妹と対《むか》い合っている光景を想像してみた。

自分が、あっさりした話し方で話しても、浜崎の妹さんは、やはり泣くだろうか。浜崎の妹さんが泣けば、自分も泣いてしまうかも知れぬ、と思われた。

浜崎は、もともと口かずの少ない男ではあったが、馬鞍山陣地を脱出して以後は、いっそう無口になった。口癖の、きつかね、さえ言わなくなった。表情もボケッとした感じになっていた。彼はよく、今にも泣きだしそうな顔になったものであった。けれども、きつかね、と言い、悲しげに眼を潤ませていたころの彼は、気力も元気もある状態だったのである。そしてその気力も体力も、馬鞍山を出て冷水溝に達するまでの間に、なくなってしまったのである。

馬鞍山で、隊長のやり方に批判的なことを言った元気な浜崎と、疲れ果てて口もきかなくなった冷水溝の彼の顔と、両方を思い出す。冷水溝では、彼と雑談をするような余裕はなかったが、一政が、ぼんやりしている浜崎に、元気ば出さんな、と声をかけても、彼は、うんともすんとも答えず、笑顔も返さなかった。なにか、浜崎は、そのままミイラにでもなってしまいそうな感じであった。

冷水溝では、一晩過ごし、翌日、負傷患者の護送命令を受けて山を下ったのである。

冷水溝でも、握り飯をもらった。二個であった。それが一泊二日分の配給であった。陣地の下の藪の中で、冷水溝の救援に来た聯隊本部の兵士と遭って合流し、そこから頂上の陣地まで、草原の坂を駆け上がったときには、幸い敵に見つからなかったが、陣地にたどり着くと、一休みする余裕もなく、遠征軍の砲撃を浴びたのである。

同時に豪雨が来た。例の、バケツでぶちまけたような、氷水のような雨である。その氷水をどっぷりと吸った軍衣は重く、それでなくても冷えきっている体が、ますます冷える。寒い、というより、苦しい、といった感じである。耐えかねて一政は、横穴に飛び込んで雨をしのいだが、一政に続いて入った来たのが、和田一等兵と浜崎一等兵とであった。

三人がやっと入れるぐらいの横穴であった。三人は、穴の中で天幕をかぶって震えていた。

浜崎は、歯をカタカタと鳴らしていた。

「寒かね、こごえてしもうて、体が動かんたい」

と一政が言うと、和田が、

「こげなときに、焼酎ば一杯、キュッとやったら、うまかろうね」

と言った。

浜崎は、何も言わず、歯を鳴らし続けていた。和田が、

「弾には馴れて来たが、この冷たい雨には馴れようもなかたい」

と言って、両の拳で、自分の体をあちこち休みなく叩き、

「こげんすれば、少しはぬくかよ」

と言った。

一政も、和田の真似をして両の拳で自分の体を叩いてみたが、それぐらいで体が暖まるわけはなかった。気休めでしかなかった。

穴の入口から、一向に衰えぬ雨脚を眺めていた。敵の砲撃は、いくらか間遠になった。しかし、そう思っているうちに、また激しく続けて撃って来るのであった。

一政は、馬鞍山で、初めて戦闘を経験したのだが、彼我の弾薬の保有量に懸隔があり過ぎると思った。遠征軍の弾薬は、無尽蔵のように思えた。ちゃんと狙っているのか、適当な見当で

撃っているのか、とにかくやたらに撃って来る。そして、中国式の攻撃法なのか、アメリカ式の攻撃法なのか、遠征軍は、日本軍のようなイチかバチかのような斬込み突撃は、決してしないのである。まず砲弾と空からの爆弾を、目標にたっぷり撃ち込んで、相手の抵抗力を破壊して歩兵を進めるというのが遠征軍の戦法である。前進して来た歩兵が、思わぬ反撃に遭うと、彼らは無理をせずに退いて、再び砲爆撃を加えて来る。それは彼らにしてみれば、兵器、兵力の差を計算した必勝の戦法であり、それに対して日本軍は、成算抜きに必勝の信念で張り合ってみるしかなかったのである。

それについて特に教えられたわけでもなく、これまで戦闘の経験もなかった一政であったが、遠征軍の戦法をいち早く憶えた。遠征軍のやり方も、いつも同じだが、こちらのやり方も、いつも同じなのである。砲爆撃が終わったら、前進して来る歩兵を適当な距離まで引き寄せておいて、こちらは弾薬を惜しみながら撃つのである。

遠征軍の砲撃が終わったら、こちらは迎撃の位置につかねばならないのだと思っていた。ところがあのときは、その前に、一政たちが入っていた穴が砲弾の炸裂による震動のために崩壊して、三人は生き埋めになったのであった。

一政は、携帯天幕を頭からかぶって、土壁によりかかって眠っていた。すると突然、土砂に押え込まれた。一瞬のできごとであった。息ができなくなり、夢中でもがいたが、土砂の重さをはねのける力はなかった。死ぬ、と思った。ところがその瞬間に、救い出された。和田が半身だけ埋まったかたちでいて、大声で救いを求め、その声を聞いた兵士が駆けつけて来て、間髪を入れず掘り出してくれたのである。

あのとき、もし和田が、半身ではなく全身埋まっていたら、三人共死んだわけである。そんなことが、人の生死を分けるのである。幸運であった。しかし、あの生き埋めは、一政にはさほどこたえず、浜崎にはひどくこたえたのであった。

土砂の中から救出された後、一政は、馬の生肉を食った。敵の砲撃は依然として熄まず、数頭の現地馬が破片をうけて倒れた。その馬を、まだ死にきれずにもがいているうちに、腹を裂いた。それでも馬は、まだ生きていて、横たわったまま、前脚をかきこむように動かしていた。一人の兵士が、おーい、みんな早く来い、と叫んだ。その声を聞いて、壕から出て来た兵士たちが、馬にむらがって、腹の裂け目から内臓を引き出して食らいついた。肉も食ったが、柔らかい臓物のほうが食いやすかった。みんな、口のまわりを血で真っ赤に染めていた。

一政は、浜崎に、切り取った馬肉の一片を差し出して、

「食わんね」

と言った。浜崎は、ああ、と言って受け取ったが、すぐに口に持って行かず、手に持ったまま、ぼんやりしていた。

「食べんしゃい、精ばつけんと、持たんよ」

と一政がさらに勧めると、浜崎は、また　ああ、と言い、やっと肉をくわえたが、すぐまた

口から離した。肉を嚙み切る体力がなくなっていたのかもわからない。飢えていなかったはずはないのだが。

そんな浜崎に較べると、自分には体力があったなと一政は思うのである。しかし、一政も疲れきっていた。おそらく疲労のために、壕の中で、冷雨に打たれながら、いつの間にか眠っていたのであった。夜になると、砲撃は熄んだが、敵は夜襲をかけては来なかった。夜襲は日本軍の十八番だが、遠征軍は、馬鞍山では夜襲をかけて来た。その晩、冷水溝にそれがなかったのは、敵はまだ充分に撃ち込んではいないと判断したからだろうか。だとすれば、明日また猛烈に撃って来るな、と思っていたら、案の定、遠征軍は、夜が明けるとすぐ砲撃を開始した。

迫撃砲はどこから撃って来るのか、方向もわからない。いずれにしても、すっかり包囲されているに違いないと思われた。その朝、一政は、負傷患者の護送命令を受けて山を下ることになったが、行く手には、待ち受けているように敵がいて、それを撃退しながら、進まなければならなかった。

護送した負傷兵は、何人ぐらいだっただろうか。担送患者が十四、五名。そのほかの負傷者には歩けるだけは歩いてもらったのだった。

険しい山中の間道を通って、瓦甸の友軍陣地に着いたのは、その日の夕方であった。瓦甸には、蔵重聯隊の本隊が来ていた。瓦甸に何日間ぐらいいただろうか。聯隊が冷水溝陣地で苦戦中の日隈大隊を救出すべく出発したのは、まだ五月中であったか六月に入ってからであったか。

一政は、冷水溝から降りて来て、瓦甸には一週間ぐらいいて、再び救出作戦に参加して冷水溝に向かって出動したのではなかったかと思うのである。

一政たちの馬鞍山脱出部隊が瓦甸に着いた数日後に、橋頭街の救出部隊と救出された守備隊の将兵が引き揚げて来た。橋頭街の守備隊も、敵の重囲の中にあって、全滅寸前の苦戦を続けていたというのであった。あのころは、怒西地区の龍の守備隊は、すでにいたるところで全滅の危機に瀕していたのだ。

あのころの一政には、作戦がみな救出作戦に思えたものであった。しかし、あの五月の末だったか六月の初めだったかに聯隊が出動した作戦は、冷水溝守備隊の救出だけを目的とするものではなかったのである。

あのころの雲南遠征軍の反攻を日本軍は、第一次反攻作戦と言い、それに対する日本軍の作戦を、第一次反攻撃砕作戦と言っている。

当時は無論、一等兵の一政には、軍や師団の作戦がどのような構想であったのか、つぶさには知りようもなかったが、五月十一日に怒江を渡河して反攻作戦を開始した遠征軍を、日本軍はまず怒江で、次いで高黎貢山系で反撃し、進出を阻止しようとしたわけである。

しかし、遠征軍は、高黎貢山系内の各日本軍守備隊を包囲攻撃しながら、怒西地区一帯に浸透して来たのである。

師団は、蔵重大佐を聯隊長とする歩兵第百四十八聯隊に、騰越北方地区の遠征軍の進撃を阻止させようとしたのであった。

あの出動は、そのための反撃作戦だったのである。

それまで第三大隊基幹の聯隊主力は、高黎貢山系中大塘子陣地で遠征軍の進攻を阻んでいたが、聯隊本部が瓦甸に来たころには、陣地から大塘子西方鞍部に後退していた。

聯隊は、冷水溝およびその北方山中から前進中の敵主力を撃退しようとした。師団長は、第百十三聯隊の荻尾大隊と原田集成大隊を蔵重大佐の指揮下に入れ、さらに師団砲兵一個大隊を協力させることにしたのである。

あれは、冷水溝の救出も含めて、もっと大規模な反攻撃砕作戦というべきものだったのであろう。

聯隊旗を押し立て、聯隊長が先頭に立っての進軍であった。いかにも大出動という感じであった。実は、その何倍もの敵が、すでに怒西地区に充満していたわけであったが、蜒々《えんえん》と続く友軍の中にいると、これまでにない心強さを覚えたものであった。

出動した聯隊は、橋頭街で砲撃された。友軍も砲列を敷いて応戦した。歩兵部隊は、散開前進して、敵陣に肉薄し、砲兵陣地を占領した。さらに、敗走する敵を追って、馬面関まで進撃した。

しかし、遠征軍は馬面関に強固な陣地を構築していて、手強く反撃した。

冷水溝の友軍を救出するためには、しかし、その敵陣地の前を強行突破しなければならないという。それができなければ、冷水溝守備隊の全滅は免れないと聞かされた。聯隊長は、主力の一部に、強行突破を敢行させると共に、馬面関方面の遠征軍への攻撃命令を下した。

交戦は一昼夜続き、友軍はついに遠征軍を撃退した。

一政は、敵前強行突破の隊ではなくて、馬面関攻略部隊の一兵士として戦った。一政たちは、高黎貢山麓で、冷水溝から降りて来た将兵を迎えた。見知った顔があった。馬鞍山を脱出して来た一政たちを助けてくれた将兵である。一政が冷水溝に入ったときにはこれほど無惨な姿ではなかった。あれから今日までの数日間の遠征軍の攻撃の激しさを、その姿が生々しく語っていた。傷ついた戦友の肩にすがっている傷ついた兵士。ものも言わずに担架に仰向けになっている瀕死の兵士。みんな泥まみれで、眼だけを光らせていた。

冷水溝の第二大隊の将兵は、一政たちが負傷患者の護送で山を下った後、弾も食糧も尽き、夜襲で敵陣に斬り込んで、陣地を死守したというのであった。撃つだけ撃たせて、敵が近づくと、壕から飛び出して斬り込んで行く。そういう戦闘を繰り返したのである。弾が尽きればそうするしかないのだ。そして、そのたびに、誰かが死に、何人かが傷ついたのである。

一政は、自分が冷水溝で生き埋めになったとき、とっさに掘り出して救ってくれた兵隊がいないかと、下山した負傷兵たちを見たが、あの兵士の顔は見当たらなかった。あの兵士は、なおも冷水溝にとどまって戦い続けているのか。でなければ、あるいは戦死して、小指を切り取られた遺体となって、山の土の中で眠っているのか。そんなことを思った。名も知らぬ兵士だったから、誰に尋ねようもないのであった。

それとも、あの下山した負傷兵たちが、冷水溝の生き残りの全員で、あのとき日本軍は冷水溝から撤退したわけだったのだろうか。

そのへんのことが一政には、はっきり思い出せないのである。ただあのとき、冷水溝にはまだ友軍が残っていて戦い続けているような気がしていた。あれから聯隊は、瓦甸の東方地区で、寺山寨方面から来た遠征軍と戦い、さらに南下して江萱街方面でも戦った。

それから聯隊は、再び、いったん瓦甸に集結して、そこから騰越に向かったのである。

聯隊が瓦甸に引き揚げて来たときには、もう六月も半ばになっていたのではなかったか。だいたいそんなことだったと思うのだが、半月にわたるあの作戦中、浜崎はどこでどうしていたのか、一政は思い出せないのであった。

もしかして浜崎は、あの作戦には参加せずに、瓦甸に残留したのだったのだろうか。それとも、ずっと身近にいたにもかかわらず、記憶に残っていないのだろうか。記憶とはそういうものなのだろうか。そう言えば和田一等兵についても、いくつかの場面を思い出すが、いくつかの場面を憶えているだけで、追憶が続いているわけではない。憶えている場面と場面の間が、まるで記憶喪失症にでもかかったように、きれいに欠落しているのである。他の人々についても同様である。いや、自分自身についてさえそうである。あの作戦のことにしても、馬面関を占領した後、瓦甸東方地区に南下した行軍、さらにそこから江萱街南東方地区へ南下した行軍についての記憶が曖昧である。あの行軍も難行軍であったが、なぜか撃砕作戦のときの行軍の苦しさは、馬鞍山を脱出してからの行軍に較べればもちろん、あのあとの、瓦甸から騰越への行軍に較べると、少なかったということなのだろうか。

あの作戦中も、よく眠った。わずかな暇でも、どこででも眠った。眠いという感じはないのに、どこででも眠っていた。そうすることで少しでも疲労を恢復するように、体の生理がそんなふうになっていたわけだろう。

困ったのは大腸炎であった。一政は胃腸が強い体質らしく、中では軽症であったが、馬鞍山脱出部隊の兵士たちは、みな、下痢と腹痛に苦しんでいた。冷水溝で食った馬の生肉が当たったのである。

十五分か二十分おきぐらいにしゃがみこむ戦友がいた。クレオソート丸ぐらいでは止めようもない。こういうときにはしばらく絶食するのがいいのだが、食べないと体力がなくなってしまいそうな気がするのであった。みんな、食えるものがあれば、下痢をしながらでも食うのである。しかし、食ったものは、たちまち体を通り抜けてしまう。下痢をすれば、結局、食っても体力は抜けてしまうのだが、兵士たちは眠ることと食うことが止めようとしても止められないのであった。

「下痢ば直さんと、栄養失調で死ぬこつになるぞ。死にたくないなら、三日でん四日でん、止まるまでは飯ば食うな」

そう言って班長は、一政たちに絶食を勧めたが、そうする者はいなかった。

そんな体調でも一政たちは、何日にもわたって戦闘と行軍とを繰り返し、一応、高黎貢山系西麓地区に進出して来た遠征軍を撃破して瓦甸に撤退したのだ。

しかし、撃破したの、撃退したの、と言っても、それで遠征軍が反攻をやめてしまったわけではない。なるほど、あとで捕虜になったとき遠征軍の兵士から話も聞いたし、復員してから読んだ本にも書いてあったが、反攻して来た遠征軍も、日本軍と同じように、食糧不足と寒気と豪雨とに苦しみながら攻めあぐんだのである。兵員の損耗も多大で、敵は第一次反攻では、雲南の日本軍を制圧することはできなかったのである。だがそれは、日本軍が遠征軍を制圧したことにもならなかったのだ。六月に入ると同時に再び、新たな敵の大軍団が怒江を渡河して、第二次反攻作戦を開始したのである。

第二次反攻における敵の攻略目標は、拉孟、鎮安街、龍陵、芒市であったと、復員後に読んだ本には書かれているが、そのようなことは、当時はそれまでと同じように、一政の知るところではなかった。

拉孟が包囲されて攻撃されている、龍陵が包囲されて攻撃されている、といった話は耳に入って来た。

遠征軍は、第二次反攻では、拉孟以南で怒江を渡った。拉孟、鎮安街、龍陵、芒市はいずれも滇緬公路上にある。

第一次反攻作戦で進出して来た遠征軍は、第二十集団軍で、第二次反攻で怒江を渡って攻撃して来たのは、第十一集団軍というのである。

その第十一集団軍が第二次反攻を開始したころ、龍兵団は、ほとんど全力を挙げて、騰越方面で第二十集団軍と戦っていたので、滇緬公路の南は、手薄になっていた。そこへ虚を衝いたかたちで第十一集団軍が進出して、一気に、滇緬公路上の日本軍守備隊を包囲したのである。

遠征軍がそのような攻撃をしかけて来ることを、師団は予想しなかったわけではなかった。芒市機関から、情報も入っていた。しかし、師団としては、第二十集団軍の撃退に力を尽くすのが精一杯で、滇緬公路の南から来る敵の大軍団に対しては、打つべき対策がなかったのである。

そればかりか、第一次反攻撃砕作戦で戦果を挙げた蔵重聯隊も、撤退しなければならない状況になった。六月の半ば、瓦甸に集結した蔵重聯隊は凱旋したわけではなかった。随所で第二十集団軍を撃破したにはしたが、聯隊は、第二十集団軍主力の追撃を防ぎながら撤退して来たのであった。さらに聯隊は、瓦甸から騰越に退き、戦線の収縮を図ったのであった。

そのころ、騰越は、部隊が撃砕作戦に出動していて、無防備に近い状態であった。だから一刻も早く到着して、敵の攻撃に備える態勢を整えなければならなかったのである。

気の急《せ》く強行軍であった。あの強行軍のことは憶えている。例によって、負傷兵も戦病者も、重症の担送患者以外は、歩かなければならなかった。あのような行軍では、なんと言っても、負傷兵は格別つらい目に遭う。あのときも太い雨に叩かれた。騰越への道は、連日の雨で泥濘となり、場所によっては、膝まで沈んだ。無傷の兵士でも、そこでは容易に進めなかった。疲れた体に力をこめて、片足を引き抜くと、その分だけもう一方の足が吸い込まれるような気がした。負傷兵の中には、足が動かなくなり、泥の中に立ちすくんでいる者がいた。そのような負傷兵にどうしてやることもできないのであった。後ろから来た兵士が、頑張れよ、後ろは敵だぞ、と激励の声をかけて追い抜いて行くばかりだ。

膝までの泥濘をなんとか渡り切っても、負傷兵たちは無傷の兵士と一緒には歩けなくて、置いて行かれてしまうのであった。引っぱって連れて行ってくれ、あるいは肩を貸してくれ、とでも言いたいのだろうか、わずかに唇を動かすだけで声もなく、通り過ぎる兵士に片手を差しのべている負傷兵がいた。もう一方の腕はやられていて、三角巾で首から吊っていた。しかし、その負傷兵に肩を貸してやる余裕が残っている者はいなかった。

一政も、自分自身が歩くだけでやっとだった。雨を吸って重くなった装備に締めつけられて、動きにくく、呼吸が苦しかった。こういうときには、苦しいと思うとますます苦しくなるのだ。そう思って一政は、子供のころのことを思い出してみたり、口の中で、知っている歌を次から次に歌ったりしながら歩いた。

何回思い出しても、いつ思い出しても楽しい思い出というのが何かないだろうか、と考えてみたが、思い出せなかった。そういうものがあれば、行軍のときにはいつもそれを思い出しながら歩くのだが。

おれは恵まれて育ったとは言えない。高等小学校を出た年に母が死に、次の年、母を追うようにして父が死んだ、父が死んだのは、おれが満で十五歳のときであった。それからしばらく叔父の家に厄介になって、それから、一時、東京に行ったのだった。何でもいい、何か腕に職をつけなければ、——東京に行けばなんとかなるだろうなどと考えて、久留米の叔父とは別の伯父を頼って上京したのだったが、何も職が腕につかないうちに、また久留米に帰ることになった。行軍中、その頃のことを思い出して一政は、しかしだからと言っておれは、自分の境遇を不満に思ったり、ひがんだ考え方で考えたりしているわけではないのだ、と思った。おれには、野心はない。ただ、つつましい平和な家庭を営み、普通に暮らせればいい。だが、平和な家庭や普通の暮らしが自分の未来にあるとは考えられなかった。それは甘美な空想であった。あの頃おれは、いつも、苦しいときには、楽しいことを思って少しでも気を紛らすようにしていた。

あの騰越への行軍で落伍して、それっきりになってしまった負傷兵がいた。だが、負傷兵の大半は、遅れても、なんとか歩き通して、騰越城にたどり着いたのだ。そして、負傷兵たちも、騰越城に着くと、陣地構築の作業に参加したのである。

浜崎はあの行軍を、どこにいて、どのように歩いたのだろうか。

騰越城では、浜崎と土運びのモッコを担いだ。

今になって考えると、消えた人間がパッと出現したような感じだが、当時は、作戦中や行軍中に顔を合わさなかった戦友と、どこでまた一緒になろうが、それが自然のような感覚であった。

あるいは、実際には、顔を合わせていて、それを今の自分が忘れてしまっているということかも知れない。戦場では、離別と邂逅《かいこう》が日常的になり過ぎていて、それに対して不感症になっていたところがあったのかも知れない。死も離別、行方不明も、転属も離別……戦場では、戦友の死を、無論、悼みはしたが、死が多過ぎて、一つの死をいつまでも悼み続けることはできなかった。死別でなくて、誰かが急に部隊から離れたりしても、それも戦場の平常であった。

冷水溝での浜崎を思い出すと、騰越での彼は、意外に元気を取りもどしていたのであった。

「あんた、ちっと元気ば取りもどしんしゃったように見ゆるが、どうね、そうじゃなかかね」

と一政は言った。

浜崎は、

「そうかのう」

と答えた。

あの陣地構築の作業中に、一政が、

「拉孟も龍陵も、遠征軍に包囲されたちゅう話ば聞いたが、騰越も包囲されるじゃろうか」

と言うと、

「もちろんだよ。そんときのための陣地作りをしとるわけやろ」

と浜崎は言った。

「きつか戦闘になるじゃろうね」

「龍がいかに精強師団だと言っても、これからはもう勝てんよ。これからはもう押される一方だよ」

浜崎は騰越でも、人には聞かされないことを言った。

「下痢はどうね」

「下痢がどうしたって？」

「馬鞍山脱出部隊のもんは、みんな、下痢ばしとろうが。馬の肉ば食うて……」

「そうか、おれはしとらん」

と浜崎は言った。

浜崎は、体力はなさそうでも、胃腸は丈夫なのかも知れなかった。

「あんたも冷水溝で、馬ば食うたじゃろうが」

「ああ、食べたよ。あんたが持って来てくれたじゃなかね」

と浜崎は言った。

他の連中は、ほとんどの者が、騰越に来ても下痢に悩まされていた。そんな状態で、時間と争って、陣地構築作業に励んだのであった。

構築が完了するまで、遠征軍の攻撃はなかった。遠征軍は、滇緬公路方面の攻略に集中しているのかも知れなかった。

それにしても、騰越方面の敵が、鳴りをひそめているのが意外であった。騰越方面の遠征軍も、一時、攻撃目標を変えて、拉孟や龍陵の攻略戦に加わっているのかも知れないと思われた。一政は、激戦の最中だと聞かされただけで、滇緬公路方面の詳しい戦況はわからなかったが、激戦が、拉孟に関しては、苦戦という言葉に変わって、兵士たちの話に上るようになった。拉孟陣地は完全に孤立してしまったというのである。

（もう勝てんよ。これからはもう押される一方だよ）と言った浜崎の言葉を一政は思い出した。一政たちは、騰越城内東北角のトーチカ陣地に配置された。そこは日本軍が十八年に騰越を占領した直後、守備隊が構築したコンクリートの堅固な陣地であった。

十二人が六人ずつ二交代で陣地の警備に就いた。浜崎と一緒であった。

騰越城の東北角陣地に就いてからの浜崎については、いろいろ記憶に残っている。それは、『雲南戦記』にも、ある程度書いてはあるが、明日、博多の松尾さんが来たら、思い出せるだけ思い出して話さねばなるまい。

東京在住の浜崎の妹さんにも、いずれ、話に行かなければなるまい。

6

奥州町の萩原稔を訪ねて文章の書き方について講釈を聞いてから、一月ほどになる。なんとなく日がたってしまった。ちょっとご無沙汰したな、と思いながら芳太郎は、萩原を訪ねた。

萩原は、芳太郎の顔を見ると、

「やあ。どうね、ビルマ戦記は進んどるね」

と言った。

「なんぼも進んどらんが、ま、ボチボチ書いとるばい。萩原さんはどうね」

と芳太郎が言うと、

「相変わらず、ハカが行かんたい。むつかしかもんじゃ」

「萩原さんの書かれとるとは、わしらのような素人のもんとは違うて、玄人の大作じゃけん、わしらにはわからん苦心がいろいろとありなさっとじゃろう」

「そうでもなかとじゃが、なかなか、これでよかちゅう気にはなれんもんたいね」

と萩原は言った。

芳太郎は萩原に、なんぼも進んどらん、と言ったが、しかし、このところ、いくらか筆が進んでいた。それというのも、やっと、いい文章を書こうという意識から脱却できたということだろうと芳太郎は、自分を省みて思うのであった。

やっと、自分は自分なりにやるしかないという気持になって来た。さんざん迷ったあげくに居直ったのである。思い出すばかりで書けない状態が続いているうちに、その状態がつらくなり、それを打開するのに、いい文章がどうのこうのと思っていられない気持になって来た。下手でんよか、キンキラキンでんよか、と芳太郎は思った。

「白石さんは、どのあたりまで書かしゃっとるね？」

と萩原は言った。

「雲南遠征軍の反攻が始まったあたりのところまでは来とるばい」

「それなら、もう一息じゃろうが。いや、百里の道は九十九里を以て半ばとす、と言いよる。もう一息とは言えんのう。騰越の玉砕までは、いろいろあったじゃろうし……」

「文章のこだわりはのうなったがのう。わしはあんたに、文章の書き方ば、どぎゃんすればよかねと訊いたが、結局、教えてもろうて頭の中ではわかったつもりになっても、どげにもならんちゅうこつがよくわかった。じゃから、そぎゃんこつは、もう考えん」

「それがよかたい。文章なんかどうでんよかよ。うまか表現ば考えるより、真実を飾らずに伝えるこつが大事じゃ」

「日附が思い出せんもんね。それでマゴマゴするたい。前に書いた手記ば読んで、でけるだけ思い起こしとるが、ある程度しか思い出せんもんね」

と芳太郎が言うと、萩原は、そうじゃろう、わしもそうじゃ、と言い、それから座を立って、本を二冊持ってもどって来た。

「日附を思い出すのに、役に立つ本じゃ。この『戦史叢書』のほうは、今、わしが使うとるが、こっちの『雲南正面の作戦』のほうは、持って行ってんよかよ。この『雲南正面の作戦』ちゅうのは、陸戦史集というシリーズの中の一冊じゃ。北ビルマ、雲南の戦闘について、もと第三十三軍参謀で現在は陸上自衛隊幹部学校戦史教官というのをやっとる野口省己が書いたもんを陸戦史研究普及会が編集したと、はしがきに書いとる。こっちの『戦史叢書』のほうは、防衛庁防衛研修所戦史室著と書かれとるが、読んでみると、『雲南正面の作戦』も『戦史叢書』も、だいたい同じもんたい。戦史室でん普及会でん、書き手は、同じ野口元参謀のグループじゃちゅうこったい。『雲南正面の作戦』のほうは、『戦史叢書』ほどは詳しくはなか。ま、いわばダイジェスト版たい。そやけん、物足りなくもあるが、その代わり、『戦史叢書』んごつ、感状がベタベタ出とらんけん、気分がよかよ。感状も資料のうちと思うて読めばよかろうが、こぎゃんもんを得意気にベタベタ並べらるると、ジンマシンが出るごつある。前にわしはあんたに、キンキラキンの文章の話ばしたが、キンキラキンの一例が軍隊の感状たい。軍司令官のなんのち連中が、美文調の感状ば出してふんぞりかえっていたのが、帝国軍隊たい。ほれ、ここに並んどる。ほれ、この寺内や本多が出した美文調の感状は、日本軍の仕組や、軍人どもの精神構造や体質が、どぎゃん粗末であったかちゅうこつを語っとろうが。感状の文章は、戦場の事実を美辞麗句で糊塗するだけたいね。戦記作家と言わるる人には、感状のような美文を書くもんが多いが、読者が白石さんに求むるものは、美文でん麗句でんなか、戦場の事実たい。わしが、白石さんに、逐一丹念に思い出して、飾らずに書けちゅうのは、そういうこったい」

と萩原は、一方的に一気にまくしたてた。萩原は、また、この種の本は、感状の精神が本全体に流れているので気分はよくないが、日附を思い出す資料になるだけでなく、当時、自分が、どういう戦況の中にいたのかを知るのによいから読んでみろと言うのであった。

芳太郎は、二冊を並べて較べてみた。中身まで丹念に読み較べる余裕はなかったが、『雲南正面の作戦』は、『戦史叢書』の中の雲南関係の個所を集めて作っているように思えた。萩原が言うように、『戦史叢書』には、感状が載っていた。しかし、ベタベタ載っているというほどではなかった。

『戦史叢書』の雲南の章には、騰越に関しては、南方軍総司令官寺内寿一が、騰越守備隊と蔵重聯隊長に与えた感状、第三十三軍司令官本多政材が、蔵重聯隊長が戦死したあと代わって守備隊の指揮をとった太田大尉に与えた感状、その次に、寺内司令官が第五十六師団と同配属部隊に与えた感状。四つの感状が載っていた。拉孟のところを見ると、こちらは六つばかり載っていた。感状には、個人に授与するものと、部隊に授与するものとがあった。拉孟関係の感状を見ると、寺内、本多のほかに、緬甸方面軍司令官河辺正三中将が出したものもあった。

『戦史叢書』に、総てを網羅して載せているのかどうかわからないが、龍陵に関しては、感状は一つしか出ていなかった。本多司令官が第百四十八聯隊の宮原第三大隊長に出したものが載っていた。

「ま、読んでみんしゃい。空疎でもったいぶった美文を読んでみんしゃい。帝国司令官は、こぎゃんなもんを、死んだ部下、全滅した部隊に出して、奴ら、いばりくさっとったんじゃ。感状には、戦闘中の部隊に出すのと、死んだもんにしばらくたってから出すもんと、両方あるようじゃなあ。ミイトキーナの水上少将は、激戦中にももろうとる。死んでからも、もろうとる。いや、戦闘中にもろうたのは、部隊全体で、個人としては死んだあとにもろうとる。いずれにしても感状ちゅうのは、要するところ思い上がりもんのお褒め言葉たい。文章も、本人が作るのではなかろう。おそらく副官にでん作らせるんじゃろう。軍隊ちゅうところは、こぎゃん空々しかもんでも、しかし、効用があったのかも知れんな。死んだもんに感状を出して、まだ生きとるもんを督励しようという魂胆じゃろうか。じゃけん、ほれ、寺内の感状は、仍《よっ》テ茲《ここ》ニ感状ヲ授与シ之ヲ全軍ニ布告スと終わりに書いとるばい。こげな立派で勇ましか人物がおるとやから、おまえらも負けずに励め、と全軍に言いたいわけじゃろうね。ああ、こぎゃん気色の悪かもんはなか」

と萩原は、しかめた顔を振りながら言った。

芳太郎には、萩原のように将官たちを憎む気持はなかったが、なるほど死んだあとで感状などもらっても、本人にはなんにもわからないわけだと思った。寺内南方軍総司令官が、騰越守備隊および蔵重大佐に出した感状の日附は、共に昭和十九年九月十四日である。九月十四日は、騰越城玉砕の日である。つまり守備隊の将兵は、一人として感状の授与について知らないわけである。芳太郎は幸運にも命ながらえて復員し、感状については、戦後何十年もたって知ったわけだが、なるほど守備隊に感状が授与されたと言って、ありがたくもうれしくもない。まして死んだ者たちにとっては虚しいと言えば虚しい。しかし、遺族は誇りに思うかも知れない。感状というのは葬式の花輪のようなものか、あるいは弔辞のようなものかも知れない、と思った。

太田大尉に本多第三十三軍司令官が授与した感状の日附は、昭和二十年二月十一日である。これは太田大尉が戦死して半年もしてから出している。同じく本多司令官が、宮原第三大隊長に出した感状の日附も、二月十一日である。宮原少佐が戦死して三カ月後の日附である。これは、紀元節を記念して感状を発行したのであろう。

芳太郎は、本多第三十三軍司令官が宮原第三大隊長に授与した感状を読んでみた。長文の感状である。寺内南方軍総司令官が騰越守備隊長の蔵重大佐に授与したものの三倍ぐらいもある長い感状である。

感状

歩兵第百四十八聯隊第三大隊長
陸軍少佐　宮原春樹

右ハ昭和十九年五月敵雲南遠征軍反攻ヲ開始スルヤ部下大隊ヲ率ヰ大塘子東北地区ニ急進シ独力第二十集団軍主力タル第五十三軍ノ怒江半渡ニ乗シテ敵ヲ急襲潰乱セシメ遂ニ主渡河点ヲ変更スルノ已ムナキニ至ラシメタリ

爾後大塘子附近要衝ヲ確保スルコト月余常ニ周到ナル準備ノ下或ハ自ラ挺身逆襲シ或ハ陣前近ク敵ヲ誘致撃滅スル等敵反攻ノ初動ヲ制シ積極果敢寡兵克ク之ニ痛撃ヲ与ヘタリ　又馬面関附近敵予備第二師主力ニ対スル攻撃ニ於テハ常ニ他大隊ニ率先シテ敵陣地ニ突入シ戦勝ノ端緒ヲ拓キ次テ六月下旬歩兵第百十三聯隊長ノ指揮ニアリテ第一次龍陵会戦ニ参加スルヤ随所ニ頑敵ヲ粉砕シ偉勲ヲ樹テタリ　更ニ龍陵守備隊敵ノ完全包囲ヲ受ケ危急ヲ告クルヤ八月二十四日少佐ハ特ニ選ハレテ先遣大隊長トナリ敵ノ重囲ヲ突破シテ背陰山ノ天嶮ヲ克服シツツ神速果敢ニ之ヲ救援シ守備隊ト共ニ龍陵ヲ死守シテ軍攻勢ノ支撐《しとう》ヲ確保セリ　九月十五日更ニ反転シテ平戞作戦ニ参加シ次テ宮ノ台附近芒市北地区ノ守備ヲ担任シ連日敵機ノ跳梁下執拗ニ来攻スル敵を尽ク陣前ニ撃摧《げきさい》シアリシカ　十一月一日以来敵第七十師及新編第三十三師ノ主力龍芒公路ヲ遮断セントシテ鉢巻山ニ突進シ来リ連日ニ亘ル砲飛協力ノ反復攻撃ニ依リ遂ニ之カ維持困難トナルヤ大隊長ハ寡兵ヲ以テ該地ニ急行シ最前線ニ立チテ部下ヲ激励シツツ該高地ノ一角ヲ保持シテ公路ノ安全ヲ確保シ龍陵地区隊ノ芒市ヘノ転進ヲ容易ナラシムルコトヲ得タルモ同月四日壮烈ナル戦死を遂ケタリ

右ノ如ク宮原少佐ハ聯隊ニアリテハ終始其ノ戦力ノ中堅トナリ独立シテハ最モ困難且重要

ナル任務ニ服シ尽ク之ヲ完遂シ以テ全般ノ作戦ニ至大ナル貢献ヲナセリ　是レ一ニ同少佐ノ至誠純忠高潔ナル人格ト率先常ニ陣頭ニ立ツ至猛ノ攻撃精神及卓越セル指揮統率ニ因ルモノニシテ其ノ武功抜群真ニ皇軍将校ノ亀鑑タリ

仍テ茲ニ感状ヲ授与ス

昭和二十年二月十一日

正四位

第三十三軍司令官　陸軍中将　勲一等　本多政材

功二級

読みおえて芳太郎は、こういうのをキンキラキンの美文と言うのかな、と思った。芳太郎は、支撐というのが読めなかったので、萩原に、ここはどう読むのかと訊いた。萩原は、わしもわからん、とぶっきらぼうに答えた。

宮原少佐への感状には、第三大隊の行動の概略が書かれている。宮原少佐の第三大隊は、感状に書かれているように、雲南遠征軍の総反攻が始まった当初は、大塘子東北地区で進入する敵と戦い、その後騰越城に集結したが、龍陵に抽出されたのである。

六月になると、再び怒江を渡河して第二次反攻作戦を開始した敵の大軍が、拉孟、鎮安街、龍陵、芒市の日本軍を攻撃するのである。それで第三大隊は、六月二十七日に騰越から龍陵に移動させられたのである。

芳太郎は、十九年、干崖から騰越城に引き揚げた後、そこから聯隊本部のあった瓦甸に行き、五月の上旬から一ヵ月余り、騰越地区一帯に進出して来た遠征軍と戦いながら、冷水溝の友軍陣地に弾薬糧秣を輸送したり、反攻粉砕作戦で出動したりしていたのであった。

瓦甸、橋頭街、馬面関等のある騰北地区には、十七年の秋に初めて騰越に来て以来、討伐に出たり兵団長閣下の護衛に就いたりして、何回も行った。十七年秋から翌年の春にかけての騰北騰南両地区の討伐戦の後は、敵の跳梁は、いくらか下火になっていた。しかし、後で思えばそれは、総反攻の嵐の前のわずかな期間の静けさだったのであった。

しかし坂口兵団長の護衛で瓦甸へ行ったのは、討伐戦から帰って来てからであったが、あのときには襲撃されたのであった。あれは、瓦甸の街を通り抜けて、楊柳の道を歩いているときだった。右方四、五百メートルの高地から、突然、機関銃掃射をくらった。兵団長は馬から飛び降りて伏せた。護衛兵たちは水田に飛び込んで伏せたのであった。植付が終わったばかりの田圃であった。敵は撃つだけ撃つと、鳴りをひそめた。芳太郎たちは、泥だらけになって水田から這い上がった。跳梁が下火になったとは言っても、あのころは、あんなこともあったのであった。

十九年の五月以降の敵の襲撃には、それまでとは違った激しさがあった。

橋頭街に、弾薬と糧秣を輸送したときも、いち早く襲撃された。瓦甸から橋頭街への道のちょうど真ん中あたりであった。輜重隊から借りた駄馬に梱包を積んで瓦甸を出発するとき、聯隊本部の作戦主任将校が、この辺一帯には敵兵が充満しておる。敵は、わが軍の小部隊や輸送部隊と見ると必ず攻撃して来るから、警戒を厳重に行軍せよ、と訓示した。しかし、充満している敵の襲撃を防ぐ手だてはないのであった。襲撃されたら、できるだけ俊敏に反応するだけしかないのである。

瓦甸から橋頭街までは、二十五キロの平坦な道だが、前日から降り続いている雨でぬかっていて、歩きにくかった。あの雨は、雨季のはしりの雨だったのであろう。泥濘の道には、いたるところに水溜りができていた。

瓦甸を出発したときは黄昏時であったが、すぐ漆黒の闇になった。十キロ余り歩いたと思われる地点で、機関銃の掃射を受けた。

あのときも、水田に飛び込んで飛弾を避けたのだったが、兵団長の護衛のときとは違って、梱包を搭載した馬がいたし、それに敵も、撃つだけ撃って逃走するというのではなく、手榴弾を投じながら肉薄して来たのであった。こちらの逆突撃で、敵は退却したが、近くの部落に逃げ込んでいた駄馬を捜し集めて、梱包を付け直して、難儀な行軍を続けたのだ。

橋頭街に着いたときは、夜が明けていた。あのころは、遠征軍の総反攻が始まったばかりの時期であったはずだが、橋頭街は民家も陣地もひどく破壊されていて、無惨な光景を呈していた。橋頭街の守備隊は、崩れた街の中で壕にこもって頑張っていた。橋頭街の守備隊が敵の大軍の攻撃を受けて全滅に瀕したのは、あのころではなかったか。あのころはもう砲弾の飛来が絶えなかったのである。芳太郎が橋頭街にいたときにも、何発か撃ち込まれた。

あの橋頭街へ行ったときには、もう五月の下旬になっていたのではなかったか。冷水溝陣地には二度行っている。一度は、弾薬輸送で行き、そのあと、再び、救出に行ったのである。冷水溝陣地に行ったのは、二度とも、六月に入ってからだったような気がする。

弾薬輸送で行ったとき、冷水溝の将兵はすでに、言いようもないくらい凄惨に、血と泥にまみれていた。

冷水溝に到着するのは、橋頭街に行く何倍も難儀であった。

かつて討伐で占領した馬面関が、敵に取りもどされていた。馬面関付近の天嶮は、それを利用して敵を迎える者には都合がいいが、そこを突破しようとする者には厄介きわまるのであった。小部隊の輸送隊では、敵軍を占領して踏み越えて行くことはできない。飛来する弾の中をすり抜け、突破するしかないのである。

冷水溝陣地には、その下の山裾に着いても、そこから先が進めないのであった。遮蔽物のない草原の傾斜を、二百メートルほど敵に身をさらしながら駆け上がらなければならないのであった。

馬面関の敵中を強行突破した輸送隊は、数名ずつに分かれて、草原を匍匐しながら梱包をひきずって進み、陣地に近づくと敏捷に起き上がって転がり込んだのだった。その間敵は執拗に撃ち続けた。

友軍の陣地の下に広がる草原で、四人の戦友が戦死した。

陣地には、ボロボロに破れた、そして血と泥に汚れた軍衣をまとい、髪も髭も伸び放題に伸ばして、眼ばかりギラギラと光らせている兵士たちが待っていた。

陣地にたどり着くと、二人の衛生兵が、戦死者の遺体の両手両足をひとつに縛り、竹竿を通して、担いで坂を降りて来た。まるで撃ち殺した猪でも運んでいるように見えた。その後ろに、負傷兵が何人か続いていた。片腕をもぎ取られた重傷者が、傷口から吹き出す血をボロ布で押えながらうめいていた。路上には、戦死者が横たわっていた。今すぐ、遺体を運んだり、埋葬したりする余裕は、生き残っている者たちにはないのである。いずれこの戦死者も、手足をひとつに縛られて、竹竿を通されて、衛生兵にどこかに運ばれるのであろうと思った。

冷水溝へ来るまでの途中も、着いてからも、撃たれ続けであった。強烈な音を発して、すぐ近くで砲弾が炸裂した。

砲撃中は敵の歩兵は肉薄して来ないから、ひたすら壕の中に身を沈めているのである。壕に入っていれば、炸裂音の仰々しさの割には、それほどは当たらないものだが、遠征軍の弾薬の豊富さには抗しようがなかった。数撃つ砲弾の中には直撃弾も出る。直撃されればもちろん即死である。

砲弾が、身近で炸裂している状態にあるときは、死を思う余裕はないが、壕の中にいると、来るかな、当たるかな、と思う。敵機も頻繁に飛んで来た。芳太郎は、冷水溝の壕の中で、ここにいる兵士はいつかはやられる、早いか遅いかだけの話だな、と思った。

守備隊に梱包を渡したあと、壕の中で芳太郎が、陣地の兵士に、

「乾麵麭を持って来たぞ」

と言うと、その兵士は、おうと唸って、やにわに芳太郎の背嚢に飛びついて、紐を引きちぎって乾麵麭の袋を引き出すと、いくつかの粒を一度に頰張った。兵士は、まるで早食い競争でもしているようにせわしなく嚙み、飲み込んだ。

守備隊の将兵は、食うものもなく、日夜、激しい砲爆撃に耐えていたのであった。

弾薬糧秣輸送の任務を果たしたわけだが、さてそれからが、引っ返しようのない状況であった。このままここで、守備隊に加わって戦うしかなさそうだと思っていたら、中尉の肩章をつけた将校が来て、

「おい、きみ、これを本部に持って行ってくれんか」

と、携帯天幕の包みを指さした。

包みは二つであった。天幕は血と泥でひどく汚れていた。中には切断された手や足が入っていて、一つ一つに名札がついていた。

芳太郎は、鍋島上等兵と、包みを一つずつ背負って、山を降りた。夜まで待って、闇の中を一気に麓まで駆け降りた。降りると林の中で一休みした。

「重かね。こん包み、何人分ぐらい入っとるんじゃろう」

と鍋島上等兵が言った。

「二十四、五人分ぐらいじゃなかろうかの」

芳太郎は、なんとなくそんな気がして言った。

「途中で馬でんつかまえんと、運びきれんたい」

「そうじゃのう」

だが、重くても運ばなければならないのである。

そこからの道は、以前討伐でこの辺に来たこともあって一応知っているつもりであったが、夜道だから、足許がよく見えなくて、躓いて何度も転んだ。路上に死体が横たわっていて、それに躓くのである。おそらく敵兵の死体であろうと思われた。転倒したはずみに、天幕の包みの結び目から、いくつかの遺体がこぼれ落ちたような気がしたが、それを確かめようもなかった。

三時間か四時間ぐらい、歩きにくい山道を歩くと、やや平坦な道になった。その平坦な道にさしかかったところで、四人の日本兵に会った。四人共負傷していた。二人は腕を三角巾で肩から吊り、二人はやられた脚を引きずっていた。負傷兵たちは、芳太郎と鍋島上等兵に、橋頭街まで連れて行ってくれと言った。

六人の一行になった。負傷兵を連れた行軍では、動きが鈍くなる。敵の陣地のある地点は、夜のうちに通り抜けたかったが、脚をやられた負傷兵がついて来れないので、そこに達する前に夜が明けた。

一時止んでいた雨がまた降りだした。来たときと同じように、また敵陣地の前を駆け抜けなければならないのであった。もう少し行くとその難所にさしかかるというあたりで、ロバが路傍で草を喰んでいるのを見つけた。

そのロバに天幕の包みを積んだ。朝の光の中で、一人ずつ間隔をとって、敵前を駆け抜けることにした。敵の射撃にさらされる距離は、七、八十メートルぐらいである。最初に芳太郎がロバの手綱を曳いて駆けだし、二番目に鍋島上等兵が走った。駆けだすと同時に敵は機関銃で撃って来た。もうあと二十メートルで通過完了という場所でロバが斃れ、そこまで来ないうちに、脚を負傷していた一人が、頭に弾を受けて即死した。

芳太郎と鍋島上等兵は、斃れたロバから包みをはずすために引き返さなければならなかった。鍋島上等兵と被弾を覚悟で、ロバのところにもどって、包みをはずしたが、一つはロバの体の下敷になっていたので引き出すのに難渋した。ロバの死体を必死に引きずった。幸いその作業中は撃たれなかった。敵は芳太郎たちが激しい雨の中を危険を冒してもどって来るとは思わなかったのかも知れない。

無論、難所はそこだけではなかった。その先も、どこで敵に襲われるかわからないのであった。橋頭街へのその道には、日本兵の死体が、いくつか横たわっていた。空には禿鷲が旋回していた。そのうちにあの禿鷲たちは、舞い降りて来て遺体をついばむのであろう。遠征軍の反攻が始まるまでは、日本兵の遺体がこんなふうに野曝しになっている光景は見られなかった。

ここにあるのは、今の自分たちのような、小人数の輸送隊や、野戦病院に向かう負傷兵たちが、先刻頭部を撃ち抜かれて死んだ兵士のように襲われて、こんなふうになっているわけであろうと思った。

脚をやられているもう一人の負傷兵が、自分は後から行くから先に行ってくれ、と言いだした。置いて行ったらこの兵士も路上の死体になってしまうのではないか。頑張るんだ、一緒に来な、助かりようはなかぞ、と励ましながら、橋頭街への道を精一杯急いだが、ついにその兵士は動けなくなった。日も暮れて来た。夜になると、敵に気づかれにくくなる代わりに、道がわかりにくくなるのであった。それでなくても、降りしきる雨で増水した川が、氾濫した泥水で道をわかりにくくしていたのである。

一軒、農家が眼についたので、その夜はそこで夜を明かすことにした。建物の中は真っ暗であった。擦り足で、足許をさぐりながら進むと、死体に躓いた。手で触って確かめると、友軍であった。何体も横たわっているようであった。

「中には坐る場所もなかたい。軒下にでん寝たほうがよかたい」

と鍋島上等兵が言った。

五人は軒下で肩を寄せ合って、乾麵麭の残りを分けて食った。それから、包みを軽くするために天幕の中の遺体を切った。手も足も指だけにちぢめた。指だけにすると、包みは飯盒に収まった。指を切り取ったあとの手足は、天幕包みのまま、そこへ置いて行くことにした。

眠るともなく眠っていた。戦場では、半睡半醒の状態で、少しばかり眠り、また少しばかり眠る。体がそういう生理になっている。夜が明けて、屋内をのぞいて見ると、十を越える死体が横たわっていた。戦友の腹や脚の上に、頭を載せたり、手足を重ねたりして死んでいる。重傷者たちが、前線から退いて来て、ここまで辿り着いたものの、ついに動けなくなり、命が尽きてしまったものなのであろう。

あのころはもう、救援部隊が来たときのほかは、最前線の負傷者が担送されるということはなくなっていたのだ。軽傷者は、重傷者になる。死ぬまで戦うしかない。歩く力のない重傷者が、自分の足で野戦病院を捜して歩く。しかし、途中で敵に撃たれて死んだり、動く力も尽きてそのまま死んでしまったりしたのである。

芳太郎は帰宅すると、萩原稔から借りて来た『雲南正面の作戦』を、その日はテレビも見ないで夢中で読んだ。

なるほど、こういう本を読むと、萩原の言うように、当時自分がどういう戦況の中にいたのか、概略がわかるわいと思った。

龍の主戦場であった雲南戦線、兄弟師団の菊の主戦場であったフーコン地区の戦闘、そしてインパール作戦、そしてアキャブ作戦も、それらはいずれも、遠征軍にとっても日本軍にとっても、全体の作戦の中の一つであった。そんなことは、考えてみれば当たり前だが、当時は考えてもみなかった。

　はじめ第十五軍の隷下にあった龍兵団が、後にビルマ方面の直属隷下部隊となり、さらに昭和十九年に、新設された第三十三軍の隷下に移ったといったようなことも、当時の芳太郎は、知らなかった。師団の上に軍があり、その上にビルマ方面軍があり、その上に南方総軍があり、そのまた上に大本営があるといったぐらいのことは知っていたが、自分の部隊が十五軍の下であろうが三十三軍の下であろうが、どうでもよかった。奥州町の萩原稔は、上の者がちっとばかり異常であったり馬鹿であったりしたら、それだけでたちまち何千何万の者が殺されるのが戦争だと言う。大東亜戦争はちっとばかりの異常や馬鹿ぐらいでやれるものではなく、あれはもう大異常の大馬鹿だが、軍司令官だの師団長だのが、自分にできることで、ほんのちょっとでも異常や馬鹿から脱すれば、どれだけの人間の命が救われるかわからない。その良いほうの見本が水上源蔵少将であり、悪いほうの見本が、たとえば第十五軍司令官の牟田口中将だと萩原は言った。

　水上少将は、強力な米支軍の攻撃を受けて苦戦中のミイトキーナの救援に派遣された龍の歩兵団長である。歩兵団長とは師団の三個歩兵聯隊の長である。三個歩兵聯隊と言えば、定数は約九千人である。無論、龍の三個聯隊は、いずれも損耗のために、定数を大幅に下回ってはいた。だが、水上歩兵団長が引率した救援部隊の兵力は、山砲二門を持つ砲兵一個中隊を加えて百五十名に過ぎなかったのである。

それまでミイトキーナの守備隊は菊の丸山大佐が守備隊長として指揮をとっていたが、以後、水上少将が守備隊長になった。だがその後も実権は丸山大佐が握っていて、少将は、やりにくい立場に立たされていたという。水上少将と丸山大佐の話は、これまで萩原からも何回となく聞かされたし、ほかの人からも聞いた。水上少将という方は、立派な人だったのである。口を開けば、旧軍隊の将官や参謀を憎々しげに非難する萩原も、水上少将だけは、讃えるのである。『雲南正面の作戦』を読むと、萩原が、辻の奴だの、あの野郎だのと言って、牟田口司令官と共に最も嫌っている辻政信参謀も、水上少将を讃えている。辻政信の文章が引用されていて、そこを読むと、水上少将は、下の者に慕われていただけでなく、軍司令官も参謀長も、そして辻政信も、水上少将を知るすべての人が、敬愛していたのである。軍司令官とは第三十三軍の本多司令官のことである。第三十三軍が水上少将に出した命令の話が書かれている。

軍のミイトキーナ守備隊への命令は、無論、最上級者の水上少将あてに打電される。第三十三軍は、十九年七月、「水上少将ハ『ミイトキーナ』ヲ死守スヘシ」という命令を出したというのである。「水上部隊ハ死守スヘシ」でなくて「水上少将ハ」としたのは、最後に脱出者が出ても命令違反にならないようにと考えた辻政信の表現であったという。そんな話は本当かどうかわからないが、水上少将は守備隊の全滅寸前に、部隊に脱出命令を出して自決した。水上少将ハという軍命令の表現を生かして、少将は一人でも多く、部下の命を救おうとしたのだというのである。

萩原は、菊兵団の兵士であったが、ミイトキーナでは戦っていない。萩原は、フーコンから、筑紫峠を通ってサーモに脱出し、その後、メイクテーラ会戦やシッタン作戦に参加したのである。だが、萩原は、まるでミイトキーナから生還した兵士のような口吻で水上少将を讃え、一方、インパール作戦の発案者であり実行者でもあった牟田口司令官を、あの野郎が、作戦の中止を渋ったために、どれだけの兵隊が野垂死したか。奴は、自分の面子のために、おびただしい数の兵士を殺したのだ、と言う。

芳太郎は、萩原からそんな話を聞くと、それはそうなのだろうが、だからと言って、どうしようもなかったわい、と思うのであった。あのころ自分は、何も知らずに、しかし、とにかく力いっぱいに生きていたのだ。軍の作戦なんて、知らなかったし、知ろうともしなかったのだ。いや、みんながそうであったのだと思うのであった。

だが、『雲南正面の作戦』を読むと、作戦の中の一兵卒の位置とでもいうようなものが見えて来るような気がするのである。『雲南正面の作戦』は、遠征軍の第一次反攻作戦とそれに対する龍の撃砕作戦、遠征軍の第二次反攻作戦とそれに対する龍の撃砕作戦の大略が書かれている。第三十三軍の断作戦についても、第二期断作戦まで、大略が載っている。ウインゲート空挺兵団のことやフーコン作戦のこともわずかだが載っている。

冷水溝の攻防戦も、橋頭街付近での戦闘も、あれは、一口で言えば、第一次反攻作戦でありそれに対する撃砕作戦だったのだが、あの死闘の結果が、その後の戦況にどうつながって行ったかがわかるのである。

遠征軍の第二次反攻開始は、六月十日だと書いてある。蔵重聯隊が冷水溝に突入して苦戦中の日隈大隊を収容したのは六月十三日だと書いてある。してみるとおれは、第一次の時期に弾薬輸送で冷水溝に行き、第二次が始まったばかりのころに、救出作戦に参加したわけなのだな、と芳太郎は思うのであった。

なるほど、忘れていた日附もいろいろ思い出させてくれる。第二次が始まったとき、日本軍は騰北地区を主戦場として、乏しい兵員と弾薬を集結し、龍陵地区は手薄になっていた。そこへ遠征軍が雪崩れ込んで来て、龍陵会戦が始まったのである。

龍陵に対する遠征軍の攻撃は、六月五日に開始された、第二次反攻開始は六月十日と書いてある。遠征軍は、滇緬公路北方に日本軍を引きつけ、南方から攻めて来たのである。引きつけたのではなく、手薄になった個所を衝いて来たのか。いずれにしてもあの兵力差だ。どこかが手薄になる。というより日本軍は全体が手薄だったのだが、あのころ、龍陵、鎮安街、芒市など、滇緬公路上の守備隊は特に手薄になっていたのである。

『雲南正面の作戦』には、龍陵の攻防戦について、次のような記述がある。

一五日〇八〇〇、遠征軍は龍陵陣地の東部正面に主攻を指向し、火砲一二門、重中迫撃砲二〇門以上による二時間の集中射撃の後複郭陣地を攻撃して、その一部を奪取した。戦闘は惨烈な市街戦となり、守備隊は野戦病院の患者、野戦倉庫の軍属に至るまで手榴弾をもって交戦した。

それでも龍陵は、占領されずに、なんとかもちこたえていたわけである。

蔵重聯隊については、次のような記述がある。

一方蔵重部隊は、六月一〇日橋頭街占領後、一一日第一九八師の一部を馬面関附近において撃破し、一三日主力をもって冷水溝に突入して、苦戦中の日隈大隊を収容し、一四日橋頭街に、一五日夜江苴街、瓦甸地域に兵力を集結し、その後追尾してくる第二〇集団軍主力に対し、自主的に騰越周辺に戦面を収縮し、陣地構築その他の作戦準備を進めた。

蔵重聯隊についての記述を読んで、芳太郎は、ああ、これだ、これだ、と思った。

十三日に冷水溝の守備隊を救出して、橋頭街、江苴街、瓦甸と引き揚げて来て、瓦甸の街から一キロほどのところに陣地を構築して、そこで一週間ほど守備についたのだ。

冷水溝から引き揚げる途中も、陣地についてからも、敵は執拗に攻撃して来た。日本軍の大半は負傷兵で、杖にすがったり、腕を吊ったり、傷ついた頭に汚れた布を巻いたりしていた。

瓦甸の陣地では、毎日、敵の攻撃を受けた。そのころ滇緬公路でも連日惨烈な死闘が続いていたのである。

宮原少佐の第三大隊が、騰越から龍陵に抽出されて出発したのは、芳太郎が騰越に帰った直後であった。

宮原大隊が騰越を出発したのは、六月二十七日早朝である。同時に遠征軍は騰越への本格的な攻撃を開始したのである。騰越城南方約二キロの来鳳山陣地への猛砲撃が皮切りであった。芳太郎は騰越に帰ると、城外北方の高良山陣地に配属された。来鳳山陣地への激しい砲撃の音を、高良山で聞いた。

以来、二《ふた》月余りにわたって、騰越は地獄の戦場になるのである。

芳太郎が現在書き終えている手記は、このあたりまでである。このあとがいよいよ騰越である。騰越の話を書く前に、久留米の落合一政を訪ねて、騰越の思い出を話しもし、聞きもしたいものだな、と思った。

7

その日、午前中に一政は、郵便局へ行って、浜崎の妹さんに『雲南戦記』を送った。手紙も添えた。昨日、博多の松尾から浜崎の妹さんの住所を聞いた後、一政は時間をかけて手紙を書いた。長い手紙を書くために時間がかかったのではなかった。簡単な文面の手紙を書いたのである。貴女のことを博多の松尾氏から聞いたので、突然、私の手記『雲南戦記』を献上するが、私は貴女の兄様が亡くなられるまで、戦地でずっと一緒であった戦友である、この本には、貴女の兄様が戦った戦場の実態を書いたつもりである、貴女の兄様についても書いている、それで差し上げなければと思って郵送したが、もし貴女が希望されるなら、この本に書いたものよりもっと詳しく浜崎戦友が戦地でどのように生き、どのように亡くなられたかを、いずれお訪ねして、お伝えしたい気持でいる、と書いた。

それだけのことを書くのに、何時間もかかったのであった。『雲南戦記』には簡単にしか書いていない浜崎の臨終前後のことを、手紙にもっと詳しく書こうとして書けなかった。一政は何回も浜崎の妹さんへの手紙を書き直したあと、結局簡単な文面にしてしまったのであった。これでは、浜崎の妹さんに会っても、『雲南戦記』に書いたものよりもっと詳しく話すことはできないかも知れないな、と一政は思った。

それにしても昨日は、松尾からの電話がきっかけで、久しぶりにまた、たっぷり戦場を思い出した。反省してみると、最近は、戦争を思い出す時間が少なくなって来ているのである。それが歳月というものであり、人間というものなのかも知れないが、のどもと過ぎて熱さを忘れては、戦没者に申し訳ないぞ、と一政は自戒した。

今日は、戦場を思い出しただけではない、松尾に、長時間、戦場を語った。

松尾は、一政夫妻が昼食を終えて小一時間もたった時刻に訪ねて来た。

チャイムを聞いて、幸枝が玄関の戸をあけると、

「ごめんください、私、博多の松尾です」

白髪の多い、柔和な顔をした中背の人であった。手土産らしく、ビニールの風呂敷に包んだ箱をかかえていた。

幸枝は、松尾を座敷に案内し、一政を呼んだ。一政は、やあ、これはこれは、お待ちしておりました、と言いながら入って来て、松尾と対い合って坐り、

「落合一政です。このたびは浜崎さんの妹さんのこつ教えていただいてありがとうございました。復員して、ずっと今日まで捜しとりましたがわからんので、もうわからんじまいになるんじゃなかろうかと考えとりました。東京に住んどらるるのでは、すぐにはお訪ねできんですが、そのうちにお伺いして、浜崎さんの話ばするつもりですたい」

「いやもう、ぜひそうしてあげてください。私は、昨日、電話で申し上げたとおり、浜崎常夫

君とは、大学時代の友人です。今は会社を定年退職して、年金暮らしです。浜崎君がビルマから中国雲南省に行って戦死されたちゅうことは、聞いとりましたが、それだけで私は詳しいことはなんも知らんでした。ところが、あなたの書かれた本を読みまして、よくわかりました。そいで、私自身も、もっと詳しく浜崎君のことば聞かせてもらいたいと思いますが、彼の妹さんが兄の戦死の状況を知りたいと言うとったことを思い出しましてなあ」

松尾は、電話で言った本旨を繰り返した。松尾は、博多弁が少し混じった普通語で話した。

「私は浜崎さんとは、あの本に書いたように、ずっと一緒で、浜崎さんが亡くなったときもそばにおりました。だから、本に書いたことのほかにも、いろいろなこつば思い出しますが、遺族の方に、どれぐらい詳しく亡くなったときの状況ば伝えるべきか、迷いますたい。あの本は、浜崎さんのご遺族には、一番に読んでもらいたい気持で書きました。それだけでなく、浜崎さんのご遺族には、ぜひお会いして状況ば話したいもんだと、ずっと思うとりました。しかし、あんまり詳しく報告するのはどぎゃんなもんじゃろうかと、反面、迷うとりますたい。矛盾しとるごとありますが、私は戦友の遺族に、戦場の実態を正直に語るこつが、生きて還って来た自分の義務だと思うとります。けんど、なんでんかんでん正直に語ればよかちゅうもんでもなかでしょうが――足を吹き飛ばされた、はらわたが飛び出た、顔が半分なくなったといちいち正直に語るこつがよかかどうか、そこんとこはむつかしかですもんね」

一政がそう言うと、松尾は、うなずいて、

「そうですな、そのへんは微妙ですな。しかし、落合さんの書かれた本を読ましてもらったところでは、浜崎君の最期はそのような無惨な状態ではなかったように思われますが——いや、やはり、ひどいもんだったんでしょうか。落合さんは、浜崎君とは、騰越城を脱出したときにはぐれて、捕虜になって再会したと書かれとりますな。そのとき彼は重態であったと書かれとりますな」

「そうですたい。私は捕虜になると、大董という部落に担送されました。そこで一泊して、次の日、名前のわからん部落に移されて、それから三日ほどしたら、浜崎さんが担架で運ばれて来られたとです。重傷でした。肩口から背中への貫通銃創を負っとりましたです」

「再会されたときは、もう口もきけんような状態でしたか?」

「はい。もう全然、口もきけんごつなっとりました。ただ息をしとるだけでした。一人ではものも食べられん。一人で小便に立つこともできん。シラミにたかられて死ぬのを待っとるだけでした。浜崎さんの妹さんには、今日、私の本ば送りましたが、妹さんは今日まで、浜崎さんが捕虜になったことは知らんじゃったとでしょう。じゃけん、私の本ば読みんさったら、驚かれるでしょう」

「そりゃ、そうだろうと思いますなあ。私も彼が捕虜になったことは、落合さんの本を見るまでは、知りませんでした。私も驚きました。しかし、なんですな、浜崎君の妹さんは、落合さんの本を読めば、悲しくもありましょうが、気持の満たされることも多いだろうと思いますよ」

と松尾は言った。

松尾は、浜崎君の妹さんとは、疎遠になってしまうとりますがと言い、電話で言ったことをもっと詳しく話した。

松尾は浜崎とは大学時代の親友で、戦前、しばしば彼の家にも訪ねて行った。そういう間柄であったから、彼の母親とはなにかと言葉を交わしたが、妹さんとは彼の母が亡くなるまではめったに口をきいたことがなかった。浜崎の妹さんは、はにかみ屋で、松尾が兄の親友でも、いつも他人行儀で、松尾が浜崎の家を訪ねて、妹さんと顔を合わせても、彼女はスッと引っ込んでしまった。そういう娘であった。当時、浜崎の父はすでに亡くなっていて、母も、浜崎が召集される二年ほど前に亡くなった。以来、浜崎は兄妹二人きりになってしまったわけだが、親がかなりのものを遺していたようで、経済的には裕福そうであった。しかし、もちろん、親類はいただろうが、兄妹二人きりが、浜崎の召集で、妹さんは一人きりになった。そういう寂しい一家であった。

浜崎は、学校を卒業した翌年に召集された。彼が入隊することになって、松尾は浜崎から、妹さんのいる場所で、もし何か相談に乗ってやれることがあったら、妹の相談に乗ってやってくれ、と言われた。それで松尾は、自分にもいずれ赤紙が来るのではないかと思うが、それまではもちろん、そうするし、自分が召集された後は、私の両親と付き合ってほしいと言い、親に浜崎の妹さんを紹介しておこうという目的もあって、兄妹を招いてわが家でささやかな送別会をした。

浜崎の妹さんのことは、親にも頼み、その後松尾も入隊した。松尾は彼女のために何もしてやれなかったが、付合だけは切れないようにしていたつもりだった。ところが、空襲で、浜崎の家も自分の家も焼けてしまい、以後彼女の消息はわからなくなった。それが幸運にも、妻の友人に浜崎の妹さんと同窓の人がいて、その人から聞いた。

そういうことを言ったあと、松尾は、

「私が復員して何年目でしたか。七、八年もたってからでしたかね。それで、すぐ手紙を出し、返事ももらって連絡がとれたのです。一度だけですが、東京まで会いに行って来ました。その後は、結局、年賀状を交換するだけのようなことになってしもうとりますが。しかしなんですな、浜崎が戦死したちゅうことは、その前に援護局に調べに行って知っとりましたが、捕虜になったちゅうことは、落合さんの本を読むまで知らんだったです。彼の妹さんと会ったとき、妹さんが、兄はせめて自分がどこでどんなふうに死んだかを、私に、そしてお友だちの松尾さんにも知ってもらいたかったでしょうね、と言いましてですね、私には、その妹さんの言葉が耳にこびりついておりましてですね、それで、まあ落合さんにあんな手紙を差し上げたり、こうしてお邪魔したりしているわけですがね」

と松尾は言った。

「そうですか。浜崎さんの妹さんはそぎゃんふうに言うとりましたか。亡くなられたお母さんも、もし生きておられたら、同じ思いでおられたとでしょう。せめて私の本ば、お母さんが亡くなられる前にでん届けられたらよかったとでしょうが、戦前に亡くなられたのでは、しようがなかですたいね。なにしろ、私の本ができたのはやっと今年ですもんね。浜崎さんのお母さんは若くて亡くなられたんですね」

と一政は言った。

「そうです。亡くなられたのは、四十半ばでしたな。若死にでした。妹さんは、今はもう、お母さんが亡くなられた歳を、はるかに越えられて、還暦に近くなっとられるわけですな。光陰矢の如しですな。しかし、その割に、戦争に行った者には、戦争は遠い昔んごと思われんのじゃなかでしょうか。戦後三十何年もたっちょりますから、いろいろ忘れとりますが、それでも、われわれ戦中世代の人間は、そう遠い昔のことのような気がしとらんのじゃなかでしょうか。それにしても、戦後に生まれた、いわゆる戦争を知らん世代の若い人たちは、私たちをどげに見ているんだろうかと思います。戦争を知らん世代の若い者には、あの戦争は三十何年前どころか、百年も昔のことのように思えるのではなかでしょうか。それで戦中世代は、いささかムキになって、二度と戦争が起きんように、戦争がどんなに悲惨なものであって、人間を不幸にするかを教えんといかん、そのために戦争の実相を語り継がんといかん、と躍起になっとるような気がしますね。しかし、若いもんには実感はわかんでしょう。われわれが、戦争中に、どんなにひもじい思いをしたか教えようと言って、子供たちにスイトンを作って食べさせたら、珍しがって喜んだという話を聞きました。おいしいと言ったというんですな。ほんとに、若いもんは、私たちをどう思うちょるんじゃろうか。どこの小学校でしたか忘れましたが、子供に、親から戦争中の話を聞いて書いて来い、親が若くて戦争を知らないなら、祖父母に聞いて書けと、そういう教育をしちょる先生がいるそうです。反戦の心を持たせるためなのだそうですが、大人ばかりが一方的にいきり立っているんじゃなかろうか。なにか嚙み合いませんな。戦争がどんなに悲惨なものであり、よくないことであるか、いきり立たなくても伝えることはできる、伝えられんもんはどんなにいきり立っても伝えられんのじゃなかでしょうか。私は、今、反戦、反戦ちゅうて騒いどる人を見ると、こん人たちは時代が変われば、撃ちてしやまんの、聖戦の奉公のちゅうて、騒ぐんじゃろうと思われてならんです。浜崎が生きていたとしたら、ああいうのを見てどう言うだろうか、と考えますな。浜崎は、あの時代に、俺の敵は、日本の軍部とそれに同調する日本人のものの考え方だ、ほかに敵はいないと言うとりましたが、もちろんそういうことは軍隊では言えんかったでしょう。……」

松尾は、半ば独り言のような話し方で、長広舌をぶった。

一政は、自分も長話をする性格だが、この人も、ゆっくり、きりなく話し続ける人だなと思いながら、そう言えば浜崎は、ときどき、上官非難するようなことを言ったなあ、と思い出した。なるほどなあ、軍部も上官一般も、それに同調する国民たちも、浜崎はみんな敵だと思っていたのかな。そう言われてみれば、なるほど、浜崎の上官非難には、上官非難というより、軍部非難といった感じがあったな、と一政には思い出されるのであった。もちろん浜崎は、軍隊では松尾に言ったような言い方では反戦的なことは口にしなかったが、ひょいと、びっくりするような激しい言葉を使った。インパール作戦が始まったと聞かされたとき、はじめは成功しそうな感じがあったし、それを批判するようなことを言う下級兵士などいなかったが、浜崎は、変質者の狂気とどまるところを知らずってやつだ、と呟いた。浜崎は、おれには多少気を許していたところがあったのではないか。だから、おれには少しばかり本心を見せたのではないか。一政は、今にしてそう思うのである。しかし、その反戦思想の浜崎は、軍隊から脱走して、求めて捕虜になった共産主義思想の兵士などとは違って、最後まで戦い、死んだのである。彼はおそらく、人にはのぞけない考えや思いを人の何倍も秘めて死んだのであろう。

「いやどうも、話が横道にそれてしまって」

松尾は、自分の長広舌に気がついて言った。

「いや、いや」

と一政は言った。

松尾との話は、とりとめなくいつまでも続いた。そして話はとめどなく横道にそれた。松尾は、自分は戦前から九州に在住しているが、本籍地は九州でなく、だから、龍でも菊でもなく、錦に召集された。錦は四国の第十一師団である。錦は、日中戦争で、上海の敵前上陸をした師団だが、松尾が召集されたのは、錦が東満洲に移って国境警備についていたときで、この師団は幸運なことに、終戦の年に四国防衛のために内地に帰り、おかげで助かったと言い、満洲の話をした。

一政も、浜崎についての話だけでなくて、雲南の戦場全部にわたって、あれこれ話した。話が次々に枝葉を広げ、ついそんなふうになってしまうのであった。松尾もまた、再三、何か話しているうちに、思いがけないことに話を発展させた。浜崎の話が、反戦教育や反戦運動の話に変わってしまったように、旧満洲の追憶が、気がついてみると、いつのまにか、今の日韓関係の話になっていたりした。そんなふうなので、話はいつまでも続いた。二人は、終電ぎりぎりまで話した。

「とても、話しきれませんな、いろいろあって。またあらためて、うかがいましょう」

終電の時間を気にしながら、松尾は言った。

「そうですか。どうぞ、よかったらいつでもまた。私は、このとおりしておりますから」

と一政は言った。

「落合さんも、博多に来られて、もし時間がありましたら、私んとこに寄ってください」

「ありがとうございます。そうさせてもらいます」

松尾を送り出した後、一政は、ところで松尾さんは、浜崎の話を聞かせてほしいという前触れで訪ねて来たが、考えてみるとおれは、浜崎の話はいくらもしなかったな、と思った。馬鞍山や冷水溝や騰越城の戦闘の話をした。捕虜生活の話をした。だがそれは、浜崎の話というより、むしろ、自分の話だったな、と思った。

だが、これは、必ずしも、相手が松尾だったので、話が躍動してそう流れてしまったというわけではない。相手が誰であれ、戦没者の話をしようとすれば、戦場を語らなければならない。そうは思うのだが、一政は、いつも、それだけでは、何か足りないような気がするのである。戦場の話もし、戦没者の生前の、戦地での日常の様子、臨終の様子、その両方をつぶさに話すことができたら、この何か足りないような気持は消えるかも知れない。そんな気もする。しかし、戦地での日常の様子や臨終の様子まで、つぶさに伝えることのできる戦友は、考えてみると、幾人もいないのである。おれは、ちょっと、自分にできないことまでする気になっていて、それができないと不足を感じてしまうのかも知れないな、と一政は思った。

そう言えば、いつだったか、一政は、あんたは義務感に駆られて突っ走り過ぎるよ、もっとのんきにやったらどうかね、と小村医師に言われたことがあった。

小村医師は、『雲南戦記』を出版したことだけでも、一政の戦没者に対する義務は果たされている、と言ってくれる。もちろん、遺族はみんな、肉親がどのような戦闘をして、どのような死に方をしたかを知りたかろうし、あんたは、自分は騰越で玉砕した守備隊の将兵二千数百名のうちで、わずかに生き残った者だという自意識が強いだろうから、つい、戦没者のためにもっともっと何かをしなければならん、とつい気負い込んだ気持になってしまうのだろう。ところが思ったほどのことができないので、気落ちし、気落ちしては気を取り直し、また気落ちするのではないか。ずっとそれをあんたは繰り返しているのではないか、と小村は言った。

言われてみると、そのとおりである。だから一政が、小村さんの言うとおりじゃ、と答えると、小村は、一人の人間がどんなに踏んばってみても、できることは高が知れているのだ。そう思って、もっと気楽に生きなさい、と言った。

小村は、また、私たちは子供のころ、棒ほど願って針とやらという言葉を教えられた。人の望みはその何分の一しかかなえられないものである。だからなるべく望みは大きく持てと言われたものであるが、私は、人は針ほど願って針を得たら満足すべきではないかと思っている。外国のなんとかいう人が、人生とは、小さな丘を求め、小さな丘に登ることであって、それができたらそれだけで充分なのだ、と言ったという話をどこかで聞いたが、落合さんも、もう少し気楽にして、最初から、針を願い、小さな丘を求めてはどうか。強い義務感をもつのもいいし、力の限りその義務感に生きるのも一つの生き方だが、一所懸命になりすぎて、思い詰めた正義や誠意が満たされるのは、必ずしもいいことであるかどうかわからないのだ、と難しいことを言った。

小村はまた、人は、純粋なものを打ち付け合って、火花を散らす場所でも結びつくが、不純なものを許し合い、思い詰めずに妥協し合う愛というものもあるのだ、と言った。

そういう小村の話を、一政は、ほんとにわかっているかどうかわからないような気もし、なにかわかるような気もするのであった。

しかし、結局、性格が自分の生き方を決めてしまう、これはもうどうにもならないのだ、と一政は思うのであった。

自分の人生も、もう残りの多いものではなくなった。このまま、真正直に生き抜こうと思う。しかし、真正直に生き抜くということは、もちろん、なんでも正直に話すということではない。それが事実であれば何を言ってもいいということではもちろんない。だが、精一杯、戦場の真相を遺族たちに伝えなければならない。戦闘の話だけでなくて、日常の様子も、臨終の様子も、それを知っている戦友の数が、全体のほんの九牛の一毛だとしても、せめて一毛のために、それを話すのが自分の義務である。

それをこれからもして行こう、と一政は思った。しかし、そう思っていて、いつも、遺族にどこまで真相を話すかという考えに戻って来る。これが難しいのである。

遺族には話せない、しかし、隠してはいけない死がある。一政は、また、小隊長に射殺された中隊長とその当番兵のことを思い出した。いつもあの死を思い出す。あれはやはり遺族には話せない。あの中隊長の遺族に、あなたのご主人は、あるいはあなたのお父さんは、下の者にひどい人だったので恨まれて、ついに耐えきれなくなった部下に射殺されたのだと伝えて何の益があろうか。当番兵は口封じのために射殺されたのである。あの当番兵の遺族に、事実を話して何になろうか。あのような死は、名誉の戦死という紋切型の表現で押し通したほうがいいかも知れないのである。自殺した兵士についてはどうか。自殺にもいろいろある。陣地をささえきれなくなって脱出するとき、動けない重傷者には手榴弾を渡すのが、日本軍のやり方であった。自殺しろと言われてした自殺。そう言われなくても苦痛に耐えきれずにした自殺。傷つき、飢え、疲れ果て、生を諦めた兵士がいる。古年兵に嗜虐的に苛められ続けた初年兵が、自殺した例がある。そういう兵士たちの遺族に、真相を伝えなければいけないものであろうか。真相を伝える場合と、名誉の戦死で押し通す場合と、何を基準にどこで線を引いて考えればいいのであろうか。

いずれにしても、遺族以外の人々には、戦場には、鬼神も哭《な》く勇壮な戦死だけがあったのではないことを、はっきり伝えておかなければならないのである。いわゆる戦記作家といわれる人の書いた戦記には、日本軍の将兵はみな忠勇無双で見事な戦死をしたように書かれているものが多い。あるいは逆に、職業軍人はみんな悪玉のように書かれているものもあるようだが、戦場とは、そのどちらでもないということを、戦場を経験した者は、ありのままに、正直に語らなければならないのである。

ところで浜崎の場合は、特に遺族に隠さなければならないことは、別にないのである。よかったと思う。せいぜい、臨終の床で彼にたかっていたあのおびただしいシラミの話を、妹さんにするかどうかに迷っているぐらいのことである。浜崎が重傷の身を担架で運ばれて来てからは、もう口もきけないようになっていたが、なにしろ彼は同期の戦友で、昭和十六年の応召以来、約三年間寝食を共にしたのである。思い出してみると、雲南遠征軍の総反攻が始まってからは、もう身の上についての話などする気分にはお互いになれなくなって、短い言葉を交わしていただけだったが、それまでは、ときどき、内地の話や、家族の話などをしたものであった。

一政が、俺の両親はもう死んでしもうとるし、自分には妻子も兄弟もいないから、戦死しても誰も悲しむ者はおらん、じゃけん、気楽と言えば気楽じゃ、と言うと、浜崎は、そうか、あんたも両親がいなさらんのか、おれもそうじゃ、しかしおれには妹が一人おる、おれが死ねば妹は、一人ぽっちじゃ、と言って、妹さんの写真を見せてくれたことがあった。

女学校の制服を着た可愛らしい娘さんであった。彼は、亡くなった両親の写真も持っていた。両親の写真も妹の写真も、彼は馬鞍山を脱出するとき、処置せよという命令が出たにもかかわらず、背いて持っていたのである。

しかし、彼の遺品の中には、写真はなかった。だいたい彼には、遺品と言えるようなものは、何一つなかった。浜崎は、泥にまみれ、ボロボロになった軍衣を着て横たわっていただけであった。毛布は遠征軍の兵士がどこからか手に入れてかけてくれたものであろう。あのとき彼の軍衣の下でも、おびただしいシラミが這いずりまわり、なけなしの彼の血を吸っていたのである。

松尾には、浜崎の毛布をポンと叩くと、窪みにシラミがたまり、それを手で掬って捨てた話をした。松尾は、そりゃ凄い、私も軍隊ではシラミと親しみましたが、そんなに凄いシラミの大群は見たことがありません、そのときの浜崎君は、衰弱しきっていて、痒さを感じる感覚もなくなっていたのでしょうね、と言ったが、おそらく、死の直前の浜崎は、痛くも痒くもない状態になっていたのであろう。

一政は、捕虜になってからは、毎日、シラミ取りに精を出したものであった。毎日、何十匹となくつぶしたが、絶滅できなかった。シラミは襦袢の縫目に、びっちり卵を生みつける。その卵が孵化して、また卵を生みつけた。

騰越城では、シラミにたかられなかった。一政がシラミにたかられたのは、騰越を脱出して、遠征軍に捕われた前後であった。騰越が攻撃されるまでは、たまには、ドラム罐の風呂に入ったこともあっていくらか衛生的であったということなのだろうか。

しかし、騰越でも、風呂どころではなくなったのである。ドラム罐の風呂には、いつごろまで入ることができたのだったろうか。そう言えば、東北角陣地の配置についてからは、入った記憶がない。あの陣地では、配置されるとすぐ陣地構築の作業を終えた。守備隊は敵を迎撃する配置を整えた。とたんに、宮原少佐の第三大隊が龍陵方面に抽出され、その出発を待ち受けていたように、遠征軍は攻撃を始めたのであった。

六月二十七日の早朝であった。第三大隊は飛鳳山一帯の陣地で警備についていた。だが蔵重聯隊長は、第三大隊が転用されたので、飛鳳山を放棄することにしたのである。

飛鳳山は、騰越城北東方約二キロに在る高地である。騰越城南方約二キロには比高約二百メートルの来鳳山があり、西方約三〜四キロに宝凰山、北方約四キロに高良山がある。守備隊はこれらの高地および、騰越と宝凰山の中間にある東営台と騰越を正方形に囲む城壁に陣地を設け、この街を確保しようとしたのである。

一政が配置されたのは城壁陣地であった。陣地の前には水田が広がり、その彼方に飛鳳山が寝そべっていた。

四周の高地の城外陣地を確保しなければ、騰越城の防御は困難になる。ところがまずその一つ、飛鳳山は戦わずして遠征軍の占拠するところとなった。それまで城内東北角陣地の一政たちにとって、その前方で敵を阻止してくれるはずであった飛鳳山は、第三大隊の転進と同時に、一政たちを攻撃する敵の前線陣地に変わり、高良山陣地は、そこだけが遠く離れて孤立するかたちになった。

先に第百四十八聯隊の第一大隊は、フーコン方面の第十八師団の増援に出されていたが、そのころはすでにミイトキーナに転じ同地守備隊に合流して、米支攻囲軍と戦っていた。今度は第三大隊が去った。兵員の減じた騰越守備隊に遠征軍は、山砲と迫撃砲をふんだんに撃って来た。

最初に砲撃を受けたのは、南方高地の来鳳山であった。来鳳山は、四周の高地の中で最も重要な山だという。来鳳山を手中にすれば、敵は騰越城を眼下に見下ろして攻撃することができるからである。

一政が配置された東北角陣地は、当面の攻撃目標にはならなかった。遠征軍は、まず来鳳山の奪取に集中したのである。

翌二十八日の早朝には、敵は東営台陣地にも砲撃を加え、その他の城外陣地も攻撃した。その砲声に、例によって遠征軍の物量の豊富を思い知らされた。東北角陣地の前には稲田が青々と広がっていた。砲撃が始まるまでは、一政は銃眼から一面に広がっている青田を見て、久留米界隈の田圃を思い出したものであった。久留米では青田の中に一政は住んでいたのであった。そこに従兄の家があって、同居させてもらっていたのだった。従兄は農夫ではなかったが、そんな場所に住んでいたのだった。一政は、久留米の青田の輝きや、稲穂を波打たせながら吹き渡って来る風など思い出して、再び久留米に帰れたら、と束の間の空想を愉しんだ。

騰越平野の青田は、しかし、もはや感傷をそそる風景ではなく、殺すか殺されるかの戦いの場になっていたのであった。田圃の彼方で、敵兵たちの小さな人影が動いていた。飛鳳山の頂上陣地に白い砲煙が上がり、やがて発射音が聞こえ、砲弾がヒュルヒュルと音を立てて頭上を飛んだ。そして、けたたましい炸裂音が轟いた。

来鳳山陣地に撃ち込んでいるのである。東北角陣地は、当面の目標ではないらしく、砲弾の飛来はなかった。だが、散開した敵兵が、近づいて来て、機銃や自動小銃を撃って来た。しかし、敵は、ある距離までは近づくが、それ以上は進んで来なかった。そのまま引き返して行った。一政たちは、思い切り敵を近くに引きつけてから撃てと言われていたので、こちらが一発も応射しないのに、敵は引き返したりした。

「デモンストレーションをやってるつもりかな。それとも、ちょっとちょっかいを出してみて、反応を探ろうということかな」

と浜崎が言った。

「日本軍は、どの陣地からも一発も撃たんけん、敵さん薄気味が悪かろう」

と一政が言うと、

「さあ、どうじゃろう、敵さん、こっちの意図ば気がついとるかも知れんぞ。どっちにしろ、そのうち総攻撃ばかけて来るじゃろう」

「そげなところじゃ」

「結局、死ぬしかなか」

と浜崎は言って首を振った。

死ぬかも知れないという思いは、戦場では常についてまわるが、浜崎は諦めきったような、捨て鉢のような言い方をした。しかし、あのころの浜崎はまだ元気で、表情も明るかった。東北角陣地では、浜崎は、口癖の、きつかね、も言わなかった。もう愚痴を言ってもしょうがないという気持になっていたのかも知れない。

七月六日、敵は、今夜、火焰放射器攻撃をかけて来るかも知れないから、厳重に警戒するようにという伝達があった。同時に、明七月七日早朝、遠征軍は総攻撃をかけて来るという情報も伝えられた。

七月七日は蘆溝橋事件の日で、遠征軍はこの日を、七七記念日だとか国辱の日だとか言っていたのだ。

敵の砲撃が始まってから、すでに十日ぐらいたっていた。六日の夜、あるかも知れないと伝えられた火焔放射器攻撃はなかった。六日の夜は静かであった。しかし、七日は、夜明けと同時に、情報どおり、総攻撃が始まった。

多分飛鳳山から、千発を越すと思われるほどの大量の砲弾が飛来した。遠征軍の攻撃の重点は、来鳳山のある南地区であることがわかった。一政が配置されている東北角陣地は、あの日も目標からはずれていた。ただ、歩兵は、あの日も前方の青田に、散兵線を敷いていた。

友軍も、敵の何十分の一かの砲撃を返した。守備隊には速射砲と大隊砲と聯隊砲とがあった。

午後になると敵機が編隊を組んで襲って来た。二十五機が二手に分かれて、一隊は城内と城壁陣地に爆撃と銃撃を加え、他の一隊は来鳳山と周辺陣地を攻撃したのである。

敵機が攻撃を終えて引き揚げると、遠征軍は再び猛砲撃を始めた。来鳳山には間断なく砲弾が撃ち込まれて、山影が砲煙の中に没してしまった。遠征軍は、城内陣地に撃ち込んだ砲弾の何倍もの量を来鳳山に注いだ。

東北角陣地の銃眼からは、来鳳山は見えない。一政は、来鳳山に舞い上がる砲煙を城内中央の兵舎から見た。あの日、下番して兵舎にもどったということは、東北角方面は、それほどまだ情勢が切迫していなかったというわけである。東北角陣地には、十二人が六人ずつ二組に分かれて、交替で警備についていた。勤務を下番すると、兵舎にもどったのであった。

兵舎にもどるということは、もしかしたら着弾点に行くことかも知れなかったのである。しかし、もし兵舎が危険なら、騰越城には危険でないところはない。いつそこに迫撃砲弾が落ちて来るかわからないのだが、一政は、なぜか、さして危険を感じなかった。そして、それほど切羽詰まった状態でないときに、人は死を思うもののようである。一政は、浜崎が言った（死ぬしかなか）という言葉を思い出したものであった。

来鳳山では、すでに何人もの友軍兵士が、鉄片に引きちぎられているだろう、あれだけの砲弾や爆弾をくらえば、損害もかなり大きいだろう、と一政は想像した。

しかし、その日の遠征軍の攻撃は、しばらくたつといったん終わった。

あのころはもう雨季で、あの日も雨が一日中降っていた。

あの日、高良山陣地から、負傷兵が数名、騰越城に後退して来た。

雲南遠征軍は、来鳳山陣地への砲撃の開始と前後して、高良山陣地にも攻撃をかけて来た。高良山は、東北角陣地から北方に見える小高い山であった。一面に広がっている青田の彼方にかすんでいた。その背後に、万年雪を光らせて、高黎貢山系の嶮しい峰々が連なっていた。

遠征軍の山砲は、二十八日には東営陣地にも撃って来たし、その後城内にも撃ち込んで来たが、来鳳山を主目標にしているようであった。高良山は山砲の攻撃目標にはなっていなかった。だから見た眼には、ひっそりとしていた。

しかし、高良山では、激しい戦闘が繰り返されていたのである。

山砲弾は浴びなくても、迫撃砲弾をふんだんに撃ち込まれていたのである。その音は、しかし、ほかの音にまぎれて聞こえないのだ。そして、瞬発信管をつけた迫撃砲弾は、落下点にいくらも土煙を舞い上がらせないのだ。迫撃砲弾は、近くに落ちると、骨身にこたえる音を立てる。キャーンという金属性の鋭い音を立てて炸裂し、鉄の細片を四散させるのである。だが四キロも離れていては、その音も聞こえないし、土煙が上がらないから、見た眼には静かなのだ。だが、高良山では、あの金属性の音が鳴り続けていたのだ。

高良山陣地からの伝令が、田圃の中の道を一目散に駆けて来るのを一政は、東北角陣地の銃眼から見た。再び高良山にもどって行く伝令の姿は、一政は見ていないが、本部で報告を終えると、あの伝令兵は、休む間もなく陣地に引き返したはずである。そして副島曹長と共に戦死したのである。

伝令や後送された負傷兵の伝える情報の一部が、分隊長の末永軍曹の口から、一政たちに伝えられたのだ。末永軍曹は、本部でそれを聞いて来て、戦況やその他のことについて、多少、聞かせてくれるのであった。

伝令が言ったのか、後退した負傷兵から聞いたのか、末永軍曹が本部で聞いた話では、高良山陣地の守備要員は、副島曹長以下二十数名で、すでにその半数が戦死したというのであった。後送されたのは重傷者で、軽傷の者は残っていて、わずか一分隊ほどの兵力で、陣地を死守しているというのであった。

その一分隊ほどの兵力も、今はさらに減っているのだろうと思いながら、一政は班長の話を聞いた。

高良山陣地は、遠征軍が総攻撃を開始した翌々日に占領されたのである。副島曹長以下数名の守備兵は全滅した。騰越城の東北地区には、飲馬水のような至近の陣地のほかには、城外の警戒陣地はなくなった。

東北角陣地の六名が戦死したのは、高良山を奪われる前であった。

七月七日の総攻撃に先立って、遠征軍は騰越城内にも撃ち込み始めたのだ。中央門あたりを目標に撃っているように思われた。その後で東北角陣地にも撃って来た。

その砲撃で、東北角陣地に配置された十二名のうちの六名が、一瞬にして命を奪われたのである。一政たちと交替して下番した通信隊の六名の兵士たちが、トーチカの入口で、車座になって乾麵麭の朝食をとっているその真ん中に迫撃砲弾が落下したのである。東北角陣地の兵力は、一気に半減した。

当時の一政には、雲南全般の戦況は知りようもなかった。兵隊は、戦況も作戦も知らない。その場を命令のままに動くだけである。いや雲南全般どころか、騰越の戦闘についても、班長に聞かされた範囲でしか、わからなかった。班長の話ではなく、どこからどう伝わるのかわからない噂もいくらかあった。噂は戦友が伝える。後になってみると、噂は噂に過ぎないこともあり、事実を伝えていたこともあった。

援軍が来るらしい、というのは、噂に過ぎなかったのだが、一政は、信じた。それを切望していたから、信じないではいられなかった。

「援軍が来るちゅうで」

一政は、佐竹一等兵からその噂を聞いたので、浜崎に伝えた。夜は砲撃がやむので、一政たちは交替で仮眠したが、一政は浜崎と二人で警戒の番についていたとき、そう言ったのであった。すると浜崎は、他の兵士に聞こえないように、低い声で言った。

「援軍は来ん。師団にはもうそんな余裕はなくなっちょる。それに、来ても勝てんもんね、来るこつもなか」

「なして?」

一政は、浜崎の言葉が納得できなかったが、議論をする気はなかった。なして、と言ったが、そのまま口をつぐんだ。浜崎はなおも、

「結果は知れちょる。二千人と六万人の、それも肉と鉄との戦さやもんね」

と言った。

敵の兵力は六万ぐらいだと言ったのは、班長であった。このあいだも浜崎は、死ぬしかなか、などと言ったが、この戦闘が勝てない戦さであることは、みんなが感じていたに違いない。だが浜崎のほかの者は、誰もそれを口にしなかった。もっとも浜崎も、そういうことは、一政に

しか言わなかった。

浜崎のほかの戦友たちは、援軍は来てくれんのかの、と口に出していた。そして、くれんのかの、がいつの間にか、くれる、に変わっていたのであった。

近いうちに援軍が来るという噂が立つと、松浦上等兵が、その真偽を確認したくて、班長に訊いた。すると末永班長は、

「さあ、それは聞いちょらんが」

と答えた。

それでも一政は、噂は根も葉もないことだとは限らないと思った。根も葉もなく発生する噂もあるのだ。しかし、そういう噂が現実になることもあるのだ。なるほど浜崎が言うように、たとえ援軍が来たとしても、勝てないかも知れないのである。しかし、来るこつもなか、とは一政には思えなかった。とにかく援軍が来てくれたら、心強かろうと思われた。

援軍、援軍と思っていたからであろう。雨の夜、漆黒の闇の中から、かすかにラッパの音が聞こえたような気がしたことがあった。ラッパなどを吹きながら援軍がやって来るはずはないのに。あれは幻聴というやつだったのか。幻聴というほどはっきりした幻聴ではなく、ちょっとした気の迷いのようなものだったのかも知れない。

あの東北角陣地では、ほかにどんなことを思っただろう?

そうだ。脱出についても思ったのだ。玉砕せずに、脱出するということにはならないだろう

かと思ったのである。馬鞍山での戦闘のように。たとえここから脱出したとしても、また別の場所で戦うわけで、同じことかも知れないし、脱出してからの行軍のことを考えれば、むしろ、ここで玉砕したほうが楽かも知れないとも思った。

それに、仮に脱出命令が下ったとしても、今度はどこに後退することになるのだろうか。次は、どこで、遠征軍の大軍を迎撃するのであろうか。そう思ってみても、騰越全般の戦況すら、その一部しかわからない一等兵に、次はどこなどと予想のしようもないのであった。

来鳳山の様子も、一政は、そこが敵の主目標のようだと思うばかりで、戦況についてはわからなかった。山のかたちが変わってしまうほどの空爆と砲撃を浴びながら、しかし、来鳳山陣地は一カ月間にわたって持ちこたえたのであった。一政は東北角陣地で、来鳳山陣地の将兵の悲惨な奮闘を馬鞍山や冷水溝の経験と重ね合わせて想像した。守備隊にはもはや敵を撃退する戦力はないのである。できることは、持ちこたえる時間を延ばすことだけである。東北角陣地に砲弾が飛来するようになってからは、もう、来鳳山の見える場所には行けなかった。

あのころの日本軍の作戦や、雲南地区全般の戦況については、帰国後、小村寛が貸してくれた『戦史叢書』や、本屋で買って来た戦記本を読んで知ったのだ。あのころは、無論、知りようもなかったのだ。騰越では、班長に、拉孟も龍陵も包囲されていると聞いた。拉孟も龍陵もおびただしい量の砲弾を浴びているのであろう、結局は玉砕か、脱出か、いずれにしても、もう敵を追い返すことはできないのだ、と思っていた。『戦史叢書』を読むと、何月何日、守備隊は、果敢に逆襲して撃退しただの、敵は守備隊の善戦により大きな損害を被って撃退されただのと書いてあり、実際、雲南遠征軍は、しばしば、一時的には後退もしたし、損害も多大であったのだが、いったん後退してもすぐまた攻めて来たのである。わが守備隊がまったく戦えなくなるまでは、何回後退しても、また攻撃を繰り返すのである。あの圧倒的な兵員の数の差と物量の差の前では、日本軍は、時に逆襲して敵を撃退しても、そのたびにこちらにも損害が出るから、それをすればするほど、戦力を失ったのである。

柳川の白石芳太郎は、わしはラングーンに上陸してビルマ攻略戦に参加して以来、騰越が落城して遠征軍に捕えられるまでに、敵を二千人ぐらい殺したごと思わるると言っていたが、なんぼ白石芳太郎が機関銃手であり、戦闘に戦闘を継いだにせよ、それほどは殺してはいないだろう。しかし、白石芳太郎は、騰越の戦闘だけで、その十分の一ぐらい、あるいはそれ以上の敵を殺したかもわからない。三八式歩兵銃と手榴弾だけの一政ですら、十人や二十人の敵を殺したかも知れぬ。しかし、たとえば、十人の友軍が百五十人の遠征軍を相手に戦って、敵を撃退した、こちらの戦死者は五名だが、敵はその三倍も五倍もの戦死者を出したと言ってみたところで、敵には、改めて攻撃を繰り返す力があり、友軍は、生き残った五名がさらに減り、結局は、ゼロになってしまうのである。もともと兵力の足りない友軍が、さらに減って、もうどうしようもなくなって、敵中に斬り込んで死ぬ。あるいは、ほんの一にぎりのボロボロになった将兵が、陣地から脱出して、ある者は途中で死に、ある者は、次の戦闘まで生き続けるのであった。

馬鞍山以来、一政自身、そのような戦闘をして来たが、雲南の友軍は、みな、同じ状態に置かれていたのだ。

拉孟は、怒江にかかる恵通橋を眼下に見下ろす海抜約二千メートルの山上にある。怒江を隔てて遠征軍と対峙する最前線の陣地である。龍兵団は、十七年のビルマ攻略作戦で怒江の西岸まで進出し、そこに堅固な陣地を構築した。退却した敵が遺して行ったドラム罐に土を詰めてセメントに代え、付近の渓谷から松の木を切り出して木材とし、長期持久に耐える掩蓋《えんがい》のトーチカをいくつも作っているのだと聞かされていた。普通、陣地の掩蓋は、野山砲弾が防御できればいいほうであるが、拉孟陣地の掩蓋は、空から直撃爆弾をくらっても大丈夫なほどのものだという。守備隊の兵数は、防諜のために、味方の兵士にも明らかにしないのが軍のやり方だったからわからなかったが、とにかく規模の大きな陣地だと思っていた。

拉孟には街はなく、陣地があるだけだとも聞いていた。

龍陵は、一政がかつてそこを通り、一泊した街である。この二月に、遮放から龍陵を経て騰越に来たのである。

あの街も、騰越と同じように、四周を山に囲まれた盆地の街であった。騰越とは違って、街の建物はほとんど日本軍が使っていて、街中では住民は見られなかったが、あのころの龍陵は平穏であった。あのころは、龍陵の住民たちは、街の周辺に疎開していて、街で見かけたのは、農作物の商いに来ていたのか、手間賃稼ぎの使役に来ていたのか、そういうわずかな住民たちだけであった。

あれから半年もたたないうちに、様相が一変したのである。龍陵でも遠征軍は、騰越と同じように、爆弾を落とし、山砲弾や迫撃砲弾をふんだんに撃ち注いでいたのである。

当時は、班長の伝える微量な情報や、どこからともなく伝わって来る噂で、拉孟や龍陵について、ほんのちょっぴり思っただけであった。インパール作戦が中止になったという噂も聞いた。しかし、そういう噂を聞いても、もう格別の感慨も起きない状態になっていた。

戦場の感情を人に伝えるのはむつかしい。まして、毎日、あれほどの攻撃を受け、戦い続けた戦場では、いわばまるで、感情のないような生理状態になってしまうのではないだろうか。

死が怖くなかったとは言わないが、怖がらなくもなっていた。苦しさにあえぎながら、自分の悲惨にも他人の悲惨にも、一種の不感症になっていた。しかし、戦場には戦場独特の感情があった。

どう言えばいいのだろうか。戦闘中は、ただもう無我夢中であったと言えばいいのだろうか。しかし、一息ついている時間に、何かを思う。今から考えてみると、一息ついている時間もひっくるめて、戦場の自分は、ただもう無我夢中だったとしか言いようがないような気もするが、あの東北角陣地では、援軍を切望したり、他の陣地のことを想像したり、死のことや食物のことや内地のことなどを思ったりしたのであった。

浜崎は、援軍は来ん、師団にはもうそんな余裕はなくなっちょる、と言ったが、断作戦が始まって、軍司令部は勇兵団と狼兵団を援軍として雲南にさし向けたのである。

龍兵団にはなるほど、あのころはもう、援軍を仕立てる余裕はなくなっていたのであった。それも、龍兵団は、遠征軍の第一次反攻の撃砕作戦を果たすのがやっとのことだったのだ。それも、充分に果たしたと言えるかどうかわからないが、『戦史叢書』には、第一次反攻に失敗した遠征軍、という言葉が使われている。なるほど敵は、第一次反攻では所期の成果を挙げることができず、だから、第二次反攻をして来たのである。

遠征軍の兵員の損傷は、装備の圧倒的な優越にもかかわらず、日本軍をはるかに上回った。その甚大な損害は、遠征軍にとって辛酸な事態であっただろう。雲南戦線における龍兵団は、日本最強師団の名に恥じない戦闘をしたと言えるだろう。『戦史叢書』では、第一次反攻時の龍兵団各隊の勇猛が強調されている。日本軍は、どこそこで敵を撃破した、敗走させたと書いている。掃蕩したの、潰走させたのと書いている。しかし、結局は、日本軍は、一時的には撃破したり、撃退したりしても、高黎貢山系や騰越地区の諸陣地を、次々に占領されて、一政の部隊について言えば、しまいには騰越城に追い詰められたのである。

そして、遠征軍が第二次反攻を始めたころには、師団にはもはや、隷下の部隊を機動させる力はなくなっていたのだ。

第一次反攻が始まったばかりのころは、師団は、まがりなりにも、隷下の部隊を動かしていたのである。軍の命令で、師団が水上歩兵団をミイトキーナに急派したのは、第一次反攻が始まった直後であった。もっとも歩兵団とは言っても、水上少将の率いる増援部隊は、歩兵一小隊、砲、工兵各一中隊、総数百五十名ぐらいの兵力に過ぎなかったというのである。

歩兵団は、完全なら、師団隷下の歩兵三聯隊である。一個聯隊は定数約三千名。歩兵団はその三倍ということになる。ところが、ミイトキーナに向かった水上歩兵団は、砲、工兵を含めて、約百五十名の部隊に過ぎなかったのである。それでもそのころは、師団は軍の命に従って、とにかく手駒を動かすことができたのである。

それも、宮原第三大隊を、騰越から龍陵に抽出したのが最後だったのであろう。

第二次反攻が始まってからは、龍は各地で、遠征軍の重囲の中で孤立してしまったのである。もう手駒を動かせるような戦況ではなくなったのだ。師団自体が軍に援軍を求めていたのである。

断作戦について知ったのも、帰国後であった。

騰越では、落城が近くなったころに、勇兵団が南ビルマから、雲南地区の救援部隊として北上中だという噂を、わずかに聞いた。しかし、断作戦という作戦について、聞いた記憶はないのである。

勇兵団は第二師団、仙台の師団である。『戦史叢書』によると、第三十三軍は、断作戦を計画し、孤立した龍の守備隊の救出と、遠征軍の反攻撃砕をもくろんだのである。

『戦史叢書』には、断作戦計画の要旨が載っている。

方針

一　軍ハソノ主力ヲ芒市周辺ニ集結シ　雲南遠征軍主力ヲ龍陵方面ニ撃滅シテ怒江ノ線ニ進出シ　以テ拉孟、騰越守備隊ヲ救援スルト共ニ印支連絡路ヲ遮断ス
攻撃開始ノ時期ハ九月上旬トス

指導要領

二　第五十六師団ハ概ネ現態勢ヲ確保シテ持久シ　雲南遠征軍ヲ抑留シツツ爾後ノ攻撃ヲ準備ス

三　第二師団ハ先ツ「ナンカン」周辺ニ集結シテ工事ヲ実施シ　敵ヲ欺瞞シツツソノ主力ノ集中ヲ完了スルト共ニ夜間ヲ利用シテ一挙ニ芒市方面ニ躍進　第五十六師団ト共ニ爾後ノ攻勢ヲ準備ス

四　第十八師団ハ「インドウ」附近ニ後退後　主力ヲ以テ「カーサー」—「バーモ」—「ナンカン」道ヲ「ナンカン」方面ニ　一部ヲ以テ鉄道ニ依リ「マンダレー」「ラシオ」ヲ経テ「ナンカン」方面ニ集中シ　第二師団ト「ナンカン」附近ノ守備ヲ交代シ　爾後「ミイトキーナ」方面ノ敵ニ対シテ印支連絡路ヲ遮断ス

五　「バーモ」附近ハ先ツ第二師団ノ一部ヲ以テ之ヲ確保シツツ第十八師団ノ転進ヲ掩護シ「ミイトキーナ」方面ノ敵ノ前進ヲ勉メテ遅延セシム

六　「ミイトキーナ」ハ努メテ永ク之ヲ確保シ　敵印度遠征軍ト雲南遠征軍トノ連繋ヲ遮断ス
七　龍陵周辺ニ於ケル攻撃ハ第五十六師団及第二師団ノ準備完了ト共ニ勉メテ速ニ開始ス
八　龍陵周辺ニ於テ敵主力ヲ撃破セハ一挙ニ拉孟附近ニ急進シテ拉孟守備隊ヲ解囲救出シ次テ騰越方面ニ攻勢ヲ執リ同地守備隊ヲ解囲救出ス
平戞守備隊ノ救出ハ第二師団又ハ第五十六師団ノ有力ナル一部ヲ以テシ　騰越救出後又ハ之ト同時ニ敢行ス
九　「ミイトキーナ」鉄道線方面ノ後方ヲ勉メテ速ニ整理シ「ラシオ」―「マンダレー」鉄道線方面ニ重点ヲ形成シテ軍ノ補給ニ遺憾ナカラシム
又「ゴクテーク」―「ラシオ」―「センウイ」―「ワンチン」―芒市道ノ防空ヲ強化シ且橋梁ノ補修、確保ノ手段ヲ強化ス
十　「ワンチン」「ナンカン」周辺ニ堅固ニ築城シ　軍爾後ノ作戦ヲ準備ス
十一　雲南遠征軍主力ヲ撃破シテ第一期ノ作戦目的ヲ達成セハ　第二師団及第十八師団主力ヲ以テ敵新編第一、第六軍方面ニ攻勢ヲ取リ「ミイトキーナ」及「バーモ」守備隊ヲ救出シ　第五十六師団ト相俟テ印支連絡路ノ遮断ヲ強化ス
十二　「モンミット」方面ハ適宜ソノ守備ヲ強化ス
十三　軍司令部ハ速ニ「センウイ」ニ　次テ芒市ニ進出シ戦場統帥ニ遺憾ナカラシム

以上の作戦計画案は参謀長以下完全に意見の一致を見、正式に作戦計画として軍司令官の決裁を得た、と書かれている。

しかし、拉孟、騰越守備隊ヲ救援スル方針は、方針に終わってしまったのだ。救援は間に合わなかったのである。勇兵団だけでなく、朝鮮編成の第四十九師団、狼兵団の一部も救援に来たのだ。断作戦計画案が軍司令官の決裁を得たのは、七月二十日ごろだと書かれている。断作戦を計画したのは、辻政信参謀である。辻大佐が、支那派遣軍から第三十三軍に転じ、メイミョーの軍司令部に着任したのは、七月十日だという。辻参謀は高級参謀白崎嘉明大佐のもとで作戦主任を命ぜられ、早速、作戦計画の検討に着手したのだ。辻大佐は、作戦計画作成のために、七月十二日から一週間にわたって雲南方面に出張し、地形、戦況、敵情を偵察した後、フーコン方面の状況をも勘案して、断作戦計画を立案したのだという。

断作戦というのは、印支地上連絡企図を遮断する意味で、断とつけたのだというが、友軍の攻撃開始の時期が九月上旬というのでは、間に合わない。しかし、軍としては、それより攻撃開始の時機を早めるのは不可能だったというのである。南ビルマから勇兵団を雲南に転進させるのに、七月二十日に軍司令官の承認を得たのでは、精一杯に攻撃開始を早めても、そのころになったのである。

そのころ勇兵団は、南ビルマのイラワジデルタ地帯からアラカン山系西側のベンガル湾沿岸にわたる広範な地域に部隊を分散して警備に就いていたのである。それは、九州全地域に相当するほどの範囲だというのだ。それを集結し、北ビルマの国境を越えて、雲南まで約千八百キロを転進させたのである。千八百キロというのは、下関から青森までの道のりだというのだ。かなりの日時がかかるわけである。

狼兵団の第四十九師団は、昭和十九年二月に朝鮮で編成された師団である。その約二〇パーセントは朝鮮人現役兵だという。狼が釜山を出帆したころは、すでに遠征軍は反攻を開始していたのである。狼は、シンガポール及びサイゴンを経て、ビルマに入ったのだが、途中、輸送船二隻が撃沈され、千六百三十三名の将兵と多数の兵器、資材を失ったのだという。

狼兵団は逐次ビルマに前進するが、全師団がビルマに入るのに、十九年いっぱいを要したのである。狼のうち、雲南に来たのは、歩兵第百六十八聯隊と、山砲兵一個大隊、工兵一個中隊、師団通信隊一個分隊、それに若干の輜重兵と衛生隊である。

龍と勇が龍陵を包囲し、周辺の高地に陣地をつくっていた遠征軍に対して、断作戦による攻撃を開始したのは、九月三日であった。その四日後に拉孟守備隊が玉砕し、さらにその一週間後には、騰越守備隊が玉砕したのである。日本軍は、龍陵周辺において敵主力を撃破し、拉孟、騰越守備隊を、さらに平戛守備隊を解囲救出し、印支連絡路を遮断することはできなかった。

かくて、騰越玉砕の翌日、龍陵攻勢作戦の中止命令が下達されたというのである。以後日本軍は、戦いながら後退を続けたのである。

もし、浜崎が生きていたら、と一政は思うのであった。もし生きていて、『戦史叢書』を読んで、援軍は、来たには来たが、間に合わなかった、と知ったら、どう言うだろうか。やはり、援軍は来んでよか、どっちんしてもあの戦さは、負け戦さたい、ただ死ぬための戦さたい、とでも言うのではあるまいか。

断作戦の計画要旨を読んだら、言うは易か、行なうは難しかじゃ、とでも浜崎は、皮肉を言い、悲しそうに微笑するのではないだろうか。

一政は、博多の松尾が言った言葉を思い出した。(浜崎は、あの時代に、おれの敵は、日本の軍部とそれに同調する日本人のものの考え方だ、ほかに敵はいないと言うとりましたが、もちろんそういうことは軍隊では言えんかったでしょう)松尾はそう言った。しかし、騰越の東北角陣地では、浜崎は、死ぬしかなか、と言ったのと、援軍は来ん、と言ったときのほかは、軍に対しての批判めいたことは言わなかった。あの、死ぬしかなか、と、援軍は来ん、には、松尾の話を聞いたせいか、軍隊では言えん浜崎の恨みと諦めとがこめられていたのだと、一政は思った。

一政は、浜崎の泣き顔を思い出した。彼は、馬鞍山で、命令で駄馬を殺したとき、死んだ愛馬のアーコの脚から縄を解きながら、人目もはばからず泣いた。まだ遮放にいたころ、内地の話をした。彼が、内地にいる自分の肉親は、妹だけだ、と言ったので、それじゃあんたが戦死したら、妹さんは一人ぽっちになってしまおうが、と一政が言うと、そうたい、と浜崎は言い、とたんに泣き顔になった。

遮放で、浜崎は、深酒をして、ひっくり返ったことがあった。遮放では、度の強い地酒が手に入った。チャンチュウと呼んでいたが、アルコール度五十度ぐらいの焼酎であった。カチン族の作る焼酎はもっと強烈で、七十度ぐらいであった。それほど強くもないのに浜崎は、五十度の焼酎を威勢よくあおり、安来節を歌いながら、どじょうすくいを踊りだした。そして、そのうちに、足がもつれ、ひっくり返って前後不覚になった。あれも今から考えてみると、孤独に耐えていた浜崎が、孤独をまぎらわせるために、急にハメをはずしてみたのではないかと思われる。しかし、東北角陣地での浜崎は、落ち着いていて、それまでより、いくらか朗らかになっていた。

だが浜崎は、人には言えない胸のうちの一端を、おれには漏らしたのである。おれだけは信頼していたのである。そう思うと一政は、どうしても妹さんに言いに行かなければならぬと思わずにはいられないのであった。

浜崎家の墓も、どこかにあるわけだ。それを聞いて、お参りをしなければならぬ、とも思った。妹さんに、戦場での浜崎の様子を話さねばならない。それが、彼に信頼され、奇しくも生き残った者の義務であろう。それにしても、せっかく遠征軍に収容されながら死んでしまったのが残念である。

浜崎とは、砲撃で通信隊の六人が一挙に死んだ夜、一緒に夜襲攻撃に出た。東北角陣地には、夜になると、前面の青田の中を、敵の歩兵が接近して来たのであった。隙を見て飛び込んで来るほどの気持はないらしく、敵は近づいて来て、機関銃や自動小銃を撃ち、手榴弾を投げて引き返すのであった。敵は、周辺の警戒陣地をまず占領して、それから騰越城の総攻撃にかかるのだと考えられた。

あの夜は、敵を引きつけられるだけ引きつけておいて、逆襲したのであった。夜は、弾丸が当たらない。その割には、敵は多くの死体を遺して退却した。

あの逆襲のあと、敵の歩兵はしばらく東北角陣地には攻撃をひかえたのであった。

だが、来鳳山では激戦が続いていたのである。しかし、第一次総攻撃から半月たっても、彼我共に最も主要な城外陣地だと目していた来鳳山をはじめ、礼儀台陣地も、白塔高地も桜陣地も東営陣地も、陥落しなかった。七月二十三日、敵は大規模にまた総攻撃をかけて来た。各城外陣地に多量の砲弾を撃ち込むと共に、大軍を差し向けた。それでもその日は、守備隊は陣地を守った。敵は、一応後退した。そして三日後の二十六日に、さらに大規模の総攻撃を加えて来たのである。

遠征軍は、戦爆連合五十七機の大編隊で、空から銃爆撃を行ない、五千発以上の砲弾を各陣地に撃ち込んだ。火焰放射器も使った。

来鳳山を主目標に攻撃して来たのであったが、同時にその他の陣地も、一気に粉砕しようとする攻撃であった。

次の日も、五千発以上の砲撃を受けた。

敵は、第一線兵力を逐次交代させる。いわゆる人海戦術で攻撃を反復する。友軍には、交代で戦う兵力はない。しかし、一政たち城壁陣地に配置されていた者は、城壁陣地も攻撃を免れていたわけではなかったが、各陣地から抽出した者で、十一名の斬込み隊を編成して、来鳳山に向かったのである。一政も斬込み隊の一人になった。

来鳳山、白塔高地のある城南地区が主戦場であった。来鳳山陣地、白塔高地陣地と山裾との中間に、桜陣地、松陣地、梅陣地があった。騰越城と来鳳山との中間に、礼儀台陣地を設け、東方からの攻撃に備えていた。礼儀台陣地の北、騰越城の東方に、城壁からいくらも離れていない満金邑陣地があった。東営陣地は、騰越城の西方からやや南によった位置にあった。

来鳳山陣地では、争奪の激闘が繰り返されている。いったんは敵に奪われた陣地を奪い返し、太田大尉と成合大尉が、二十余名の生き残りの守備兵と共に死守しているという。五百を下らぬ敵が、再び陣地を奪取しようとして肉薄して来る。太田大尉以下の友軍は、その敵に対して、投げ込まれた手榴弾は投げ返し、近づけば斬り込んで行って撃退したのだと聞いた。

一政たちの斬込み隊は、日が暮れてから出発した。夕闇はたちまち濃くなった。敵は一政たちの行く手の空に照明弾を打ち上げた。そのたびに一面が、昼のように輝いた。

前方に、山から降りて来る数名の負傷兵が、照明弾に照らし出された。みな重傷であった。負傷兵には、片腕がなく、片脚がなかった。顔じゅう血まみれの兵士もいた。負傷兵たちは、もう自分の足で立つ力はなく、這ったりいざったりしていた。

「救援隊だ、しっかりしろ」

駆け寄って励ましたが、負傷兵たちは、もうだめだということなのだろう、首を横に振った。一人が、

「残念ながら陣地は放棄した。太田大尉もあとから降りて来る。みんな、すぐ引き返せ」

と言うなり息絶えた。

来鳳山はついに奪われたのだ。引き返すよりなかった。一政たちは、負傷者を背負って城内にもどった。昨日来、城内も空爆と砲撃で手ひどく破壊された。ほとんどの家屋は、崩れ、あるいは焼けている。樹木が炎をあげて燃えている。変わり果てた街の中を、兵士たちがあわただしく駆けて行く。

城外の警戒陣地をすべて失って、戦場は、城壁戦に変わった。騰越城はじかに遠征軍に包囲された。

蔵重守備隊長は、予想される城内決戦に備えて、新たに防御配置を設定した。

城壁の南半部、東西陣地、東南角陣地、南西陣地、及び英領事館陣地には、日隈大隊（第二大隊と一中隊半）迫撃砲二門を有する約四百名が配置された。西面北半部、西北角、北面の各陣地、拐角楼《カイカク》陣地は、早瀬混成隊（三小隊）聯隊砲一門、機関銃一基を有する約二百名。東北角、飲馬水、水田、税関の各陣地は、高木隊（四小隊）迫撃砲二門、機関銃一基を有する約三

百名。中央門付近陣地は、本部及び予備隊（混成二小隊）約二百名。その他野戦病院が患者を含めて約二百名。というのが守備隊の布陣であり兵力であった。

このうち、英領事館陣地、拐角楼陣地、飲馬水陣地、水田陣地、税関陣地は、わずかに離れて城壁の外に構築されていた陣地であった。正方形に街を囲む城壁は、それぞれ、東西南北の名のついた門が中央にある。その各門の外と、各城壁角には、石とコンクリートでトーチカを作り、鉄条網をめぐらし、その前方周辺に、コンクリートのトーチカに較べれば軽易だが、掩蓋陣地を設けてあった。

各城門と各城壁角の上には、積土と木材で掩蓋のある砲座と機関銃座を設けていた。また、各面の城壁の下には、数カ所、防空壕を造り、城内にも、各所に、軽易な掩蓋陣地を構築して、それを交通壕でつないでいた。無論、防空壕は、城内随所に設けていた。

一政は、高木隊に配属され、東北角陣地から飲馬水陣地に配置が変わった。小隊長は、竹迫少尉であった。

かつては住民で賑わい、のどかであった騰越城は、今や、街全体が、緊迫した大きな陣地と化した。そのころの守備隊の兵力は、千三百名に減っていた。遠征軍の兵力は、四万とも六万とも言われていた。

来鳳山を占領した遠征軍は、八月に入ると騰越への総攻撃を開始した。

例によって遠征軍は、盛大に山砲や迫撃砲を撃って来た。おびただしい量の砲弾が騰越城に落下した。

攻撃を再開した敵は、しかし、最初の日は、それほどしつこくは攻めて来なかったのである。遠征軍は、その日は、おそらく威力偵察の攻撃をしたのだろうと思われた。まず、威力偵察の攻撃をしてみて、それから、これだけあれば勝てるという火力と兵力を整えて、改めて本格的に総攻撃を行なうのが、遠征軍の戦法である。また、まず、その膨大な兵力にもかかわらず、たっぷり爆弾や砲弾を叩き込んだあとで歩兵を前進させるのが、遠征軍の攻撃のきまりのかたちだということも憶えた。

しかし、遠征軍が、それほどの砲弾は使わずに、日本軍風に、歩兵の突撃に重点を置いたような攻撃をしかけて来たことも、ときにはあった。あれは、その攻撃が威力偵察の攻撃であるのか、その戦闘が、全体の作戦からして、さほど重要でないものと考えられているのか、あるいは、当の日本軍が、それでも勝てるほどのものだと見くびられているのか、そのいずれかだろうと考えられるのである。

騰越に対しては、敵はまず、おそらく威力偵察の攻撃をしたのだ。一日、いちおう激しく攻撃して来たが、しつこさがなかった。わりとあっさり後退した。そして、それから三、四日、遠征軍は鳴りをひそめた。その間に本格的総攻撃の準備を整えていたのかもわからない。そんなふうにしていて、奇襲の時機を狙っていたのかもわからない。威力偵察らしい攻撃があって、五日目だったと思う。未明、遠征軍は、一斉に攻撃を再開した。絶え間のない例の砲撃が始まった。一日に何千発という例の物量戦法である。戦闘機が戦闘に加わった。五、六十機の戦闘機が、入れ替りに機銃掃射を繰り返した。歩兵もこの日は、必死に突撃して来た。仲間が倒れてもひるまずに城壁に殺到して来たのだという。

だが南面に較べると、飲馬水陣地への攻撃は、それほどのものではなかったのである。飲馬水陣地にいた一政は、それを自分の眼では見なかったが、南面の攻防は熾烈なものだったと聞いた。

日隈大隊の将兵は、殺到した敵に対して、壕から飛び出して突っ込んで行き、白兵戦をやって撃退したのだという。

遠征軍は、火焔放射器を装備していた。敵は城壁を破壊して突破口を作ろうとしていたのである。そのために、もちろん、城壁にも撃ち込んで来たし、爆薬を仕掛けようともしたというのであった。一方敵は、ロケット砲と火焔放射器とで銃眼を攻撃して、トーチカを潰そうとしたのであった。

しかし、その日は、守備隊は敵を撃退した。その夜、敵は、西南角トーチカの下に坑道を掘り進め、爆薬を仕掛けてトーチカを破壊したのである。そこが敵の突入口になったのだ。遠征軍の突撃隊は、西南角から入って来たのである。

無論、友軍は、逆襲して、敵の突撃隊を城外に撃退しようとした。そして、白兵戦を交じえる激しい戦闘のあと、なんとか撃退することができたのである。

敵が遺して行った死体は、相当な数であったというが、守備隊もまた、かなりの死傷者を出した。

遠征軍は、次の日も攻撃を反復した。守備隊は、ロケット弾にも火焔放射器にもめげず、遠征軍の進入を阻止した。

遠征軍は、そのあと、またいったん、攻撃を休んだのであった。また数日、嵐の前の静けさのような、戦闘のない日が過ぎたのであった。

てしまった。

8

久留米の落合一政を訪ねて思い出話をしたいものだ、と思いながら、つい、のびのびになってしまった。

騰越城攻防戦の話を書く前に、一政を訪ねようと思っていた。騰越の話を書く前に一政と騰越の話をすれば、気分も昂揚し、忘れていたことも思い出すだろう。そして手記も、それだけマシなものになるだろう。そんなことを思ったものであった。しかし、芳太郎は、結局、一政を訪ねないまま、落城寸前のあたりまで書いた。そのうちに芳太郎は、手記がマシなものになるなどというようなことではなくて、一政と騰越の話がしたくなって来た。

この一カ月ほど、毎日、騰越のことを思い出して書いている。例によって、思い出すだけで書けない日もあるし、思い出が、あらぬ方向に発展してしまうこともある。手記の文章が気に入らなくて書き直しているときには、思い出も停滞してしまうが、そういうとき、文章はうまく直らずに、停滞している思い出が、思わぬ方向に動き出してしまうということが多いのである。

敵弾が、軽機の銃口に当たったことを思い出すと、運ということについて考えてしまう。騰越城の東南角陣地で、攻撃して来る敵を銃眼から撃っていたとき、正面から飛来した敵弾が、軽機の銃口に当たったのである。そのために、軽機は使えなくなったが、もしあのとき、敵弾が一センチでも逸れていたら、おれは顔を射抜かれて即死していたはずである。

そのおれが、一センチの差で助かり、チェコ式機関銃を軽機と据えかえ、何人もの敵を殺したのである。あのチェコ式機関銃は、十七年秋の討伐戦で、敵から奪ったのであった。

一センチの弾道の差で助かった自分が、玉砕部隊の、指折り数えられるほどの生き残りの一人として帰国し、世帯を持ち、今は孫がいる。

戦場では、生きるも死ぬも、運としか言いようがない。助かった者には、ああいう幸運が最後まで続くのである。一度でも、それが跡切れたら、人は死ぬのである。

だが、そのようなことは、戦場に限らないのではないか。戦場ほど顕著ではなくても、人間というものが、または人生というものがそういうものなのではないか。——そんなことを芳太郎は考え込んでしまうのであった。

その日、芳太郎は、一政を訪ねる気で電話をかけた。

一政は、

「やあ、元気にしとるね」

と、いつものように言った。

「しとる、しとる。実はな、これからあんたば訪ねたいと思うちょるんじゃ。あんたの都合は、どぎゃんかなち思うて」

「ああ、よかよ。わしも会いたかち思うとったところたい。久しぶりじゃけん、泊まりがけで来んね」

と、一政は言った。

「それじゃ、これからすぐ出かけるたい、一時間もあれば着くじゃろうたい」

電話を切ると芳太郎は、ハル子に、

「今夜は落合さんのところに泊まるばい。明日、昼ごろに帰るつもりたい」

と言った。

「あんたは声の大きか人ですけん、夜半はちっと気をつけんしゃいね」

と、ハル子は言った。

「心配せんでんよかよ」

と芳太郎は言い、早速、家を出た。駅前で、川下りせんべいを買って手土産にした。

一政は、久しぶりじゃけん、と言ったが、会うだけなら、久しぶりではない。九月十四日の慰霊祭の日も会ったし、そのほかにも、何回か会っている。しかし、そういうときには、いくらも騰越の話はできないのであった。

今年の慰霊祭には、蔵重聯隊長の遺族も、太田大尉の遺族も参列した。福岡や佐賀、あるいは長崎から、芳太郎の知合も一政の知合も、何人か来た。みんなと少しずつ話さなければならなかった。

慰霊祭が終わった後、一政の家に泊まれば、二人で話す時間が持てたかも知れないが、翌十五日にちょっとした用事があったし、機会を改めてと思って、帰って来てしまったのだった。
——久しぶり、と一政が言ったのは、泊まりがけで話すのが久しぶりだという意味であったのかも知れぬ、と芳太郎は思った。時間にかまわず、どっぷり、騰越その他、雲南の思い出話をするのは、そう言えば、一政ができたばかりの『雲南戦記』を持って柳川に来てくれた日以来である。

復員以来今日まで、何回、一政と騰越の話をしたか数え切れないくらいだが、いつも、一部しか話さずに、ではまた、ということになってしまい、ちょっと中途半端な気持を残して別れたものであった。しかし、中途半端と言えば、夜を徹して語り合っても、全部を語り尽くした気持にはなれないのである。一政が柳川に来てくれたときがそうであった。

一晩だけでなくて、二人で温泉にでも、何泊かの旅行をして話し合えば、欲求不満の残らぬ話ができるかも知れない。誘ってみようかな、と芳太郎は思った。

これまでにも、そんなことを思わないではなかった。しかし、これまでは、ちょっと思っただけで、実際に旅行に誘ったりはしなかった。だが、今度は旅行の打合せをして帰って来よう。自分も一政も、今は、その気になれば、できない境遇ではないのである。自分も一政も、すでに六十の半ばを越して、いわば隠居のような生活をしているわけである。そうだ、二人で温泉に行こう。それにしても、もうそんな年齢になってしまったんだなあ、と芳太郎は思った。なにしろ、もう何人も孫がいるのである。うちは、子供は男女一人ずつの二人だが、一政のところは、男二人、女二人の四人である。うちも、一政のところも、息子も娘もみな、結婚して、子供――つまり孫をつくっている。うちは、孫は、今のところまだ三人だが、一政の孫は、六人であろうか七人であろうか、それぐらいはいるはずである。

二人とも、性質がいい、と芳太郎は、息子と娘を思い浮かべた。それから、一政の子供たちの顔を思い浮かべた。一政の子供たちも明るくて礼儀正しい子供たちである。互いに互いの子供が小さいときから知っているのである。一政の奥さんの幸枝さんも感じのいい人だ、と芳太郎は思った。ハル子も性質の優しい正直な女である。自分も一政も、本当に恵まれている。それは幸運としか言いようがないものだ、と芳太郎は思った。

自分や一政の幸運にひきかえ、戦死者たちの不運を、どう言えばいいのであろうか。捕虜になって、普通なら帰国できたであろうに、そこまで行きながら、昆明のキャンプで射殺されたのがいた。雲南で捕虜になった日本兵は、保山から楚雄の陸軍病院に輸送され、さらに昆明の陸軍病院に後送されたのである。昆明では米軍の治療を受けたのであった。警備は中国兵がやっていた。あのキャンプで、一人の傷病患者が、畠から野菜を取ろうとして、柵の外に出たのである。とたんに歩哨に射殺された。柵外に出る者は射殺するということは、捕虜たちは知っていたわけだから、あれは、あの兵隊に一瞬魔がさしたとでも言うしかない。そしてそれは、不運だったとしか言いようがないのである。

そう言えば、いつだったか、奥州町の萩原稔が、戦場に行って生死の境をさまよったもんは、みんな運命論者になるんじゃなかね、と言ったが、自分は運命論者と言うよりは、運論者といったところだろうな、ま、運命も運も同じことなのかも知れないが、と芳太郎は思った。

ああいうことを言ったのは、萩原もまた、自分が生きて還って来ることができたのは、運だとしか言えない気持でいるからであろう。

あのときも、あれ以外のときも、萩原と格別に運命や運について話したことはない。芳太郎はいつも、独りで、運だな、と思うのである。人間が、どこで、いつ生まれるかということからして、偶然である。北九州で生まれたので、龍に入隊することになり、龍に入隊したので、騰越で戦うことになったが、龍に召集されるか、菊に召集されるかで、偶然北九州で生まれた人間の運命が違って来る。龍に召集されるか菊に召集されるか、これも運である。龍なら龍で、龍のどの部隊に入れられるかで、また道が変わってしまう。芳太郎は、ヨンパチ（第百四十八聯隊）の第二大隊に入れられたが、他の大隊に入れられたら、そこでまた道が変わっていたわけである。他の大隊と言えば、遠征軍が騰越攻略作戦を開始したころ、騰越には、第一大隊の残留隊が八十名ばかりいた。第三大隊の残留隊もそれぐらいいた。主力は第二大隊の六百五十名であった。第一大隊の主力は、菊に配属されて、フーコン谷地で戦った後、ミイトキーナに転進して丸山聯隊長の指揮下に入った。

萩原は菊に組み込まれて、フーコン、ミイトキーナ、メイクテーラで戦ったのである。騰越守備隊には菊の残留隊がいた。運命によっては、萩原が騰越で戦うということにもなるのではあるまいか。そして萩原が、もし、騰越で戦っていたら、やはり、十中八、九、死んでいたわけであろう。

そんなことを考えていると、人間とははかないものだ、と思えて来るのである。萩原もおそらく同じ思いでいるに違いないのである。

久留米に着くまで、芳太郎は、その日はなぜか、しばしば萩原のことを思った。萩原の言葉を思い出したり、萩原から借りた『雲南正面の作戦』のことを思い出したりした。

それは、芳太郎が、今ちょうど、騰越の白兵戦を書いているからかも知れないと思われた。

萩原とは、一昨日、訪ねて行って会った。例によって、芳太郎は萩原から、どうね、ビルマ戦記は進んどるね、と訊かれた。

――やっと、騰越城の包囲戦ば書きだしとるばい。

と、芳太郎が答えると、

――いよいよ、クライマックスじゃのう。『雲南正面の作戦』は、ちっとは役に立っとるかいね。

と萩原は言った。

――立っとる、立っとる、日附を思い出すだけじゃなか、わしの知らんこつがいろいろと書かれとるもんな。ばってん、あの本に書かれとる日附は、正確に合うちょるんじゃろうか？

――だいたいは合うちょるはずだが、なしてそう思うね？

——ほら、久留米の落合さんが書かしゃった『雲南戦記』な、あれと違うちょるところがあるもんな。

——どげなところが違うとるんじゃ？

——遠征軍が、第三次総攻撃を開始した日が、落合さんのには八月一日と書かれちょるが、『雲南正面の作戦』では、八月二日となっとるもんね。

——それは落合さんの記憶違いじゃなかろうかの。断定はできんが……。

——そのあとが、また違うとる。落合さんは、八月一日に攻撃が始まって、翌日から三、四日、敵は鳴りをひそめていて、五日目ごろに、一斉に攻撃を再開したと書いとるが、『雲南正面の作戦』には、二日に開始して、連日猛攻を加えたごつ書かれとる。わしはそのころ、東南角トーチカちゅう陣地におったが、どぎゃんだったか、はっきりとは憶えとらんたい。

——そぎゃんこつになると、落合さんのほうが合うとるかも知れんのう。言うたように、『雲南正面の作戦』は、『戦史叢書』のダイジェストのようなもんだが、『戦史叢書』にもところどころ誤りがあるち聞いとるばい。そうだろうたい、ま、そういうもんたい。だがわしらは、一日や二日の日附のずれにこだわる必要もなかろうて。わしらが書くのは戦史じゃないけん、経験ば書けばよかとじゃけん。

萩原は、日附を思い出すのに役に立つ本じゃ、と言って『雲南正面の作戦』を貸してくれたのであったが、一日や二日のずれにはこだわるな、と言うのであった。しかし、手記を書いていると、やはり気になるのである。

どうだったのだろうか？　芳太郎は思い出そうとしたが、日附だけでなく、敵は初めから一気に攻めて来たのだったか、三、四日鳴りをひそめた後で、攻めて来たのであったか、ということについても思い出せなかった。そのどっちでもあったような気がするのである。

だが、いずれにしても、敵の激しい反復攻撃が始まったのである。『雲南正面の作戦』には、八月二日の朝から砲撃が始まり、射弾は一日三千発に及び、約六十機の戦闘機の協力のもとに、第三十六師は南西城壁に対して、また他の各師は各一部をもってそれぞれの正面から攻撃を開始した。彼らはまず爆薬で城壁を破壊し、銃眼に対しては、ロケット砲または火焰放射器で攻撃した。八月三日、南西角のトーチカはついに破壊され、一部がその突破口から城内に突入したが、守備隊は夜に入ると直ちに逆襲して、敵を城外に撃退した、と書いている。

『雲南正面の作戦』は、貸してくれたとき萩原が言ったように、元第三十三軍参謀として雲南の作戦に参加し、現在陸上自衛隊幹部学校戦史教官野口省己が、防衛研修所戦史室の資料及び米公刊戦史等を基礎とし自己の体験を加えて、本務多忙の余暇に執筆したものを、陸戦史研究普及会において編集したものだと、はしがきに書いてある。陸戦史研究普及会については、萩原は、つまり野口元参謀のグループじゃちゅうこったい、と言ったが、陸上自衛隊幹部学校の校長以下、戦史教官たちが、そういう会を作っているのである。

軍は終戦時、一切の書類を焼却したのだと戦後、日本に帰って来てから聞かされた。そのとき、なしてそげなこつしたんか、と言ったら、その話をした相手は、偉かもんたちが戦犯にならんように証拠ば隠滅したとたい、と言った。なるほどと思ったが、相手はさらに、証拠ば隠滅してしもうたために、無実の罪ば着せられたもんは、無実をはらす証拠ものうなってしもうたわけたい、得をしたのは、悪かこつばした偉かもんだけたい、と説明した。

終戦時、芳太郎は中国の俘虜収容所にいて、当時は日本の様子についてはまるでわからなかったが、ビルマでは、戦闘部隊は、書類などはほとんど失っていたのだろうと想像した。だが軍には、かなりのものがあったに違いない。それをすべて焼いたというのである。戦地でだけでなく、内地でも、大本営はじめ、各部隊がそうしたというのだ。それでも、元参謀などは、個人的な記録を多少は持って帰ったのかもわからない。他にも、個人的な記録を持ち帰った人がいるだろう。そして今となっては、そういう記録が、貴重な資料となっているわけだろう。防衛庁の防衛研修所戦史室というのがどんなところなのか知らないが、広く個人の記録も集めているに違いない。『雲南正面の作戦』には、巻末に、参考文献資料の一覧表が出ている。数えてみたら、二十一冊あった。防衛研修所戦史室や復員局が作った本と元将官、元佐官が書いた本ばかりである。元第三十三軍参謀は、野口省己だけでなく、参謀長山本清衛中将以下、辻政信、それから田中博厚中佐という人、黍野弘少佐という人も、みな一冊ずつ、ビルマ作戦の回想録を書いている。服部卓四郎という人が『大東亜戦争全史』というのを書いているが、服部という人は、確か元大本営の参謀か何かである。他に、歩兵第百十三聯隊長松井秀治大佐の『波乱回顧』、輜重兵第五十六聯隊長池田耕一大佐の回想録、第二師団長岡崎清三郎中将の回想録などが挙げられている。

陸戦史研究普及会は、こういう人たちが書いた本のほかにアメリカの公刊戦史も参考文献にしているのである。

ということになると、やはり、遠征軍が第三次総攻撃をかけて来たのは、八月二日のように思えるが、敵は、以後、日をあけずに猛攻を繰り返したのだったろうか？

一政と会ったら、その話もしてみようと、芳太郎は思った。

あのころ、一政が配置されていたのは、東北角陣地だったと聞いたような気がする。東北角と東南角とでは、多少、戦況も違っていたかも知れぬ。考えてみると、芳太郎は東南角トーチカに入っていて、東北角トーチカの様子や、その他、西北角も南西角も、他の陣地の様子は、ろくにわからなかったのである。敵は、東北角では一時鳴りをひそめ、南側では、初めから一気に攻め立てたのかも知れぬ。一政に会ったら、そういう話もして、確かめてみよう。

芳太郎が、東南角陣地に配置されたのは、来鳳山が占領される前であった。それは、憶えている。

芳太郎が高良山での玉砕を免れたのは、負傷をして、騰越城内の第一野戦病院に送られたからであった。迫撃砲の弾片を左腿にくらったのであった。これぐらいの傷では退がれんと芳太郎は思っていたが、班長から後退しろと言われた。これぐらいのこつじゃ退がれまっしぇん、と芳太郎が言うと、大園班長は、その傷ば早く直して、騰越城で撃って撃って撃ちまくれ、と言った。後になってみると、大園班長は、騰越の玉砕を見通していて、少しばかり芳太郎に生き延びさせるつもりであったのかも知れないという気がする。それとも、一人でも騰越守備隊の兵力をふやして、騰越城が永保ちするように願ったのかも知れない。騰越守備隊の兵力が、一人や二人ふえたからと言って、それで騰越の落城が先に延びるということには、もちろんならないが、あるいは大園班長は、そんな気持でいたのかも知れないと思う。しかし、それも今は確かめようがない。

大園班長は、高良山陣地の守備隊長であった副島曹長と共に、負傷兵を騰越城に送った後、敵中に斬り込んで行って、戦死したのであった。

負傷兵を後送するといって、どの程度の負傷から負傷兵ということになるのか。芳太郎が、高良山を下りたとき、あの陣地に、負傷していない兵士が何人いただろうか？　一人か二人はいただろうか？　あのとき、副島小隊長も大園班長も、負傷していたのであった。大園班長は芳太郎と同じぐらいの重傷とも軽傷とも言える負傷者であり、副島曹長は重傷者であった。にもかかわらず、副島曹長と大園班長は、数名の兵士と共に高良山陣地を守り、最後に斬り込んで死んだのである。

斬込みは、日本軍の勇敢さを示す行為とされとるが、あれは要するに自殺じゃ、あるいは、何人かの敵を道連れにした無理心中のようなものじゃ。特に負け戦での最後の斬込みちゅうのは、そうたい。あげなこつをよかこつじゃ言うとった考え方が、損害ばますます大きくしたわけたい、と萩原は言っている。それはそうかも知れないが、現実には、戦況があのようになっては、最後は、斬り込んで死ぬしかなかったのである。

しかし、芳太郎は、東南角トーチカに入った当初は、あれほど激しい攻撃を受けても、騰越守備隊が全滅するとは考えていなかった。

兵隊は戦場では、もちろん、自分はいつかは死ぬかも知れんと思っている。しかし、騰越では、ただ、どうでもこうでも守りきらねば、と思っていて、死ぬかも知れんと思う余裕もないぐらいであった。大園班長に言われたように、ただもう夢中で、撃って撃って撃ちまくったのであった。

東南角トーチカで、速射砲が守備についていた。芳太郎は、その速射砲隊に配属されたのであった。敵弾が軽機の銃口に当たって命拾いをするまで、芳太郎たちは、九六式と鹵獲《ろかく》したチェコ式と、二基の機関銃を据えていた。弾薬は、四千発ほど持っていた。

戦闘が始まるとすぐ芳太郎は、四千発じゃ足りそうにないな、と思った。東南角陣地だけに撃って来るわけではないが、敵は、一日にそれぐらい、あるいはそれ以上の砲弾を撃ち込んで来るのである。携行している機銃弾の何倍もの数の敵に包囲され、攻撃をうけているのである。四千という数字は多い数字ではなかった。弾薬は惜しみながら使わなければならなかった。

芳太郎は、負傷者として高良山から後送されたが、結局は、野戦病院には入院せずに、手当てを受けただけで、陣地に配置されたのであった。左腿の傷のために、敏速には歩けなかったが、高良山から後送された負傷者の中では、軽いほうであった。

来鳳山が占領されるまでは、敵の城壁陣地に対する攻撃は、それほどのものではなかった。夜間は、一回か二回、手榴弾攻撃をかけて来たが、昼間はほとんど攻めて来なかった。

東南角陣地は、来鳳山陣地がよく見える位置にあった。砲弾の着弾点に土煙が舞い上がる。敵機が上空を飛翔して、銃爆撃を繰り返す。来鳳山陣地に突撃する遠征軍の歩兵の姿も、東南角陣地から、よく見えた。しかし、機関銃で撃つには遠過ぎた。癪だな、近ければ撃てるのに、と思った。

来鳳山の麓には松林が広がっていた。三合目あたりから上が草地であった。その草地で、友軍と遠征軍とが、白兵戦を演じた。友軍と遠征軍とが、もつれ合って、折重なって倒れるのが見えた。夜は、曳光弾が、花火のように、赤や緑の光の糸を曳きながら飛び交った。

七月下旬、ついに来鳳山は敵の手に落ちたのである。

山頂に、青天白日旗が翻った。それを見ると、涙が出た。

『雲南正面の作戦』には、来鳳山の失陥は、七月二十七日だと書かれている。敵の攻撃開始以来、ちょうど一カ月目である。来鳳山を奪った敵は、来鳳山をはじめ、周辺の高地に、砲兵陣地を構築し、攻撃の主目標を、騰越城の南壁に転じたのである。

戦闘は、来鳳山を奪われると共に、外郭高地の線から、一キロ四方に街を囲む城壁の線に移ったのであった。

敵の第三次総攻撃は、南門への砲撃から始まった。早朝であった。続けざまに響く砲声を聞いて、始まったな、と思った。南面に続いて、敵は、東南角陣地にも、速射砲やロケット砲で撃って来た。

敵が、火焔放射器を使って攻撃して来たのは、それから何日かたってからである。火焔放射器を担いで接近して来た敵を、トーチカの外にいた倉本上等兵が射殺した。

敵は、南側城壁陣地の中でも、特に南西角に攻撃を集中しているようであった。『雲南正面の作戦』には、八月三日南西角のトーチカはついに破壊され、攻者の一部はその突破口から城内に突入した。しかし守備隊は、夜に入ると直ちに逆襲して、この敵を城外に撃退した。と書いてあるが、砲弾を撃ち込むだけでなく、敵は、挺身爆破隊を城壁に肉薄させて、爆薬を仕掛けて突破口を作ったのである。

その詳しい様子については、東南角陣地の芳太郎にはわからなかったが、南西角で、突入と撃退を繰り返す激闘が行なわれていることは、知っていた。

火焔放射器の一回の放射時間は、約二十秒ぐらいのものである。戦車のやつだと、一分ぐらいだろうか。そして人が背負って来るのは、本当に火力があるのは、十五メートルかそれぐらいではないだろうか。あとは煙にやられるのである。いずれにしてもあれはかなり接近しなければ使えない兵器である。だから、早目に見つければなんとかなるのだ。倉本上等兵がやったように、狙撃の腕さえ確かであれば、先を制して防ぐことができなくもないのだ。やはり、恐ろしいのは、ロケット砲である。あれは地を這うようにして、くいこんで来る。発射音を聞くより早く、弾丸が来て、瞬発信管がついていて、死角を作らずに人を殺傷するのである。騰越城のトーチカ陣地は、ロケット砲でもそう簡単には破壊できないくらい強固に作っていた。だが、感じが怖いというだけではなく、やはりロケット弾には威力があった。何回もそれを受けているうちに、陣地はついに破壊されたのであった。『雲南正面の作戦』によると、日本軍の頑強な抵抗に阻まれた敵は、空軍の協力と二万発の手榴弾を求める電報を打った、と書かれているが、あのB25は、それで爆撃に来たのかと、今にして思うのである。

B25が、十五機、終日入れかわり立ちかわり飛来して、城壁を目標に爆弾を落としたのであった。東南角陣地は、一週間ぐらい頑張っていた。陣地の前方七十メートルほどのところに白壁の家があり、そこで人声がするのを聞いたのは、第二線陣地に後退する前日であった。第二線陣地は、東南角と東門との中間にあった。

東南角陣地に入ったときから、あの白壁の家は、必ず敵の拠点になるだろうから、焼いておかなければ、と気になり、そう分隊長に進言した。だが、すでに、敵は、そう言ったときには入って来ていたのであった。

そのうち、敵は、塀の瓦を剝ぎ始めた。機関銃を据えるためだと判断して、そこに照準をあてて待っていると、案の定であった。消炎器をつけた銃口がそこからのぞいた。とっさに芳太郎は引鉄を引いた。敵は消炎器を引っ込め、数分後、別の場所から、今度は敵のほうから撃って来た。

夕暮が近づいたころ、左後方の速射砲陣地から吉原軍曹以下一個分隊が応援に来て、白壁の家に夜襲攻撃をかけたのであった。

吉原軍曹は、プロ野球の巨人軍の捕手であった。いや、あのころは、プロ野球とは言わずに職業野球と言っていたのだ。その名捕手と言われていた人だから、手榴弾を投げると、芳太郎の倍も遠くまで飛んだ。そして狙ったところに正確に投げた。あの夜襲で、真木上等兵が戦死。三人が負傷した。

白壁の家の敵を、夜襲で撃退したといっても束の間である。結局、火焰放射器とロケット砲攻撃で、東南角陣地はボロボロになった。次の日、後退の命令を伝える伝令が来て、第二線陣地に退いたのである。

南西角および東南角のトーチカがすっかり破壊されてしまうまで、敵は、撃退しても撃退しても、新手を送って来た。友軍には、交代も新手もないので、結局は後退せざるを得なかったのである。しかし、敵もまた、そのころは、歩兵部隊は相当に戦力を失っていたのである。

芳太郎が第二線陣地に退がったころは、南門方面、あるいは南西角のあたりでは、市街戦とも白兵戦ともいうべき戦闘が繰り返されていたのである。

しかし、その後、数日、遠征軍は砲撃は休まなかったが、地上攻撃はしなかった。敵はおそらく、兵員をその間に補充したのである。

敵は兵員が多いので、輸送物資の量も多い。あのころ、米軍機が連日飛来して、弾薬か食糧か中身はわからなかったが、落下傘をつけて物資を投下した。東営台のあたりが投下点であった。東営台上が落下傘で真っ白になるぐらい、敵は大量に物資を輸送した。

南側城壁の上には、あのころすでに遠征軍の姿があった。だが守備隊は逆襲して、奪回したのである。それで遠征軍は、南西角と東南角から坑道を掘り始めたのである。地下に潜って城壁にたどり着き、ダイナマイトを仕掛けて、大きな突破口を作ろうとしたのであった。

芳太郎たちが後退してこもった第二線の陣地は、東南角トーチカのような堅固な陣地ではなかった。白壁の塀に穴をあけて銃眼をつくり、立射壕を掘っただけの陣地であった。東南角陣地さえ支えきれなかったのだから、第二線陣地を守り通すことは、まずできまいと思われた。状況が次第に悪くなるのを、芳太郎は感じてはいた。しかし、それはどうしようもないことである。とにかく最後まで戦い続けるだけだ、と芳太郎は思っていた。

あの第二線陣地の前方にも、六、七十メートルぐらいのところに白壁の家があった。あの家は、長崎医大を出た張徳喜という医師の家だと聞いていた。あの家も、守備についた翌日に焼き払おうとしたのだったが、すでに肉薄している敵に妨げられて果たせなかったのであった。

二十四機の戦爆連合の空襲で、蔵重大佐以下三十数名が戦死したのは、守備隊が、夜襲で、南側城壁の敵を撃退した翌日であった。守備隊本部を、爆弾が直撃したのである。蔵重大佐が戦死したので、太田正人大尉が代わって指揮をとることになった。

その翌朝、敵は、再び総攻撃を開始したのである。

例によって、まず、ふんだんに砲撃を加え、空から米軍機が援護する。今度は、遠征軍は煙幕を使った。城壁を乗り越えるための梯子も持って来た。芳太郎の陣地にも攻撃をかけて来た。手榴弾を投げ合った。

戦闘は正午まで続いた。やはり陣地が脆弱だからか、これまでになかった死傷者が出た。池田上等兵と鶴川一等兵が戦死。五味山上等兵は迫撃砲弾で右耳を付け根からそっくり殺《そ》がれた。稲葉上等兵、唐島一等兵と芳太郎の三人が、程度は軽いが負傷した。敵も十数個の死体を遺したが、これで九人いた分隊が、負傷者も数えて七人になった。

それから、すぐ、高木隊の大井少尉が呼びに来て、東門と東南角の中間の陣地から、東北角陣地に移ったのである。

それまでの陣地には、耳をやられた五味山上等兵と、足をやられた稲葉上等兵が残り、分隊長の荒尾軍曹以下五人で東北角に向かった。

高木隊が守備についている東北角陣地の前、六十メートルのところに、敵のトーチカ陣地が三つ並んでいるので、突撃して占領しろ、というのであった。荒尾分隊は、中央のトーチカに突撃しろ、と言われた。

夜まで待って、行動を起こすという。

「速射砲が左のトーチカに五十発撃ち込む。その最終弾と共に荒尾分隊は喊声を挙げよ。すると敵が必ず撃って来る。その隙に、右のトーチカに曹長の指揮する一分隊、左のトーチカに准尉の指揮する一分隊がそれぞれ突撃する。両方が成功したら、荒尾分隊は中央のトーチカに突撃せよ」

と、大井少尉が要領を説明した。

あれは月の明るい晩であった。三つのトーチカが月に照らし出されていた。

時刻が来て、赤吊星が上がると、速射砲陣地が射撃を開始した。同時に、敵も撃って来た。

芳太郎は、速射砲の発射音を数え、五十になったので、ワーと喊声を挙げた。

予想通り、敵は集中射撃を加えて来た。

しかし、両側のトーチカが、一向に沈黙しないのである。

どうしたのだろうと思っていると、抜刀した曹長がやって来て、

「貴様たち、どうして突撃せんのか」

と、凄い剣幕で怒鳴った。

「自分たちは、両方のトーチカを占領したら突撃せよ、と命令されています。トーチカはとれたんですか」

と荒尾軍曹が言うと、

「みんな、殺られてしまった。頼む、突撃してくれ」

抜刀の曹長は、そう言って、敵に向かって一人で突っ込んで行った。

荒尾軍曹が、

「突っ込むぞ、ついて来い」

と言って飛び出した。

芳太郎は、分隊長に続いて飛び出して行った。トーチカまで十四、五メートルほどのところで芳太郎は、腰に衝撃をうけて転倒した。起き上がろうとしたが起き上がれなかった。倒れている芳太郎に、手榴弾を投げて来たのがいた。手榴弾の破片が肩に食い込んだ。続いてまた手榴弾が飛んで来た。今度は脚をやられた。

芳太郎は、しかし、援護射撃をしていた機関銃隊に救出されたのであった。突撃した者は、一人も帰って来なかった。


あのころ、落合一政は、どこの陣地にいたと言っていたかな、と芳太郎は思った。

これまでに、おそらく、一度ならず聞いたはずだが忘れている。今夜、またそれを聞くことになるわい、と芳太郎は思った。

9

柳川の白石芳太郎と、久しぶりにまた、夜明けまで騰越城の話をした。

「こげんゆっくり、騰越城の話ばするのは、何月ぶりじゃろうか」

話は尽きんが、疲るるけんひと寝入りせんな、と言った後で、一政がそう言うと、

「『雲南戦記』ができたときに、あんた届けてくれたじゃろう。そんとき落合さんはわしんちに泊まったんじゃ。その後ひと月ほどたって、今度はわしがここに来て泊めてもろうた。それ以来たい、こげんしてあんたと朝まで戦地の話ばするとは」

と芳太郎は言った。

「お互い、近くに住んどるのに、なかなか、こげなふうに会うて話ばするこつはできんもんたいね」

「そうじゃな。わしもあんたも、今は仕事に追わるるわけではなかじゃろうが。お互いにひまはあろうが。じゃけん、その気になればいつでん訪問できるわけたい。だがその割に会えんもんじゃね」

「慰霊祭のときなんかは、会うても話はいくらもできんもんな」

「そういうもんたいね」

と言って、芳太郎は、寝巻に着替えて床に入った。

一政も床に入った。騰越城の話をした後で床に入ると、あのころ、死ぬまでにもう一度清潔で柔らかい蒲団の中で、熟睡してみたいと夢みたことを思い出す。

あのころは、濡れた衣服を着て、凍えていたのである。シラミのたかった汚れた毛布をまとっていたのである。地面の上に転がって寝たこともあった。壕の壁にもたれて眠ったこともあった。そして、畳の上の蒲団や、生で飲めるきれいな水などを夢想したのであった。

それは、夢想だとしか考えられなかった。再び還ることができるとは、思っていなかった。最初からずっと生還を諦めていたのではない。騰越城が敵に包囲され、激しい攻撃を受けるようになるまでは、運に恵まれれば、いつかは再び日本の土を踏むことができるかも知れぬと思っていたのだ。

玉砕を覚悟したのは、騰越の戦闘が始まって、何日目ぐらいだっただろうか。それまでは、何度も、今日死ぬかも知れぬ、数時間後、いや数分後に自分は死ぬかも知れぬ、と思う一方、もしかしたら死なずにすむかも知れないと思う気持が、どこかにあった。馬鞍山でも冷水溝でも、そうであった。しかし、騰越城では、もう死なずにすむなどとは思えなかったのである。

それは、そんなことを考える余裕もない激しい攻防戦をしながら、早くからそんな気持になっていたような気もするし、班長から、騰越死守の師団命令が出ておる、わしら最後の一兵まで戦うんじゃ、と言われてその気になったような気もするのである。

『戦史叢書』を見ると、師団主力の龍陵会戦間、騰越を死守せよ、と蔵重大佐が師団命令を受けたのは、七月二十八日だと書いてある。来鳳山が敵に奪われた日の翌日である。班長がその命令を伝えたのは、東北角陣地から飲馬水陣地に配置が変わってすぐであったのではないか。そのとき班長は、師団主力の龍陵会戦間などとは言わなかった。

もっとも、たとえ班長がそのとき、龍陵会戦間死守、と言ったとしても、結果は変わらなかったのだが。

だが、そう聞いたとしたら、少しは気持の持ち方が違っていただろうか。龍陵の師団主力が遠征軍を撃退すると思えただろうか。もっとも、撃退できず逆に友軍が転進したとしても、龍陵会戦は終わるわけであるが、いずれにしろそのころの騰越守備隊には、もはや、遠征軍の重囲を突破し脱出する戦力はなくなっていたのかも知れないのである。

飲馬水陣地の一政には、龍陵の戦況はわからなかった。龍陵の戦況どころか、騰越城の他の陣地の様子も、詳しくはわからなかった。遠征軍の攻撃の主力が、南壁に向けられていることは知っていたし、敵の一部が城内に突入し、それを撃退するために、白兵戦が繰り返されているということは聞かされた。城壁の一部が敵に占領され、それを友軍が奪回する。そこを敵がまた占領し、友軍がまた奪回する。そんな戦闘が繰り返されていることは知っていた。敵が坑道を掘って爆薬を仕掛けたことも聞いていた。しかし、詳しい様子はわからなかった。

今ごろになって、『戦史叢書』を読んで、ああそうだったのか、と思う。『戦史叢書』には、遠征軍の戦況報告が載っている。日本軍は、敵の暗号を解読していたのである。南壁から突入した遠征軍は、第三十六師だという。突入した遠征軍は、日本軍の逆襲で、甚大な死傷者を出し、占領した城壁陣地から撤退せざるを得なくなった。第三十六師長がそう軍司令部に報告しているのである。

確か、あの本には、一個聯隊の戦闘兵が四百人に減少した、という敵の師長の報告が載っていた。しかし、友軍の損害も戦闘のたびにふえて、こちらもどんどん戦力を失って行ったのである。

一政は、そのあたりの記述を確かめてみようと思い、床から脱け出して、茶の間に『戦史叢書』を取りに行った。

芳太郎はすでに寝入っていた。鼾をかいていた。

茶の間には、妻の幸枝が小型電球の薄明かりの中で寝ていた。一政が茶の間に入ると、幸枝は目敏く目をさまして、

「あんたな、まだ起きとるんね」

と睡そうな声で言った。

「本ば見とうなって取りに来たんじゃ」

一政が声を殺して言うと、

「もうそろそろ夜が明けまっしょうが、今まで話ばしとったとでしょうに、少し寝たほうがよ

かじゃなかですか。少し寝んと疲れましょうが」

と幸枝は言った。

「わかっちょる。ちょっと本ば見たらすぐ寝るけん」

と一政は言い、箪笥の上に並べてある本の中から『戦史叢書』を抜いて、玄関脇の応接室に持って行った。

明かりをつけて、「騰越守備隊の勇戦と玉砕」の章を読んだ。この本を、螢川町の小村寛に貸してもらってから、俺は何回この章を読んだだろうか、と一政は思った。

この本は、膨大な全集の中の一冊である。騰越城玉砕戦のことが載っているこの巻では、インパール作戦中止後の退却及び雲南における印支連絡遮断作戦の状況並びにイラワジ会戦に至るまでの過程を明らかにするとともに、イラワジ会戦の経緯と敗退までの状況を記述した、と、まえがきに書かれていて、書名は「イラワジ会戦」となっている。その書名には、「ビルマ防衛の破綻」という副題がついている。

こういう本が、大東亜戦争全域にわたって、すでにこの本を加えて二十五巻ができており、さらにこの巻の後もできているようである。「イラワジ会戦」の巻が発行されたのは昭和四十四年四月となっていて、もう十年前である。今は全巻――全巻の巻数は知らないが、刊行が完結していると思われるのである。

他の地区の作戦についてもそうなのだろうが、「雲南における印支連絡遮断作戦の状況」について、この『戦史叢書』ぐらい詳述した本は他にないようである。

著者の心が感動を呼ぶ戦記は、他にあるが、作戦全体を伝える資料としては、公刊されているものの中でこれ以上に総括的に詳しいものは他にはなかよ、と小村寛は言ったが、なるほどそうであろうと思われるのであった。

しかし、一政は、総括的には詳しいかも知れないが、部分によっては、簡単に書かれ過ぎていて、飽き足らなくも感じるのであった。

『戦史叢書』には、六月二十七日に、遠征軍が騰越地区で総攻撃を開始して以来、落城の九月十四日まで、何月何日に何があったかが書かれている。それは、一政の記憶の欠落や曖昧な部分を補うものである。しかし、この本の日々の戦闘状況についての記述は、一見、作戦や戦況を伝える資料として事実を事実として書いているといった感じでもなく、結構、相良という人が書いた戦記『菊と龍』などと同じように、日本軍の勇猛果敢を強調しようとする書き方で書いている。防衛研修所戦史室長西浦進という人が、序文を書いていて、読んでみると、戦史編纂官不破博がこの本を書いたというのである。不破という人は、戦争中、軍の参謀部にでもいた人なのだろうか。西浦という人も、多分、そういう筋の出身の人ではないかと、一政は推測した。

いずれにしても、この本は、不破という人が一人で全部書いたわけではあるまい。大ぜい、当時の将校たちが協力してできたものなのであろう。西浦氏の序文には、「終戦時、大量の史料の消滅と散逸をきたし、そのうえ、戦史室の開設まで十年間の空白を生じたため、戦史編纂の困難さは、既往内外のそれに比べ、筆舌に尽くしがたいものがあった。しかし幸いにも、関係方面の理解と多数歴戦者各位の熱誠あふれる協力とによって、この刊行を実現し得たもの」と書かれているが、巻末の注を見ると、この本刊行のために熱誠あふれる協力をしたのは、かつての司令官、師団長や聯隊長、参謀長や参謀であり、この本は、そういう人たちの著書や回想談にもとづいて作られたものだとわかる。

戦史を編纂するためには、階級の低い兵士たちは、協力のしようがないのである。下級兵士は、騰越城が包囲され攻撃されても、全体の戦況も他の陣地の様子も、ろくにわからない。拉孟は苦戦中、龍陵は苦戦中、と誰かから聞かされて、勇猛果敢だけでは結局は防ぎようのない戦場の光景を想像してみるのが関の山であったのだから。

勇猛果敢、寡兵よく長期間にわたって大軍の攻撃に耐えた、その思いは、しかし、軍司令官や師団長や参謀なんかだけではなく、下級の兵士たちにも、せめてもの自慢のたねというものであろう。騰越城玉砕戦を戦って生き残った者は、数えるほどしかいなくて、しかも、芳太郎以外は消息を知らないが、龍と菊の生存者は、みんな、龍と菊とは、日本最強の部隊であったと、誇りに思っているのではあるまいか。

一政は、それは自分にもあるのだ、と思った。しかし、それを強調する『戦史叢書』の記述を読むと、気持のどこかでなにか反撥を感じるのである。

日時などについて、自分の記憶の不確かな個所は、『戦史叢書』を見て、ああ、そうだったのかと思う。けれども、自分の記憶と、『戦史叢書』の記述がずれている場合には、たとえ、この本が、多数のかつての司令官や参謀などの誠意あふれる協力で作られているにしても、本のほうが嘘ではないか、とも思う。だが、結局、一政は、そういう場合には、記憶についての自信がなくなって来るのであった。

遠征軍が第三次総攻撃を開始したあたりが、『戦史叢書』の記述と一政の記憶とでは違っているのである。これはどういうことなのであろうか。

一政の記憶は、東北角が中心になっているので、違うのだろうか。東南角や南西角、西北角の戦況については聞かされただけのことを知っていただけで、詳しく把握していたわけではない。だから、違うのか。

もしかしたら、敵が第三次総攻撃を開始したのは、八月一日ではなく、二日で、その後敵は、東北角では数日鳴りをひそめたが、南西角や東南角では、記述どおり、休まずに攻撃を繰り返したのだろうか。

そうも一政には思えて来るのであった。

一次、二次、三次の総攻撃の分け方も、一政が戦地で聞いたものと、『戦史叢書』とでは、違うのである。

六月二十七日、敵は来鳳山陣地を主目標に砲撃を開始した。あれが第一次総攻撃で、七月二十三日からの総攻撃が第二次である。第二次総攻撃で、二十七日に来鳳山陣地をついに奪われたのである。来鳳山を占領した敵は、八月一日、騰越城に総攻撃をかけて来たのである。あれが第三次総攻撃である。一政は、そう聞いた。当時、騰越城で一政たちは、そう言っていたのである。ところが、『戦史叢書』では、蔵重隊長が戦死した翌日、八月十四日を第二次総攻撃と言っている。第一次総攻撃の文字は、見当たらないが、この本では、来鳳山がやられて、敵の攻撃が直接城壁に向けられたときを第一次としているようである。

一政の記憶では、八月一日に第三次総攻撃が始まり、それから、三、四日、遠征軍は攻撃をひかえ、五日目ごろから猛攻を再開したのであった。ところが『戦史叢書』には、

八月二日朝から騰越陣地に対する砲撃が始まり、射弾は三、〇〇〇発に及んだ。

一方、約六〇機の戦闘機の協力のもとに、第三六師は南西城壁に対し、また他の各師は包囲態勢を強化するとともに、各一部でそれぞれの正面から攻撃を開始した。

攻撃に当たり、敵はまず爆薬で城壁の破壊を図り、銃眼に対してはロケット砲あるいは火焰放射器による強行攻撃を行なった。

こうして、彼我の戦闘は次第に激しさを加えていったが、翌八月三日、南西角のトーチカは遂に破壊され、一部の敵はその突破口から城内に突入した。

しかし、守備隊は、夜に入ると直ちに逆襲してこの敵を城外に撃退した。(注　この日、

ミイトキーナは陥落した）

八月四日午後、敵は更に火焔放射器を南西角に集中して攻撃を復行した。この敵も守兵の敢闘により再び駆逐された。同日夜、敵は挺進爆破班を肉薄させて三度同方面の突破を試みたが、これまた至厳な日本軍の警戒網にかかって敗退した。

当夜第五四軍長の発信した緊急電報は「連日数次にわたる肉薄攻撃もいたずらに損害を出すのみ。空軍はわが攻撃に協力して城壁を爆砕して突破口を作り突入を便にされたい」と訴え、また手榴弾二万発の空輸を依頼した。（暗号解読）

と書いてある。

この本には、六月二十七日の第一次総攻撃開始以来、七月末までの戦況については、日を飛ばして書いてあるが、八月二日から同月末までの戦況については、連日にわたって書いてある。第三次総攻撃が始まったのは、八月十九日で、東南角陣地が陥落したのは九月一日。以来、戦線は一時沈黙した。この間、遠征軍は最終攻撃を準備している様子であった、と書いている。

この記述は、注によると、『拉孟、騰越』（雲龍会刊）と『騰越守備隊戦闘詳報概要』（第五十六師団司令部調製）をもとに書かれたものである。

あのころ守備隊は、刻々師団司令部に戦況を報じ、司令部はそれを記録して、戦闘詳報概要というのを作り、それはさらに軍司令部に届けられていたのだと思われる。それが、消滅せずに遺されていたかもわからない。そうだとすれば、『戦史叢書』の記述は、かなり信頼できるものだと言えるかも知れない。しかし、軍人は、とかく気張った言葉を使って恰好をつけるので、一面的になりがちである。

一政は、蔵重守備隊長の師団司令部への戦況報告は、おそらく軍人らしく勇ましいものであったろう、と想像した。逆襲し撃退せり。敢闘により駆逐せり。死闘よく奪回せり。おそらく、連日、そう司令部に報じたのであろう。『戦史叢書』では、そういう言葉で、守備隊の勇戦を強調する記述が続くのだが、八月六日のところで、守兵は交代の余裕もなく、損害の増加に伴い反撃力は急速に低下していった、と書いている。十六日のところでは、次から次へと繰り出す敵の人海突撃の前には、いかに勇敢な守備隊も結局、圧倒されざるを得なかった、と書いている。

自分のことを思い出してみると、一政は、当時おれは、勇敢もなにも、ただただもう無我夢中だったのだと思い出されるのであった。いつか怖がる余裕などなくなってしまっていた。その状態をうまく言い表わすことはできない。『雲南戦記』にも書けなかった。

後になって思うと、何かに取り憑かれていたような状態になっていたと思うのである。死があまりに身近にあり過ぎて、感じがなくなっているようなところがあったような気がする。そのために、死を怖れなかったと言えば嘘になるような気がするが、とにかく、命令されれば、ためらわずに敵のトーチカに向かって行くような人間になっていたのである。しかし、自分が勇猛であったとは思えない。勇敢だとか、勇猛だとか、は他人の言葉だ、と一政は思った。

芳太郎は、どうだったのだろうか。芳太郎とは、捕虜になってから知り合ったので、戦闘中の彼は見ていないが、芳太郎は見ただけで逞しい。はたから見て、芳太郎は勇猛であったかも知れぬと思われた。人には見掛け倒しということもあるが、芳太郎の言動に接すると、強い兵士とはこういう人のことだろう、と思われる。芳太郎も戦場では、もちろん、格別に緊張もし興奮もしただろうが、今の芳太郎と騰越城で機関銃を撃ちまくっていた芳太郎とにまったく差異が感じられない。おだやかな人柄の芳太郎が、今の感じのままで、騰越城では、数えきれないぐらいの敵を射殺したのだと思うと、勇猛というだけではなく、一種、不思議な感じにとらわれる。

同じ龍兵団の兵隊でも、芳太郎のような兵士もいれば、浜崎のような兵士もいる。弱々しく、きつかね、と言う芳太郎は想像できない。

だが浜崎は、騰越城では、もう口癖の、きつかね、を言わなかったし、敵が攻撃して来ると、他の兵士たちと同じように戦った。浜崎は逞しい兵士ではなかった。馬鞍山での浜崎や、馬鞍山を脱出して高黎貢山中を行軍したときの彼は、体力のなさが目立って、弱い兵士の印象が強かった。だが、騰越城の弾雨の下では、弱い兵士の感じはなかった。初めのころの浜崎は、すぐ泣き顔になる兵士であったが、騰越城の絶望的な攻防戦が始まってからは、泣き顔ではなく、よく、かすかな微笑を見せた。当初の浜崎と、最後のころの浜崎とでは、違っていた。そして芳太郎は、終始一貫、変わりを見せない兵士であったに違いない。

芳太郎の話を聞くと、彼は、八月十四日に、第二線陣地から東北角陣地に来て、東北角陣地の前の敵のトーチカを攻撃して、負傷したというのである。

芳太郎は、東南角陣地から、東南角陣地と東門の中ほどにあった第二線陣地に退がったのは、八月の七日か八日ごろであったような気がするが、日附までは憶えておらんと言うのであった。

一政は、一政の記憶と『戦史叢書』の記述のずれを、確かめようとして芳太郎に訊いたのである。

——来鳳山ばやられて、敵が騰越城に総攻撃をかけて来たのは、八月一日だったかね、二日だったかね。

——さあ。そこまでは憶えとらんな。けど、そのころじゃったな。

と芳太郎は答えた。

——敵は、八月一日に総攻撃をかけて来て、それから、三、四日鳴りをひそめて、五日目ぐらいに攻撃を再開したのじゃったと思うが、憶えとらんね。

——そうじゃったかな。そげなこつははっきり憶えとらんが、わしが東南角陣地に行ったのは、来鳳山ばやられてすぐじゃったな。東南角陣地におったのは、多分、一週間ぐらいいたい。それから、第二線陣地に移って、東北角陣地の前のトーチカ攻撃をしたんじゃ。大井少尉が、第二線陣地にわしらを呼びに来て、八月十四日に東北角前方のトーチカば攻撃したんじゃ。これははっきり日ば憶えとるよ。蔵重隊長が空爆の直撃を受けて、戦死したのが十三日じゃろうが。その次ん日じゃったもんな。そして、すぐ、敵のトーチカ陣地、ほら、三つ並んでいた、憶えとろうが、その晩、あれば攻撃したが、取れんじゃったもんな。そんときわしは、最初に腰ば自動小銃でやられて、交通壕に転がり込んで倒れとった。そしたら今度は頭の上で手榴弾が破裂して肩ばやられて、そん次に今度は、また手榴弾を投げつけられて、それが脚もとで破裂して脚ばやられた。そん次に飛んで来た手榴弾は、破裂する前に拾うて投げ返したが、そげなふうで動けんじゃった。しかし、やられて倒れとったけん、助かったんじゃ。突撃したもんは、一人も帰って来んじゃったもんな。そのころはあんたはどこにおったね。

――飲馬水陣地じゃ。

――それなら、わしらが攻撃したトーチカと対い合いたい。

――そうたい。白石さんが攻撃したとは、三つ並んだ、饅頭型のトーチカじゃろう。すぐ目の前じゃった。あんとき、白石さんは、あれを攻撃しなさったね。それならあんときは、わしとあんたは、すぐそばにおったわけたい。

――そうじゃなあ。

――十四日のトーチカ攻撃は、憶えとるたい。飲馬水陣地で見とったばい。夜間攻撃じゃったな。じゃけん、人の姿は見えんかったが、光と音を憶えとるばい。激しい戦闘じゃったな。

――あんトーチカは、東北角から六十メートルほどのところにあったもんな。飲馬水陣地からは、もっと近かったじゃろうが。

と芳太郎は言った。

——いつの間に敵さん、あげなトーチカばこしらえたんじゃろうか。東北角陣地に配置されていたころは、あげなもんはなかったごつ思うが……。あんトーチカ、白石さんが攻撃しなさった後で、わしも攻撃させられて負傷したんじゃ。

一政はそう言うと、芳太郎はうなずいた。芳太郎は、そのとき初めて東北角に来て、攻撃が失敗すると、再び第二線陣地にもどったのである。

負傷した芳太郎は、機関銃隊に救出されて後退したのだという。

——わしと同じように、負傷して突撃できんごつなって、命ば助かった兵長がおったが、その兵長は右腕が付け根からもげとった。その兵長は、佐久間兵長ちゅう兵長じゃったが、迫撃砲で腕ば一本取られてしもうち、傷口から血がだらだら流れとって真っ赤じゃった。それば見てわしが、こりゃ佐久間さん、あんたもひどうやられたなあ、と言うと、佐久間兵長は、うん、もう、みんななくなってしもうた、と言うとった。小隊長は、最初わしに大隊本部に行って応急処置ばしてもらえと言ったが、わしが、いいですよ、と言うと、いかん、いかん、お前はよくても、佐久間兵長はこのままにはしておかれん、連れて行って来いと言うわけじゃ。それで大隊本部に行くことは行ったが、案の定じゃ。行ってみると本部の曹長が、今時分来て、衛生兵なんち、なんでおろうか、と言うた。あんころは、衛生兵もなんも、みな編制されて、陣地塚に入っとったもんね。本部の曹長は、わしらに、お前ら、這うことができるなら、そのへんの壕に入っとれ、と言うた。それでわしは佐久間兵長と這いながら第二線陣地にもどって来たんじゃ。もっとも這ったのはわしのほうで、佐久間兵長は、這わんじゃった。佐久間兵長は脚はやられとらんじゃったから歩けたわけだが、しかし、出血多量で、フラフラしとった。それでも、なんとか、第二線陣地にたどり着いたたい。第二線陣地には、わしの分隊では、負傷兵が二人残っとったわけたい。五味山上等兵と稲葉上等兵ちゅうのが残っとったんじゃが、わしがもどったとき、二人の姿は見つからんじゃった。あんころは、どこの壕も死体でいっぱいになっとったが、第二線陣地も死体でいっぱいいたたい。東北角のトーチカ攻撃に行っとる間に、他の分隊が来とったんじゃな、知らん顔の死体ばかりたい。しかし、わしら、死体と同居するしかなかじゃろうが。とにかく壕に入って、死体と死体の間にちょっと空いたとこのあったけん、そこに腰ばおろしたんじゃ。そしたら、すぐそばに、五味山上等兵がやられて横になったきり動けんごつなっとった。五味山はわしに気がつくと、水をください、水をください、と言いよる、胸と大腿部を五味山はやられとった。五味山は、迫撃砲弾で右耳をそっくり殺がれとったので、わしらが東北角に行ったとき残されたんじゃったが、やられてしもうとったわけたい。

芳太郎は、トーチカ攻撃前後のことを、一気にしゃべった。

五味山上等兵も、それから間もなく死んだ。腕をもがれた佐久間兵長も、その日のうちに死んだ。第二線陣地には、芳太郎の分隊ではもう一人、やはり負傷兵が残っていたが、その兵隊は芳太郎がもどって来たときには、すでに戦死していたのだそうである。芳太郎の分隊では、八月の半ばまでに、すでに生存者は、芳太郎一人きりになったのである。以後、芳太郎は、他の分隊に編入されて、八月の末まで第二線陣地で戦ったのだそうである。這って帰った満身創痍の芳太郎は、その間に、完癒とまでは行かないまでも、歩ける体に恢復したというのである。

その間、一政は、飲馬水の陣地で戦っていた。

八月には、敵機が毎日のように来襲した。記録には、五日、B—25十五機。六日、三十二機。十三日、戦爆連合二十四機。とある。この十三日の空襲で、守備隊本部が直撃され、蔵重大佐以下、八名の将校と二十四名の下士官、兵が、一瞬にして戦死したのである。『戦史叢書』には、八月中の戦況が連日記載されているが、十日と十一日だけが抜けている。

八月九日以降、敵輸送機の活動はにわかに活発になり、また城内に対しては連日砲撃が加えられたが、地上攻撃は行なわれなかった。戦力を補充して再攻撃を準備中と判断された。八月十二日夜、城壁上を占領していた敵に対し、守備隊は夜襲を決行し、各所で敵を城壁上から突き落として占拠地点を奪回した。

第三六師長は「十二日夜、城内の敵は大挙わが第一〇八団の城壁占領陣地に対し逆襲し来たる。我またこの敵に抗戦、白兵をもって激闘すること数刻、遂にわが傷亡甚大にして、やむなく城壁から陣地を撤す。本戦闘において第一〇八団第二営（大隊）約五〇〇名は営長以下傷亡し尽くせり」と報告した。（暗号解読）
以上のように城壁の一角から撃退された遠征軍は、遂に南西及び南東角付近から坑道を掘り始めた。

芳太郎が東南角から第二線陣地に退いたのは、この地上攻撃のない数日間の直前であったようだ。しかし、大規模な地上攻撃はなかったのだろうが、十二日に友軍が城壁上の敵の占領地点を逆襲攻撃したからだろうか、地上攻撃はなかったという印象は薄い。それに、敵の歩兵は、まったく静まりかえっていたという感じでもなかった。それは、迫撃砲弾やロケット弾が相変わらず飛来し、前方の水田地帯に、敵兵の姿が、相変わらず、ちらちら見えたからだろうか。

あるいは、城内外の凄惨な光景が、とても戦闘の小休止など考えさせなかったのかも知れないのだとも思う。ただ、今になって考えてみると、あのころ、確かに、敵の突撃攻撃はなかったのだったと思うのである。

友軍が十二日に、城壁陣地奪回の逆襲に出たのは、敵の攻撃力の衰弱を見越してのことだったのであろう。しかし、そういう付込み方をして成功しても、そのたびにわが軍の戦力は弱まり、砲撃と空襲とで、たっぷりお返しが来るのであった。

あのころ、一政は、陣地から城内中央門まで糧秣をもらいに何度か行った。

城内はあのころすでに、猛爆で破壊し尽くされ、路上に友軍の死体が無数に横たわっていた。手足のない死体。首のない死体。そして、ちぎれた手足や首も、転がっていた。すでに腐乱して異臭を放っている死体もあった。そういう死体に混じって、瀕死の負傷兵が、声を出す力もなく、一政を見ると緩慢に手を差し伸べた。救いを求めているのである。

そういう負傷兵を見ても、一政にはなす術もない。視線をそらし、その傍を通り過ぎて行くしかなかった。

そのような道を歩いていると、迫撃砲弾が落下するのである。敵機も飛来して、銃爆撃を加える。一政は瓦礫の陰から死体の散乱する道路に飛び出して、一目散に走り、再び瓦礫の陰に逃げ込み、また路上に飛び出して行ったのだった。

そんなふうにして、中央門にたどり着き、わずかな量の糧秣を受領し、再び来たときと同じようにして、陣地にもどったのであった。

ほんの数メートル前の路上に、巨大な不発弾が突き刺さったことがあった。そのときの不気味な風圧は、胆にこたえた。半ば地中にめり込んだ不発弾を見て、歯が鳴った。銃撃を受けながら走ったこともあった。

敵機が機銃弾を、必死に走る一政の足もとにはじけさせて行ったのは、第三次総攻撃のさなかであった。敵機は、陣地にも銃爆撃を加えた。飲馬水陣地では、空襲で三人の戦死者と五人の負傷者を出した。

中国医師張徳喜の屋敷についても、芳太郎と話した。

――そうな。あんとき白石さんは、東北角のトーチカを攻撃したんね。わしは、東門前の張徳喜の屋敷に夜襲攻撃に行ったとたい。

と一政が言うと、芳太郎は、ほう、ほう、と声をあげた。

――張徳喜の屋敷な。あの白壁の家じゃろう。第二線陣地のすぐ前にあった。

――そうたい。わしがあの家に攻め込んだのは、白石さんが、東南角から第二線陣地に移る前じゃったかも知れん。

――そうじゃろう、多分。

――あの家は、敵のたまり場になっとったもんな。あればつぶさんと、聯隊本部が危なかちゅうこつで、七名で夜襲攻撃ばしたんじゃ。土塀に囲まれた屋敷だったじゃろうが。あの土塀に砲弾の穴があいとった。その穴から潜り込んで、敵の壕に手榴弾ばぶち込んだ。敵は、死体を五コ残して逃げた。その夜襲は成功したわけたい。しかし、次の日には、もう敵さん、新手がその壕にやって来て、撃ちよったもんね。それで、その晩、今度は、ジグザグの攻撃壕を掘って前進した。そうして翌朝、今度は、接近攻撃をしたが、二度目は成功せんじゃった。奇襲攻撃じゃないと、こっちは寡兵じゃけん、どうしようもなかよ。

――そうじゃなあ。

と芳太郎は言った。

八月十四日から、第四次総攻撃、騰越城への直接攻撃では、第二次の総攻撃が始まったのである。従来と同じように、敵は攻撃の主力を南壁に向けた。

例によって、まず、騰越城を砲煙で包み込んでしまうほどの砲爆撃があり、続いて敵の歩兵の大軍が、煙幕を張り、梯子を城壁にかけて乗り越えて来た。砲爆撃によって作った突破口、坑道による爆破で作った突破口からも、敵はなだれ込んで来た。

白兵戦が展開され、その日は正午ごろ、とにかく敵を撃退したのである。

しかし、あの激闘で、守備隊の戦力は、またいちじるしく低下したのである。

応接間で騰越のことを追憶しているうちに、すっかり、明るくなっていた。一政は、少し眠ることにして、そっと床にもどった。

芳太郎の鼾は停まっていた。

一政は芳太郎の寝顔を見ながら、温泉行を誘われたことを思い出した。

昨夜、一政が、話は尽きんが、少し休まんね、と言うと、そうじゃな、それでね、一度、二人で温泉に行って話さんね、と芳太郎は言った。

話は尽きん、というのは、芳太郎と騰越の話をしたときの、最後の決まり文句であるが、なるほど、芳太郎と温泉に行って、尽きん話を存分に語り合うのは悪くない、と一政は思った。

雲仙でんよか、阿蘇でんよか、あんたと旅行ばすること、これまでどうして気がつかんじゃったかね、と芳太郎は言った。

しかし、温泉もいいが、旅行と言えば、まず、浜崎の妹さんを訪ねなければならないのである。芳太郎に、一緒に東京に行く気持はないだろうか。東京に行って浜崎の妹さんを訪ね、その帰りに、伊豆か箱根あたりの温泉に行ってもいいのである。

後でそのことを芳太郎と相談してみようと一政は思った。

10

芳太郎は、久留米の落合一政と、東京への同行を約束して、柳川に帰って来た。

一政は、前の日に、芳太郎が温泉にでん一緒に行って、心ゆくまで騰越の話ばせんな、と誘うと、それはよか考えじゃ、行こうたい、と、一も二もなく賛成したのであったが、翌朝、

――昨日の温泉行きの話な、その前にわしは東京に行って、浜崎の妹さんば訪ねて、浜崎の話ばして来たいんじゃ。どうね、白石さん、一緒に東京に行かんね。東京旅行でも、騰越の話ばする時間は充分あろうが。帰りに関東の温泉に行ってもよか。そうしてもらえば、わしとしては一石二鳥たい。一度浜崎の妹さんば訪ねんことには、どうにも落ち着けんたい。

と言いだした。今度は、芳太郎が、一も二もなく賛成した。

――わしは、落合さんとは違うて、浜崎さんとは、収容所で死ぬ前にチラッと見たぐらいのこつじゃが、一人でも多くの遺族に会うて、騰越の実相ば伝えるのが、生きて還って来たもんの義務じゃろうち思うとる。行こうたい。

と芳太郎は言った。

しかし、浜崎の妹さんには、自分の出る幕はない、と芳太郎は思った。浜崎の妹さんには、一政は話が山ほどあるだろう。自分は一政に付き添って、黙って、浜崎の冥福を祈って来れば

いいのである。

芳太郎は、浜崎とは所属が違っていた。同じ分隊にいて、ずっと一緒に起居を共にし、騰越城でも同じ陣地に就いていた一政と浜崎のような親密な戦友ではなかった。騰越城で共に玉砕戦を戦い、共に捕虜になったと言っても、言葉も交わしていない戦友なのである。しかし、浜崎の話は、一政から、何度か聞かされた。妹さんの話も、博多在住の松尾という浜崎の学校友だちが訪ねて来た話も一政から聞いた。

同じ分隊に所属し、ずっと一緒に戦って来た戦友は、みな忘れ得ぬ戦友である。しかし、一政の話を聞くと、その中でも浜崎は、一政にとって格別忘れ得ぬ戦友のように思われるのである。浜崎が保山で息を引き取ったとき、あるいは息を引き取った後、一政が長い時間、浜崎の遺体に合掌していたのを憶えている。だが、保山で浜崎の遺体が、結局どこにどう葬られたものなのか、それは、一政も知らないというのである。昆明では、捕虜が死ねば、捕虜の代表が何人か立ち会って、簡単な葬儀が営まれた。簡単だが、鄭重な扱いを受けたのであった。だが、それまでは、そのような余裕はなかったのである。土葬されたか、野曝しになったか。せいぜい、土葬が精一杯であっただろう。そしてあのころは、一政は、戦傷とマラリアで、困憊しきっていたのである。一政はあのとき合掌するだけで、精一杯であったのだろう。しかし、遠征軍は、とにかく捕虜の遺体を粗末にはしなかったのであった。

昆明では、日本兵捕虜の葬儀の後、遠征軍に謝意を述べると、遠征軍の輸送隊長が、遺体に礼を尽くすのは当然だ、しかし、戦場ではそれができない、これまでの遺体の扱いについては、不満があるかも知れないが、諒解してほしい、と言った。

保山は戦場だったのである。だから、浜崎の遺体は、もしかしたら野曝しになったかも知れない。それでも浜崎は、とにかく戦友に看取られながら死んだわけである。だが、そう言ったからといって、遺族にとって、どれだけの慰めになるだろうか。

それにしても、落合さんほどには、わしはとてもなれんわい、と芳太郎は思うのであった。一政に会うと、芳太郎はいつもそう感じて帰って来るのであった。

芳太郎は一政に、たとえば、信仰に身も心も捧げ尽くしている人が持っているような、一途なものを感じるのである。生還した兵士たちの多くは、戦没した戦友たちの霊を弔う心を持っているであろう。しかし、去る者日々に疎し、というのもまた、自然なことなのかも知れない。慰霊祭には出ても、平常、どれだけ戦友の冥福を祈っているか、その気持がどんなふうにその人の生き方に生かされているか。そういうことになると、わからない。たいていの人は、何かの折りに思い出し、思い出せば感無量の気持になったりはするだろう。だが、口で言うほど、生き残ったことを英霊に対して申し訳なく思っていたり、戦後を、本当に付録の人生だなどと思っていたりしているかどうか。

ところが一政は、そういう並の人たちとは違っていると芳太郎は思うのである。一政は、十年来、あるいは二十年来か、とにかく長い年月ずっと、朝夕、一日も欠かさず、戦没者の霊に燈明を献じ、読経を続けているのである。一政が自家に据えている仏壇は一般の家庭のものに較べると何倍も大きいが、落合家の仏壇には、先祖の霊と共に、雲南で死んだ何千もの英霊が祀られているのである。一政は、常住慰霊碑を守りながら生きているわけである。

自分ももちろん、戦没者の霊を弔う心は失ってはいないつもりだが、とても、落合さんのようにはなれない。芳太郎は、つくづく一政の一途な心に感銘を受けるのであった。

柳川に帰って来ると、芳太郎は、妻のハル子に、落合さんと一緒に、東京旅行をしようと言うとるんじゃ、と話した。

ハル子は、

「それはよかね。行ってきんしゃい」

と言った。

「お前の体の調子が悪かごとあるけん、気懸かりじゃがのう」

と芳太郎は言った。

ハル子は、このところ、よく咳をする。それに元来、高血圧の体質で、降圧剤を常用している。だがハル子は、確かに咳も出るし、血圧も高い体質だが、そのために床に就いているわけではなし、こげなこつはいちいち気にせんでもよか、と言うのである。

「心配してくれんでもよかですよ。せっかくの機会じゃけん、行ってきんしゃいよ。そぎゃんこつ気にしとったら、なんもできんでしょうが」

ハル子はそう言って東京行を勧めてくれるのだが、それでもやはり、多少の懸念が残るのである。

「心配せんでんよかち言うても、心配せんわけにはいかんたい。医者が何でんなかち言えば安心もでくるが」

「私の血圧の高かこつは、今に始まったこつでもなかでしょうが、薬ばもろうて飲んでおれば、ひっくり返ったりするようなこつはありまっしぇんから」

なるほどハル子の言うように、血圧のことは今に始まったことではない。床に就いているわけではない。降圧剤を服用していれば、今すぐひっくり返ったりするようなことにはなるまい。しかし、咳は、今に始まったことではない、とは言えまい。

「咳はどぎゃんな。どこか悪かところがあるけん、出るんじゃなかかね」

「咳が出るのは、年のせいですたい。私もお婆さんになりましたもんね。けど、そぎゃん気になさるなら医者に診てもらいましょう」

そう言って、ハル子は、早速、診てもらいに行った。帰って来ると、ハル子は、咳の原因は軽いアレルギー性の気管支炎だと説明した。だが軽症で、季候が落ち着けば、咳は出なくなると医者が言ったというのである。そんな程度のことなら、と思い、芳太郎は、

「そんなら行って来るたい」

と言った。

出発の日取りについては、ハッキリ打ち合わせていなかったので、芳太郎は一政に電話をかけて、明後日あたり出発せんね、と言うと、一政は、格別準備のいる旅ではないから、白石さんの都合さえ悪くなければ、すぐにも出かけたい、しかし、明後日は孫の誕生日なので、その次の日あたりにしたいが、と言った。それで、明々後日に出発することにした。

一政は、航空券の購入も、浜崎の妹さんへの手土産の用意も、東京の宿の予約も、すべて自分がするから、白石さんは、自分の身の回りのものだけを考えればいい、と言った。一政はまた、便はなるべくお昼ごろのを取ろう。もし、お昼ごろの便が満席の場合は、午後のなるべく早い時刻の便を取ろう。空港には、久留米で合流して一緒に行こう。と言った。

「早速、航空券ば買うて来るけん。買うて来たら、すぐこちらから電話をかけるけん、待っちょってな」

と一政は言った。

その日のうちに、一政は連絡して来た。明々後日の全日空の午後の便が取れた、と言った。

「午後二時半発の便たい。羽田に着くのは、四時じゃそうじゃ。大阪経由で一時間半じゃ。しかし、考えてみると、飛行機は早過ぎて、道中がせわしかね。道中は、ろくに話もできんね」

「それはそうじゃ」

「時刻表ば見たら二時半発の便のところにスーパージャンボと書いとった。何百人も乗るる大型なんじゃろう」

「そうじゃろうね」

「飛行機は、禁煙の、ベルトを締めろの、と言うてせわしかろうが。新幹線のほうがよかとじゃなかかね。そぎゃん気がして来たが、なんなら、飛行機ばキャンセルして、新幹線に変えてもよかよ」

と一政は言ったが、すでに航空券を取ったのなら、キャンセルすることもなかろう、行きは急いで、帰りをゆっくりする旅にしてはどうか、と芳太郎は言い、結局、明々後日の全日空で行くことにした。

結婚して久留米に住んでいる一政の娘さんが、マイカーで空港まで送ってくれるというので、いったん一政の家に行くことにした。福岡空港には久留米から空港バスが出ているし、別に大きな荷物があるわけでもないから、わざわざ、一政の娘さんに送ってもらうまでもないところだが、一政の娘さんは自分の運転で送りたく思っているのであろう、と推察した。久留米にいる娘さんは、一政の長女で、一政に付き添うようにして、九月十四日の慰霊祭に来ていた。年は三十の半ばであろう。うちの息子と同じぐらいの年齢だと芳太郎は思うのだが、思い出してみると、復員して、しばらくの間、一政とは無音に過ぎた時期があって、うちの息子も、一政の娘さんも、その時期に生まれたのである。そのころは、結婚しても、子供が生まれても、互いに知らせ合うということもなかった。

あれは、戦後何年目であったか、芳太郎は、はじめて慰霊祭に出席し、一政と再会して、それが機会となって親交が復活したのである。そのころには、子供たちはすでに小学校に入っていた。一政に聞いたところによると、騰越守備隊の戦没者慰霊祭が、福蔵寺で行なわれるようになったのは、昭和二十八年か九年からであったという。それから、さらに何年かたって、芳太郎は、はじめて慰霊祭に出席したのである。福蔵寺は、奈良の東大寺の末寺で、宗派は華厳宗である。一政は、復員後、精神的にボロボロになって行き詰まったことがあるのだという。その時期に、福蔵寺の和尚さんに会って救われ、立ち直ったのだという。その和尚さんと共に、もうひとつ一政の拠りどころになったものが、戦友慰霊の心であったのではないか、と芳太郎は思うのである。福蔵寺で慰霊祭が行なわれるようになったのは、二十八、九年だが、一政は帰国した年から、毎年、ひとりぽっちの慰霊祭をして来たのであった。一政は帰国して久留米にもどると、藁葺きのバラックに住み、そのバラックをわしの藁小屋と言っていた。その藁小屋の中にリンゴ箱を据えて、仏壇にして、朝夕の合掌を始めた。騰越城玉砕の日、九月十四日には、一政は、慰霊祭のつもりで合掌していたのである。その慰霊祭を一政は、和尚と知り合って、福蔵寺に場所を変えて引き続き行なっているのである。

藁小屋のひとりぽっちの慰霊祭が、福蔵寺でのほんの数名の内輪だけの慰霊祭になり、その慰霊祭が、その後、少しずつ参会者をふやしたのである。玉砕守備隊の慰霊祭だから、参会者は遺族ばかりである。伝え聞いて参会する遺族たちが、一時減ったこともあったが、逐次ふえて、今は何十人かになっているのである。

最初は、騰越で戦って生きて還って来て慰霊祭に参会しているのは、一政だけであった。そのうちに、数人、元聯隊本部の将兵で、九月十四日に騰越城にいなかった人たちが、参加するようになった。

芳太郎も、慰霊祭の話を伝聞し、こりゃわしも参加せにゃならんばい、と思った。そう思って出かけて行くようになるまで、芳太郎は、ただもう夢中で生活に追われていた。だが、やがて慰霊祭に出かけて行く余裕もできた。芳太郎と再会すると一政は、よう来んしゃった、元気しとったね、と手を握って言ったものであった。

芳太郎の参加で、慰霊祭の参会者は、騰越玉砕戦の生き残りが二人になった。芳太郎も、一政と共に、毎年九月十四日には、騰越の話を精一杯遺族たちに話すことになった。

帰国直後、しばらく一政と疎遠になっていたのは、一政もまた、おそらく、食糧不足とインフレの焼跡社会の中で、なんとか食って行くことに必死で、余裕のない生活をしていたからなのであろう。

上海から帰国したのは、昭和二十一年の五月であった。上陸したのは鹿児島であった。昭和十七年の三月、門司で輸送船に乗って日本を離れて以来、四年二カ月ぶりに、故国の土を踏んだのであった。

今、あのころの焼野原を思うと、よくも日本はこれほどまでに復興したものだと思う。あの焼跡が、夢の中の光景のようでもあり、今の復興が不気味に感じられたりもする。

だが、あの焼跡も、食糧難も、事実だったのである。あのころの日本は、北海道から沖縄まで、日本中が焼跡だらけだったのである。終戦の年のアメリカ軍の空襲は、すさまじいものであったようだ。B29の絨毯爆撃で、百以上の都市が焼き払われたのだという。

鹿児島は、軍事基地であったために、被災甚大の都市の一つであったようだ。二十一年五月の鹿児島は、まだ一面の焼跡のままで惨憺たるものであった。鹿児島は前後八回にわたって猛爆を蒙り、三千人以上の死者を出したのだそうである。六大都市と原爆の広島、長崎をのぞけば、最も死者の多かった都市だったのだそうである。

焼かれた街では、多くの人々がバラックを作っていた。拾い集めて来た焼けトタンや木切れでとにかく屋根のある小屋を作っていた。柳川は焼夷弾に焼かれなかった幸運な街で、芳太郎の生家は残っていたが、復員すると、何をおいても、食うために必死だった。騰越落城後、一年八カ月ほどを捕虜として過ごしたわけだが、収容所では日本の様子はまるでわからなかった。終戦時は昆明の収容所にいて、九月の下旬に重慶に移されたのだった。

日本の降伏については、中国軍司令部から知らされたが、最初は信じられなかった。雲南の戦闘を思えば、日本に勝ち目のないことはわかるわけだが、日本が降伏する国だとは考えられなかったのである。国民の最後の一人までが戦い抜く国だと思っていたのだ。だから、昆明では中国人が、空砲を撃ったり、爆竹を鳴らしたりして、踊りまわって戦勝を祝っているのを見ても、降伏などするはずはないと突っ張り続けていたのであった。

しかし、重慶の収容所に移されたころには、日本の降伏を認めないわけには行かなくなっていた。雲南の戦線から遠征軍の兵士たちが続々と還って来た。彼らは中国万歳を叫び、三民主義の国民歌をうたった。昆明は戦勝の喜びで沸き返った。その賑わいに接してもなお、日本は降伏する国だとは思えなかった。

重慶の収容所に二十一年の四月の末までいた。重慶から漢口に移された。二十余輛のトラックに分乗させられて、四川の山道を運ばれた。運送の日時に期限を切られていたのかもわからない、夜も休まずに走り続けた。山道を二日走って、常徳平野に出て、さらに二日走って洞庭湖に達し、今度は湖畔を走って、重慶出発以来、九日目に常徳に着いた。常徳で船に移され、湖から揚子江に出て漢口に着いたのであった。

漢口は、中支方面の投降日本軍の集結地であった。騰越城玉砕以来、一年八カ月ぶりに、日本軍に復帰したのだった。

宿舎は、漢口の街から十数キロ離れた場所にあって、下船すると宿舎まで黄塵の吹きまくる道を歩いた。宿舎は、復員を待つ兵隊たちでごったがえしていた。漢口収容所に四日滞在して、再び揚子江を船で下って南京に上陸し、南京から上海までは鉄道で運ばれた。

芳太郎も一政も、南京で五十七師団に編入され、そこで初めて米軍捕虜服を脱いで、給付された日本軍服に着替えたのであった。五十七師団から戦傷証明書をもらった。南京に一週間滞在し、上海でも一週間滞在した。

重慶から鹿児島までも長旅であったが、日本を出てから数えると、四年余りの波瀾の長旅が、やっと終わったのであった。よくぞ生きて還って来られたものである。上海を出帆した復員船が、鹿児島湾に入ったときの感激は、生涯、忘れることはできない。うまく言い表わすこともできない。なんとも言えない感動に包まれて、ボッとし、そして涙がこぼれそうであった。

桜島を見ながら、何を考えたのだっただろうか。上海を出発した復員船は、二日後に鹿児島湾に入って、一夜、湾内で停泊したのである。あの夜、どんなことを考えながら眠ったのだっただろうか。心ここに在らず、といった状態で、これから先の生活のことを、あれこれ、とりとめなくいろいろ思ったわけであろう。

翌朝、轟然たる音を発して桜島が爆発したのであった。

空高く盛り上がる噴煙を見ながら、これは、俺の戦後の新しい門出への祝砲だ、と芳太郎は思った。

それは、焼跡と食糧不足とインフレの中からの門出であったが、しかし、いわゆる戦争直後の混乱期は、気持に張りのあった生々とした時期でもあった。

闇、買い出し、たけの子生活、りんごの歌。一政と再会を約して柳川で列車から降りて、家に帰ったときの感激が、りんごの歌をうたうとよみがえる。いや、家に帰ったときの感激だけではない、あのころのいろいろなものがよみがえる。一政とは、もっと頻繁に訪問し合うつもりだったのに疎遠になってしまった当時の生活が思い出される。帰国すると休む余裕もなく芳太郎は、働きに出た。いろいろやった。闇屋もやったし、炭坑太郎もやったし、生活のためなら何でもやった。

当時のことを思い出しながら芳太郎は、それにしても自分は幸運であったと思うのである。物もない混乱した世の中であったのだが、今の時代にはない充実感があった。生き残って戦後の日本に生きることができたとは、幸運としか言いようがないのである。

帰国したとき、家が焼かれずに残っていて、両親が健在であったということも、そうでない復員者に比べると、幸運であった。両親に少しでもいい思いをさせたいと思って働いた。炭坑太郎をやったときには、生命の危険にさらされていなかったわけではないが、騰越城の日々を思えば、もののかずではない。

いや、何だって、騰越城の日々に比べれば、もののかずではない。騰越城に比べれば、昭和二十一年の日本には、物があり、安全で、自由であった。

あのころの思い出が、当時流行していたりんごの歌と共にあり、そして、雲南の思い出が、誰か故郷を想わざる、と共にある。芳太郎が東北角陣地前方のトーチカ攻撃をしたとき、耳をやられて第二線陣地に残っていて、芳太郎が第二線陣地に戻って来たときに、水をください、水をくださいと言いながら戦死した五味山上等兵は、歌がうまく、遠征軍の総攻撃が始まってからの騰越城ではもうそんな余裕はなかったが、それ以前には、よく、誰か故郷を想わざる、を聞かせてもらった。五味山上等兵に聞かせてもらっただけでなく、雲南では、他の兵隊も、あの歌をよくうたった。芳太郎もうたった。あの歌は、歌詞は平凡だが、最後の一句、ああ誰か故郷を想わざる、というところが文句なしに兵士たちに好かれたのであった。曲が感傷的なことも、うけた理由かも知れない。戦場の兵士には、空の神兵、のような男性的な歌より、誰か故郷を想わざる、のような女性的な歌のほうが好かれたのである。兵士たちは、歌にかこつけて、女性を恋慕していたわけかも知れない。

いずれにしても、誰か故郷を想わざる、は五味山上等兵だけでなく、雲南で戦死したみんなを思い出させる。戦友だけでなく、あの山野の風景、銃弾、砲弾、爆弾、手榴弾、その唸り、炸裂、すべてを思い出させる。負傷の感覚も、雨の冷たさも、思い出させる。

芳太郎が東北角陣地前のトーチカ攻撃をした日は、遠征軍が騰越城への二度目の総攻撃を開始した日であった。芳太郎は、第二線陣地で、突撃して来た遠征軍を撃退した後、東北角に移ってトーチカ攻撃をして、翌日、また第二線陣地に戻ったのであった。十五日には、遠征軍は、北西角の拐角楼、東北角の飲馬水正面から攻め込んで来た。それまで主として南面で燃えさかっていた火の手が、北面にも回って来たのである。

拐角楼及び飲馬水に攻めて来た敵の第百九十八師を、その日は一応撃退した。敵の損害も甚大であったはずだが、第百九十八師主力は、翌十六日、南西角に転じて攻撃して来た。

それまで、どうにか持ちこたえて来た守備隊も、十六日にはもう、敵を撃退するだけの戦力はなかった。十六日か十七日か、そのころには遠征軍は、城内のほぼ南半分を手中に入れてしまったのであった。

日本軍は、城内に進入した敵に、夜襲を試みたが、失敗した。もはや、遠征軍の大軍に結局は押し潰されるのを待つしかない状況に追い詰められたのであった。

それでも、それから一ヵ月、友軍は戦い続けたのだ。敵が、すぐ眼の前にいた。南西角陣地の守兵はすでに全滅し、第二線陣地も、正面からだけでなく、背後からも攻撃されかねない形勢になった。

分隊で生き残っていたのは、芳太郎だけであった。芳太郎は名を知らぬ友軍の兵士たちの中に入って、機関銃を撃ち、手榴弾を投げた。

名を知らぬ友軍の兵士と言っても、もちろん、戦闘の合間に、互いに名前を伝え合うぐらいのことはした。十メートル、二十メートル前に、いつ敵が現われるかわからない戦場であり、空襲と砲撃とに絶え間なくさらされていた騰越城であったが、そんな戦場でも、言葉を交わす時間がないわけではなかった。空襲と砲撃に絶え間なくさらされていると言っても、絶え間はあったし、すべての陣地が一様に攻撃されていたわけではない。しかし、名前を伝えるぐらいしか、口を利く気にはなれなかった。聞いた名前を憶える気持もなくなっていた。至近弾の直撃をうけて、一瞬のうちに脳漿《のうしょう》を吹き飛ばされた隣りの戦友の名前は、何と言ったのだっただろうか。激しい音と共に、壕内が煙で埋まった。胸に何かがドンと当たった。煙が消えると、あの戦友は、即死して大の字になっていた。頭部の後半分がなくなっていた。芳太郎の胸に当たったのは、戦友の吹き飛ばされた頭の一部だったのである。

戦友の脳漿で胸がベトベトになっていた。そのとき、芳太郎も、右臀部に破片を食らった。文字通り満身創痍であった。

戦死した蔵重大佐に代わって守備隊の指揮を執った太田大尉は、もはや城内から敵を撃退することは不可能と判断して、城内陣地に生き残っている友軍の兵士を配置し直した。しかし、城内陣地の命運が尽きるのも、時間の問題であった。

東南角を占領した遠征軍は、東北角に攻撃の主方向を向けて来た。芳太郎には、当時は敵の指向などはわからなかった。わかっていたのは、もう、撃っても撃っても、敵は退くまいということだけであった。それは、つまり、自分が死ぬということでもあったが、もう、どうしようもないと思っていた。もう、自分は長くは生きていないな、と思っても、ふっとそう思うだけで、深くは考えていられなかった。他人の死にも自分の死にも、神経が反応しないような、条件反射だけで動いているような、そんな状態になっていたのである。

城内に突入した遠征軍は、友軍の陣地に躍り込んで来て、白兵戦を交じえるというような攻め方はしなかった。突入するまでの攻撃にはガムシャラなところもあったようだが、突入してしまうと、遠征軍は、着実に、じわりじわりと追い詰める戦法をとった。一つの地点を占領すると、そこを充分に工事を施して固め、交通壕を掘り進めて来るのであった。遠征軍は、兵員、火力とも、はるかに日本軍を圧倒しているうえに、増強ができるのである。その敵に対して日本軍のできることは、そのじわりじわりの進攻を、どれだけ遅らせることができるかということだけであった。

八月二十一日には、その日だけで、米軍機の空襲は延べ百機に及び、砲撃は一万五千発に達したというのである。そのころの友軍の兵力は、わずか六百四十名に減っていて、そのうち百名は担送患者であったというのだ。担送患者でない者も、ほとんどが戦傷者であったはずである。その六百四十名が、南正面に三百名、東北正面に百二十名、北西正面に七十名、本部及び病院に百五十名配備されて、戦っていたのである。

そのような記録を見ると、彼我入り乱れて市街戦を演じていたように思えるし、実際、芳太郎は、当時そんなふうに感じていたけれども、おそらく大局的には、あのころの友軍は、次第に東北角に追い詰められていたわけなのである。

敵は、その日、東南壁を残して南城壁のすべてを占領した。次の日、西門及び南城壁から、約千名の遠征軍が侵入して来た。二十四日、西門陣地が占領された。

十二機の友軍機が飛来したのは、西門陣地が占領された次の日であった。銀翼に輝く日の丸を見たときには、思わず涙が出た。敵の集中攻撃をうけるおそれがあるから、兵隊は壕から出ないようにと指示されていたのであったが、友軍機を一目見ることができたら死んでも本望だと言って、兵士たちは壕から這い出して空を仰いだ。友軍機は、城内に、手榴弾五百発と若干の衛生材料を投下して去って行った。あれほど感激したことはなかった。しかし、それも束の間で、遠征軍の猛砲撃が始まった。二十五日には、守備隊は、中央門正面で市街戦を戦い、一方、東北角正面からの敵を迎撃したのである。そのころの友軍は、中央門から東北角の一角を僅かに確保していた。五百発の手榴弾を補給されても、その一角がさらに狭まることは明らかであった。

芳太郎は東門から東北角に引き揚げた。東北角の陣地には、小隊の戦友たちがいたから、どうせ死ぬなら、知った顔の戦友たちと一緒に死のうと思い、戻って行ったのである。

小隊は、飲馬水で頑張っていた。小隊長は芳太郎に、

「おう、元気だったか。よかった、よかった」

と言った。

小隊が入っていた飲馬水の陣地は、前に幅二十メートルの川が流れ、川向こうは一面の水田であった。水田の中を接近して来た敵と撃ち合ったり、手榴弾を投げ合ったりはしたが、川のおかげで、遠征軍の突撃はなかった。東北角が騰越城最後の戦闘の場所になったのだが、そのときまで、最も損害軽微であったのが、飲馬水陣地であった。

飲馬水陣地では、現実は、とことんまで追い詰められた状況になっているのに、ふと、まだそんなふうにはなっていなくて、他の陣地もまだ頑張っていて、遠征軍を撃退できるような気持になった。そういう雰囲気がどこかにあった。東北角正面からの攻撃が、他より少なく、それだけ損害の少なかった陣地であったからである。だから、壕を出て、少し歩いてみる気になった。傷がいくらか癒えて歩けるようになったので、少し歩いてもみたかった。

壕を出ると、三十メートルほど離れた壕から煙が昇っていた。交通壕を通って行ってみると、三輪兵長と中橋上等兵が飯盒で飯を炊いていた。

「最後の米の飯たい」

と三輪兵長が言うと、

「日本人だもんね、米の飯を食って死なんと極楽には行けんばい」

と中橋上等兵が言った。

二人共、動けないほどの重傷を負っていた。自決するつもりだな、と思った。

「お前も、一杯食って行かんね、お前も長か命じゃなかろうが」

と三輪兵長が言うので、

「長くても数日じゃろう。それでは一杯、お世話になるか」

と言って芳太郎は、久しぶりに米の飯を味わった。

「これでおれも思い残すことはなか、ありがとう」

と言って、芳太郎はその場を離れたが、十メートル行くか行かないかのうちに、手榴弾が鳴った。急いで引き返してみると、二人は抱き合うようにして死んでおり、中橋の右手首が飛んでいた。中橋が手榴弾を握ったのである。

あのころは、すでに、戦闘のできない者は自決せよという命令が出ているという話が流れていて、銃口を口に含んで、引鉄に結び付けた袴下の紐を足で引いて自決した兵士がいた。三輪や中橋のように、手榴弾で死んだ者もいた。実際には、自決の命令は出ていなかったかも知れないが、重傷者は自決するしかない気持になっていた。

一政も、最後は飲馬水陣地にいたのである。一政とは、浜崎が死んだ保山で、はじめて会ったのである。飲馬水と言っても、一政とはいた場所が違っていたから、そういうことになったのだが、最後は、同じ陣地で戦ったのである。一政も、東北角前方の敵のトーチカを攻撃したと言っていた。一政が攻撃したのは、九月に入ってからだったと言っていた。やはり攻撃は失敗したと言っていた。九月に入ると、城内は、聯隊本部周辺の他は、すべて遠征軍に奪われてしまった。聯隊本部と、東北角城外の飲馬水陣地とだけになってしまった。九月一日には、八月半ばには六百四十名に減っていた友軍の兵力が、さらにその半分ぐらいになっていたはずである。

一政とは、騰越の話も尽きないし、捕虜になってからの話も尽きないな、と芳太郎は思った。それにしても、本当に、よくぞ生きて還って来たものである。

しかし、旅行をするなら、東京に行って浜崎の妹さんを訪ねようとは、いかにも一政らしい発想である。ま、一政が言うように、往きの飛行機の中では騰越の話はほとんどできないだろうが、一政にしてみれば、一石二鳥であろう。この旅行は、東京見物の旅行にはなりそうにないが、靖国神社には行かなければなるまい。一政もおそらく、そう思っているに違いないと、芳太郎は思った。

11

一泊した芳太郎が柳川に帰った日、一政は、続けざまに方々に電話をかけた。

まず、長女の文枝にかけて、旅行の計画を話し、航空券ば買うておいてくれんねと頼んだ。文枝は、では早速申し込んで、明後日持って行きますからと言った。明後日、文枝の一家がみんなで来て、文枝の子の誕生日の祝いをすることになっている。そのときに届けるというのである。

文枝に航空券の購入を依頼した後で一政は、順序を間違えたと気がついた。まず浜崎の妹さんの都合を聞いたうえで、出発の日取りを決めなければいけなかったのである。

そう思って一政は、すぐ、東京に電話をかけてみたが、浜崎の妹さんの田村千津子は外出中のようで、かからなかった。一時間ほど間をおいて、もう一度かけてみたが、やはり誰も出て来なかった。

幸枝が、

「昼間は仕事で出とられて、うちにはいなさらんとではなかでしょうか」

と言った。

「仕事で外に出とらるるんじゃろうか。いや、そうじゃなかろう。浜崎の妹さんの年は、お前と似たようなもんばい。買物にでん出かけとりんさるんじゃろう」

そう言って一政は、還暦に近い婦人が、もし外に働きに出ているとすれば、どんな仕事をしているだろうと考えてみた。商店主、芸事の先生、病人の付添婦、掃除婦、……商店の経営者と掃除婦とでは開きがあり過ぎるなと思った。そう言えば、先般、浜崎と学校で一緒だったという博多の松尾さんが訪ねて来て、いろいろ話をして帰って行ったわけだが、浜崎の妹さんが、今、どんな生活をしているかということについては聞いていない。息子さんと一緒に暮らしているとは言っていたが、暮らしぶりについては、松尾は話さなかった。松尾がしきりに話したのは、田村千津子がまだ少女のころの話や戦前の浜崎家の話であった。

松尾の話を思い出しているうちに、一政は、そうだ、松尾さんにも東京旅行のことを言っておかなければ、と気がついて、博多にも電話をかけた。

松尾は家にいた。一政が、明々後日あたり東京に行って田村さんを訪ねるつもりだと言うと、松尾は、それはよかですね、田村さんは喜ばるるでしょう、どうか、よろしゅう言うとってくんしゃい、と言った。

「ところで、田村さんは、どげな生活をなさっておらるるんでしょうか」

一政は訊いてみた。すると松尾は、

「さあね、なにしろ、お話したように、私が田村さんと会うたのは、昭和二十八年か九年かで、それ以後は知らんですもんね、どぎゃんなさっておらるるか」

と言った。

「息子さんと一緒に暮らしておらるると言われとりましたな」

「そうですたい、そのころはですたい。いや、今も一緒におらるるとではなかでしょうか」

「息子さんは独身で？」

「そのころは落合さん、田村さんは三十ぐらいですもんね、息子さんはまだ小学校に入ったばかりのころでしょうが。ですが今は三十半ばの年ですからね。結婚しとらるるでしょうな」

今の田村千津子については、松尾はまるで知らないのである。過日、松尾が訪ねて来たときには、松尾は今の田村千津子についても、もっといろいろ知っているように思えたが、そうではなかった。それは一政が勝手にそう思い込んでいただけだったということがわかった。あのときは、戦場の話ばかりはずんで、田村千津子の暮らしぶりは話題にならなかった。それに、話題にしようにも、松尾は知らないわけだと一政は、電話で話しながら気がついた。

松尾との電話の後すぐ、芳太郎から電話がかかって来た。その電話が終わると、文枝からの電話が入って、一政の希望した昼過ぎの航空券が取れたと言って来た。一政は今度は自分のほうから電話をかけて、そのことを芳太郎に伝えた。

「これで、まあ、一段落じゃ」

芳太郎との電話が終わると、一政は幸枝に言った。しかし、もし田村千津子が、明々後日も、その次の日も都合が悪いと言ったら、航空券をキャンセルにして、改めて日程を組み直さなければならないのである。そういうことになったら、もう一度すぐ芳太郎に電話をかけなければならないと思った。

夕方、田村千津子に三度目の電話をかけてみた。やっと通じた。

「あの、私は『雲南戦記』をお送りした久留米の落合一政ですが」

と言うと、田村千津子は、

「はい、ありがとうございました。わざわざお送りくださいまして。拝見させていただきました」

と言った。

「いやいや、あげな拙いものですが、遺族の方々に、戦場の実態ば少しでもお伝えしたいと思いまして書いてみたとです」

「いえ、いろいろ想像いたしました。生々しくて……」

と田村千津子は言った。

一政は、お訪ねしたいという話を切りだした。すると、田村千津子は、ほかの用事のついでにお寄りくださるのでしたらどうぞ、でも日中は勤めに出ていて家にいないので、夕方からにしていただきたい、と言った。

一政は、はい、はい、ほかにも用事があるので、と言い、これで日程を組み直さなくてもすむと安堵した。

電話番号は、博多の松尾から聞いていて知っていたが、田村千津子に電話をかけたのは、初めてであった。声のいい人であった。ほかの用事のついでにお寄りくださるのでしたら、と田村千津子は言ったが、それは、浜崎の話をするだけのために、わざわざ来ていただいては恐縮だという意味であろう。ほかの用事のついでではないが、芳太郎と旅行をすることも、今回のもうひとつの目的なのだ、と一政は思った。

宿は、長男の辰也が予約をしてくれた。博多の食品会社に通勤している辰也が帰って来たので、芳太郎との東京旅行について話した。航空券は文枝に取ってもらったと一政が言うと、

「宿は？」

辰也は訊いた。

「宿はこれからじゃ。どこがよかろうか。東京の旅館ちゅうことになると、見当もつかん」

「僕、東京に友だちがおるから、世話してもらおうか。場所はどのへんがよかね。ホテルと日本式の旅館と、どっちね」

と辰也は訊いたが、一政は即答できなかった。

「ホテルでん日本式旅館でんかまわんが、場所はな、ま、なるべくここに行くのに便利な所にしたいと思うが……」

そう言って一政が、手帳に書きつけた田村千津子の住所を辰也に示すと、

「ちょっと待って」

と言って辰也は、自分の部屋に行って東京の地図を持って来て広げ、

「ここだよ」

と言って、該当する地番を、赤のマジックペンで丸く囲った。そして、

「ここへ行くんなら、新宿あたりに泊まると便利だと僕は思うけど、友だちに訊いてみよう」

と言った。

「広かね、東京は」一政は地図に眼をおとして言った。「お父さんは、東京には、戦前、十八んときに行ったこつがあるが、戦後は一度も行っとらんけん、田村さんの家ば、よう捜せるじゃろうか」

「弱気だね、お父さん、なんなら東京の友だちに、案内ば頼もうか」

「仕事があるじゃろうに、そぎゃんこつまでは頼めんよ。大丈夫、白石さんも一緒だし、どうにでんなるから」

「そうやね、歴戦の勇士が二人連れで行くんやもんね。道に迷ったら、タクシーをつかまえてホテルの名を言えば連れて行ってくれるしね。そうだ、そういうこつもあるかも知れんけん、有名なホテルば予約してくれと言っとこうかね」

そう言って辰也は、東京在住の友だちに電話をかけて、新宿の京王プラザホテルに部屋を取ってもらったのであった。

そのホテルに三泊することにした。東京に行っても、東京見物をする気持はない。東京では、田村千津子を訪ねて浜崎の話をすれば、他に用事はない。しかし、芳太郎は、靖国神社だけは

行きたいと言っている。東京見物をする気持はなくても、東京まで行けば、やはり、靖国神社と二重橋ぐらいには行かんとな、と一政は思った。

それだけなら、二泊でもいいかも知れぬ。しかし、余裕をとった日程を組むことにした。帰りに、東京の近くの温泉に行くことにしているが、さて、温泉は、どこにするかだ。

芳太郎は、行先日程すべて一政に任せると言うのである。それじゃ、と一政は引き受けたが、なかなか厄介である。

辰也や文枝が協力してくれるから助かるが、やはり、東京だの関東だのというと、勝手がわからぬ感じである。

辰也は、羽田に着いて、空港から京王プラザホテルに行くときも、ホテルから田村さんの家に行くときも、タクシーを使いなさいよ、お父さん、と忠告し、田村千津子の家を捜すときには、運転手に地図を渡して捜してもらうのが一番いい方法だと言った。

温泉旅館も予約をしとかないかんね、と辰也は言ったが、その日は、そこまではできなかった。予約しようにも、どこに行くか思案中だ、どこがいいだろう、と一政が言うと、次の日辰也は、全国温泉案内という題のついたガイドブックを買って来て、

「参考までにと思って、これ買うて来たけど、温泉どこに行くか決まった？」

と訊いた。

「まだ決めとらん」

「やはり、箱根か伊豆か、やろうね。甲府のほうだと回り道になるやろう」

と、辰也は言った。

ガイドブックの巻末に、温泉旅館の一覧表がついていて、電話番号と料金とが載っている。これがあれば、辰也に予約の電話をかけてもらうまでもない。芳太郎はすべて一政に任せる、二人で旅行ができて、たっぷり話ができるなら、もうそれだけでいいと言っているが、やはり温泉をどこにするかは、芳太郎と相談ずくで決めようと一政は思った。

そのことを言うと、辰也は、

「そうやね。東京のホテルから電話をかけて予約すればいいわけやから」

と言った。

衣類、洗面具のほかに、東京地図と全国温泉案内と『雲南戦記』をトランクに入れた。田村千津子への土産は、紙袋に入れて下げて行くことにした。


出発の日、文枝が早目に車を運転して来た。一政は、こんな旅行は、戦争から帰って来て初めてだ、それも運良く生きて帰ることができたおかげだ、と思った。そう思うと、雲南の戦場を思い出さずにはいられなくなった。

騰越城の守備隊は、二千数百名の将兵が、落城の九月十四日には、六十人ぐらいに減り、その六十人ぐらいも、落城の後、ほとんどが死んで行ったのである。

銀翼に日の丸をつけた十二機編隊の友軍機が、突如として騰越の空に姿を現わしたのは、八月二十五日である。友軍機は、弾薬、糧秣、衛生材料を投下して飛び去って行ったのだが、あの友軍機が騰越上空にいた時間は何分間ぐらいだっただろうか。突然現われ、瞬時にして飛び去って行ったが、騰越城の将兵は、友軍機を見ただけで泣いた。敵前であることも忘れて、壕から飛び出して、万歳、万歳と絶叫したのであった。

友軍機が来たのは、後にも先にも、あのときだけであった。わが銀翼隊は、物資を投下すると、わずかな時間だったけれども、頭上を旋回して、敵陣に銃撃を加えて去って行ったのであった。

あのころは、すでに城内の三分の一ぐらいは、敵に奪われていた。あの感激の友軍機が飛んで来た前日、西門陣地が占領されたのである。友軍機が騰越城に、若干の物資を投下したときには、守備隊にはもう、敵を撃退する力はなく、全滅は時間の問題になっていたのである。

それでも、友軍機の空からの補給で、ただちに、各自手榴弾一発、小銃弾十発ずつの弾薬交付を受けたのであった。しかし、あの手榴弾は、自決用だぞ、と小隊長から言われたのであった。

敵は、八月十四日に第四次総攻撃を開始すると、最初の日は、南壁から攻めて来たが、次の日は、北西角の拐角楼、東北角の飲馬水正面から攻撃して来たのであった。

十五日の敵は、なんとか撃退した。しかし、十五日の総攻撃に失敗した敵の主力は、十六日には、南西角方面に転用されたらしく、再び遠征軍は、今度は南西角に重点をおいて攻撃して来たのである。

守備隊が、じりじりと占拠の範囲を拡大されながら、それでも一部ではまだなんとか敵を撃退したりできたのは、あのころが限界だったのであろう。浸透して来た遠征軍に対する友軍の夜襲は、あのころからそのたびに失敗に終わるようになった。十六日には、南西角陣地の友軍はすでに全滅し、南門西側および南西角陣地のあたりには、大きな破壊口ができたのである。敵はそこから、続々と進入したのである。

第五次総攻撃、騰越城への直接攻撃では第三次の総攻撃が、八月十九日に始まった。西門と南門を結ぶ線上の陣地で敵の侵入を押えようとしていた守備隊は、さらに追い詰められて、旧野戦病院付近で市街戦を演じた。もう試みても失敗に終わっただろうが、日本軍が得意とする夜襲も、もはやできないほどに守備隊は損耗していたのであった。

敵は、かさにかかって、ガムシャラに突撃を繰り返すような攻め方はしなかった。中国軍の攻め方は人海戦術と言われるが、雲南遠征軍は、数の多さだけを頼りに、殺されても、戦友のシカバネを乗り越えて攻めて来たというのではなかった。まず膨大な量の爆弾と砲弾を撃ち込んで、相手の戦力を減じてから攻めて来る。日本には肉弾という言葉があって、日露戦争では、日本軍は肉弾で二百三高地を攻めたが、遠征軍は、肉をまもるために、まず鉄弾を十分に使うアメリカ式の戦法で戦った。そして、ひとつの地点を占領すると、そのたびに工事を施して逆襲に備え、交通壕を掘りながら着実に進出して来たのであった。

そのような敵に対しては、何よりも手榴弾がほしかった。しかし、友軍機が守備隊に運んでくれた手榴弾は五百発である。

あのときの守備隊の兵員の数と、補給された手榴弾の数とでは、どちらが多かったのであろうか？　いずれにしても、各自一発、それも自決用というのでは、遠征軍の着実な侵入を拒みようはないのであった。

遠征軍は、東南角から東北角に向かって攻めて来たわけだが、一政はその攻撃の方向を飲馬水の陣地で感じていた。今に、騰越城はすべて敵に占領される。そして、東北角城外のこの飲馬水陣地が、最後の戦いの場になるのだ。そうなったとき、飲馬水陣地のわずか十数名の守兵では、もちろん、敵の攻撃を防ぐすべはない。そのときには、撃ちまくって、そして、死ぬしかないのだ。浜崎の言うように、死ぬしかないのだ。

一政は、自分の運命については、もうなるべく考えまいと思ったが、やはり最後の場面を予想しないではいられなかった。もう挽回は不可能だと思わないわけには行かなかった。とにかく、死ぬまで戦うしかないのだ。そう思いながら一政は、飲馬水陣地が攻撃されるのを待った。

飲馬水陣地は、前に飲馬水川が流れ、背後に池を控えていた。池と城壁の間に、木立があり、それを一政たちは、東北角の森と呼んでいた。その東北角の森の中に、中隊本部の陣地があった。池の周辺には、他にも陣地があって、それらをすべて飲馬水の陣地と言っていたが、他の陣地を加えても、飲馬水の守兵の数は、三十にも満たなかった。

それまでは飲馬水陣地は、川向こうから攻撃されたが、これからは、背後からも襲われるかも知れないのであった。

以前は、このあたりにも、かなりの民家が点在していたというのであった。しかし、日本軍が騰越城に入ると、敵に利用されてはいけないといって、取り壊してしまったのであった。だが、張徳喜の屋敷だけは残っていた。それもあのころは、無惨に破壊されてはいたが、眼につく建物はそれだけで、飲馬水川の向こうに広がる田圃の緑ばかりが鮮やかであった。

城内も、すでに、見るかげもなく民家は吹き飛ばされ、焼け崩れ、瓦礫の山になっていた。戦友の遺体の収容も困難になっていた。陣地と城内との往復も、もうむつかしくなっていた。

青田の緑だけは、変わらないな、と一政は思った。そして、あの緑の中を、今は兵隊が這い回っているが、いつかはまた農民がもどって来るわけだ、と思った。

それは、いつであろうか。わが守備隊にはもはや反撃の戦力はない。騰越は遠征軍に奪回され、それからどうなるのだろうか。それっきりになるのだろうか。それとも、いつか日本軍が再び占領するのだろうか。いずれにしても、その前におれは死んでいるわけだけれども。

騰越では勝てないと感じていたが、しかし、あんな状態になっても、まだ、日本は負けるはずがないと信じようとしていた。

近く龍陵で、日本軍の大反撃作戦が始まる、と班長が言った。勇兵団が、南ビルマから増援に来たというのであった。龍と勇の並列作戦で、まず龍陵の敵を撃破する。そして、騰越と拉孟に救出に来る。

それまで、持ちこたえるんじゃ、と班長は言った。そのつもりになった。だが遠征軍のほうも、その前に騰越城を陥して、部隊を龍陵に転出増援させようとしていたのである。八月三十一日、遠征軍の大攻撃があった。東南角正面から大挙強襲して来て、守備隊はついに東南角陣地も奪われた。

九月に入ると四日ほど、なぜか遠征軍は、攻撃をやめた。その間、敵は、五日からの総攻撃の準備をしたのである。守備隊は、残存兵力を集めて、特に中門正面の防備を固めたが、すでに兵力は三百五十名に減っていたのであった。

南城壁は全部、西城壁の半分以上、東城壁の一部、そして城内の半分が遠征軍に占領されていた。

だがひととき、不気味な、死臭のただよう、平穏な日があったのだった。連日のように降り続く雨が、戦死者の血を壕内に流し込んで来る。腐乱した人体を洗った雨水が、壕を泥水の溜りにする。その泥水に兵士たちは膝まで浸って、敵の攻撃準備が整うのを待っていたのであった。

最後の総攻撃が、五日の払暁から始まった。

いつものように、敵はまず、ロケット砲弾や迫撃砲弾を雨のように降らす。敵機が頭上を飛び回る。そして予想通り、敵は中門正面に殺到して来たのであった。

敵の猛砲爆撃下では、彼我入り乱れての乱戦に持ち込んだほうがむしろ戦いやすいのである。守備隊にはもう、乱戦以外の戦法はなかった。しかし、乱戦に持ち込むこと自体、思うように運ばず、また、持ち込んでみても、兵員と兵器との量の差で、もう敵を押し返すことのできない状態になっていたのである。

友軍は、残されたわずかな兵員をさらに減らすばかりであった。守備隊の塹壕は、火焔放射器で焼き払われ、兵士たちは、火だるまになり、そして黒焦げになって死んで行った。

そういう戦況の中で、太田大尉は、第二大隊の残存者を指揮して、南城壁奪還の斬込みをした。一時敵を追い散らしたと聞いた。しかし、もう戦況は変わらなかった。いったん退いた南城壁の敵は、すぐまたもどって来たのである。中門正面の友軍は、五日の午後、ついに突破分断された。北西角は孤立した。守備隊は、東北角に追い込まれた。

東北角が、守備隊の最後の拠点になった。もはや、騰越城は、東北角の一部を残して、占領されてしまった。飲馬水陣地への攻撃も激しさが加わって来た。

九月七日、拉孟の玉砕が伝えられた。

「拉孟は玉砕したとよ」

と班長が言った。誰も何も言わなかった。

「龍陵は激戦中だと。しかし、もう間に合わんじゃろう」

龍陵作戦の主力部隊は、龍の歩兵第百十三聯隊と勇である。龍の百十三聯隊は福岡編成の部隊で、玉砕した拉孟守備隊の主力も、百十三聯隊である。勇は仙台編成の第二師団である。龍陵では、朝鮮編成の狼兵団の一部が、勇の指揮下に組み込まれて戦ったのである。

しかし、一政は、当時は、拉孟守備隊の主力が第百十三聯隊だということは知っていたが、龍陵の龍が何聯隊かは知らなかった。狼兵団のことも知らなかった。そういうことは知らずに、ただ、本当に、日本軍が龍陵を奪回して、騰越に救援に来てくれたら、と思っていた。拉孟は間に合わなかったが、騰越はどうか。班長は、もう間に合わんじゃろうと言ったが、やはり、もう遅過ぎるのだろうか。

拉孟守備隊が玉砕した日、飲馬水陣地では、平石上等兵が戦死して、手島上等兵が鼻をもぎとられた。平石上等兵は、迫撃砲弾の破片を胸に受けて、口から血を吹き出しながら死んだ。手島上等兵は、手榴弾の破片で鼻をそがれた。一命は取り止めたが、顔中血だらけになって、うめいた。一政は傍で戦友が負傷しても、なにもしてやることができなかった。あのときは、敵の火砲攻撃が激しくて、切羽詰まった状態であった。

弾薬が尽き、もう白兵戦しか残されていない状態になった。龍陵からの救援を待つどころではない、飲馬水陣地もこれで終わりだと思われた。

そこへ、中隊から、軽機と擲弾筒が援護に駆けつけて来てくれたのであった。それで戦闘は援護に来た兵士に頼んで、一政たちは、平石上等兵の遺体を壕内に埋葬した。

一政が負傷したのは、平石上等兵の埋葬を終えた直後であった。迫撃砲弾の破片を頭に受けた。一政は、横転した。いきなり堅いもので頭部を殴りつけられたような感じであった。

だが、これが運というものなのだろう。鉄片を頭部に受けたにもかかわらず、軽傷であった。

あのとき、大丈夫か、と言ったのが浜崎であった。

浜崎とは飲馬水陣地で、毎日顔を合わせていたわけだが、特にこれといった記憶はない。浜崎だけでなく、誰についても、何かの場面を僅かに憶えているだけである。浜崎のシラミや、手島の血だらけの顔や、名前は知らないが、火焔放射器に焼かれて火だるまになった兵士の姿や、横たわっている死体や……今も網膜に焼きついているものは決して少なくないのだが、では浜崎についてどれだけのことを憶えているかと言えば、いつも一緒にいたのに、断片的にしか憶えていないのである。

戦地での様子を話しに行くと、意気込んだことを言ってはみたものの、田村千津子に会って、どれだけ浜崎のことを話すことができるだろうか？

一政は、いささか心もとなくなって来た。

飲馬水陣地での浜崎のことを憶えていないのは、あの陣地では、浜崎はほとんど無口だったからだ。どうして、あんなに無口になってしまったのだろうか。しかし、陰気になってはいなかった。放心したような感じもあったが、なごやかな表情をしていたのではなかったか。あの追い詰められた修羅場で、割と明るい感じをただよわせていたような気がするのだが、しかし、それもちょっとはっきりしない感じである。

なにしろ、あれからもう三十七年もたっているからな、と一政は思った。

芳太郎が来た。

チャイムが鳴ると、幸枝が、

「白石さんが来られたとでしょう」

と言って玄関に迎えに出て行った。一政も行った。芳太郎は一政の顔を見るなり、

「なにからなにまでしてもろうて、すまんね」

と言った。

「なんの、なんの。まだ時間は十分あるけん、ま、上がらんな」

と一政が言うと、

「さ、どうぞ、どうぞ」

と幸枝が言った。

芳太郎が上がると、幸枝はお茶をいれた。文枝が来て挨拶して、

「私が送りますから」

と言った。

「昨日、電話で話したとおり、温泉だけはどこにするか、白石さんと相談して決めようと思うてな。それと、帰りの切符を買うとらんだけじゃ」

「なにからなにまでしてもろうて。温泉は、どこがよかかね」

「どこがよかろう」

「どこがよかろうね」

芳太郎にも、特にここといったところは考えつかないようであった。

「ま、それは飛行機ん中でん、東京に着いてからでん考えることにしようたい」

と一政が言うと、

「そうたい、そうしよう」

と芳太郎は楽しそうな声で言い、茶をすすった。


文枝の車に乗り込んだ。

「なにからなにまでしてもろうて、すまんじゃったね」

芳太郎が、また、そう言った。

「なんの、一切合財、辰也と文枝がやってくれたち、わしはなんにもせんじゃった」

と一政が言うと、

「辰ちゃんはホテルの予約をしただけだし、私は航空券を買っただけです。一切合財なんて大袈裟よ、お父さん」

と文枝は言った。

それはそうかも知れないが、いつも妻子がみんなで、まめまめしく世話を焼いてくれる。妻の幸枝、長女の文枝、長男の辰也、次男の正志、みんな真面目で気持の優しい人間である。仕合せなことだ、と一政は思っている。

騰越城では、ここで死ぬしかないのだと思った。そのころは、戦中世代などという言葉はなかったが、戦中世代に生まれたこと、久留米で生まれたために龍兵団に召集されたこと、そして、騰越守備隊に編入されたこと、そういったことをすべて、運命として納得するしかない、と思った。

戦中世代として生まれた者も、もちろん一様ではない。生年の偶然、生地の偶然、同じ聯隊に召集されても、配属は偶然である。同じ久留米の歩兵聯隊に召集されても、ある者は龍に、ある者は菊に編入された。関東軍の剣兵団に編入された者もいる。久留米の師団に召集されても、配属によって生死が分かれる。別の兵科に召集された者もいる。見も知らぬ人間がどこかで感情もなく仕分けの表を作り、それで境遇が違ってしまう。偶然に偶然が重なって、ある者は騰越に送られ、ある者は満洲に送られた。剣は、昭和十九年に南方転進の命を受け、主力は台湾に移動して台南地区の守備について終戦を迎えたので、同じ久留米編成の部隊でも、龍や菊に較べると損害は軽微であったが、剣の一部は南の島に派遣された。生死の分岐点は、無数に、いたるところにあって、それは自分では選びようがないのである。

不運な者は、諦めて、不運を迎えるしかないのである。

自分や芳太郎が生き残ったのは、僥倖である。考えてみると、不思議な幸運である。九死に一生と言うが、九十九死に一生を得て、家族に恵まれている。この仕合せを、ありがたく思わなければならぬ。

けれども、復員して今日まで、一政には、僥倖をありがたく思えなかった時期もあった。そのころはなぜか、生きることに張合いを失っていて、毎日、足腰が立たなくなるまで、酒を飲んだ。

今になって思うと、自分も、得体の知れぬ戦争の後遺症に取り憑かれていたのではないか、と思うのである。戦場で、心の中に、戦場でしか通じない何かができて、それが何かの機会に、ふっと噴き出す。それが普通の社会では通用しないことぐらい、頭ではわかっているが、そういう自分を、自分でもどうしようもない。復員兵には、そういう後遺症が、重かれ軽かれ、あったのではないか。

ある者は、復員後かなりの歳月が経ってから、突然、家族にも友人にも、おそらくは本人にもわからない理由で、自殺をしたのである。

騰越から生還した一政の戦友は、芳太郎だけだが、一政は螢川町の小村医師に、そういう復員兵の話を聞いた。小村医師の部隊にいた下士官で、復員後、嫁をめとり、子供ももうけて、傍からは仕合せに見える生活をしていた人が、突然、農薬を飲んで死んだというのである。

遺書もなく、平素まったく自殺を予見させるような言動もなかったので、誰にも自殺の理由がわからない。その理由を、戦争が彼の心につくった無常観だとは断定できないけれど、そのような例は、他にもあるし、彼の胸中の一端がわかるような気がするのだ、と小村は言った。

空港に着くと、文枝は、飛行機が離陸するまでいて見送ると言ったが、もうよかよ、と言って帰らせた。

「それじゃ、楽しい旅行をなさってください」

と文枝は、二人に言った。

全日空機の座席についてから、芳太郎は、

「落合さんとは、思い出すと、長い旅行をしたなあ、騰越から復員まで、一年八カ月の大旅行じゃ、距離にすれば、どれぐらいあろうか、ずっと一緒だったもんね。しかし、こげん飛行機であんたと旅行するこつになろうとは、考えられんこつじゃったたい。夢んごつ思わるるたい」

と言った。

「そうじゃなあ。今が現《うつ》つなら、戦争んときのこつが夢んごつある。戦争んときのこつが現つなら、今んこつが夢んごつ思わるるなあ。日本が、こぎゃん復興して経済大国になるとは、考えられんじゃったもんね」

「あのころ、こぎゃん飛行機で、わずか一時間半で東京に旅行でくるとは思ってみたこつもなかった。生き還ったおかげで、こげにして旅行しよるが、それにつけても、戦死したもんのこつば、思い出すばい」

「そういうこったい」

と一政は相槌を打った。

機内では、戦争の話はしなかった。とりとめのない言葉を交わしただけであった。戦死した者のことを思い出すと言っても、会話は戦争話には発展しなかった。

浜崎の妹を訪問することと、心ゆくまで芳太郎と戦争の話をするのが、この旅行の目的である。しかし、時間がたっぷりあると思うと、そういきなり、饒舌になれなかった。こんなところで始めなくても、宿に落ち着いて話せばいいのである。

おそらく、芳太郎も同じ気持でいるのであろう、と思われた。芳太郎もまた、こんな旅行のできる現在と戦地での日々とを思い較べて、昔日の感に耐えない気持になっているのだ。横目で様子を窺うと、芳太郎も物想いにふけっていた。

一政は、今が夢か、過去が夢か、と口では言ったが、やはり、夢のように思えるのは、今ではなくて、過去だ、と思った。あれは、忘れようもない現実だったのだが、しかし、どんなに特異で凄惨な体験であったにせよ、過ぎ去ったことは、すべて、夢のような感じになってしまうのである。

咽喉もと過ぎれば熱さを忘れる、ということか。人はみんな、そうなのではないだろうか。戦争では、普通には考えられないような残虐が行なわれる。戦場でも殺し合いだけならまだしも、ナチスがユダヤ人にしたようなことを、あれほど大規模ではないが、日本もしたし、また、されもしたのである。

帝国陸軍はシンガポールで、何千人もの市民を虐殺したし、帝国海軍はマニラで、やはり何千人もの市民を虐殺した。シンガポールでは、同市に在住する華僑の十八歳から五十歳までの男子を指定の場所に集めた。約二十万人を集めて、その中から、日本側の戦後の発表では六千人、華僑側の発表では四万人の処刑者を選んで、海岸に掘らせた穴に切ったり突いたりして殺した死体を蹴り込み、あるいはそれでは手間がかかるので、船に積んで沖に出て、数珠つなぎにしたまま海に突き落とした。抗日分子を粛清するという名目で、無愛想な者や姓名をアルファベットで書く者などを殺したのだそうである。日本軍はシンガポールでは、同市を占領した直後にそれをしたが、マニラでは玉砕寸前の守備隊が、女子供まで虐殺し、強姦もした。アメリカの発表では、殺された市民の数は八千人である。これには名目などない、狂乱の所行である。

そういうことも、今では、終わってしまった悪い夢に過ぎないということなのだろうか。原爆もそうだ。戦争中、日本人は、原爆でアメリカを叩きつぶすのだと言っていたが、やられたのは日本であった。広島、長崎の被爆者のうちには、今なお、そのとき身に浴びた放射能で苦しんでいる人がいるはずだが、それも、古い悪夢としか感じられないようなふうになって来ているのではないか。

騰越城もそんなふうになって来ているのだ、と一政は思った。悪夢を共有する者が、悪夢を語り合う。しかし、生々しさは薄れて行く一方だ。まして、それを共有しない人にとっては、騰越と言って、それが一体、何であろうか。

一政は、ふと虚しい気持になった。

戦没者の遺族は、『雲南戦記』を手にして、よろこんでくれた。知りたいと思っていたことを書いてくださった、と言われた。そのつもりで書いたのであった。しかし、遺族にとっても、あの戦争は、もう、遠い昔の物語になってしまっているのではないか。

だが、そうだとしても、遺族に戦場の実態を伝えるのは、生き残った者の義務だ、生々しさや切実さが薄れて来ていようとも、肉親が戦死した戦場の様子を知りたい気持がなくなってしまうことなどはあり得ないのだ、その気持に応えるために、とにかく精一杯戦場を語り続けなければならないのだ、と一政は自分に言い聞かせた。

「浜崎の妹さんは、喜んでくるるじゃろうね」

一政は隣席の芳太郎に言った。

「喜んでくるるじゃろうち、くれないわけはなか。しかし、つらかろうね」

と芳太郎は言った。

「ここに浜崎がいたら、どんなによかろうね」

「そうじゃね。ごちそうでなくてんよか、せめて日本の水ば腹一杯飲んでみたかち、みんな言いよったもんな。騰越守備隊のもんで、飛行機に乗ったこつのあるもんは、何人いたじゃろうか。軍用機に乗ったこつのある将校が、二人や三人いたかも知れんが」

「そうじゃのう」と一政はうなずいて、「ところで白石さんの手記は、かなり進んどらるるとじゃろうね」

「一昨日、一応書き終えた。ばってん、萩原さんに見てもろうてから本にしようと思うとるが、落合さんにも読んでもらおうち思うて持って来た。暇があったら読んでくれんな。帰ってからでもよかよ、とにかく預けておくけん」

「それは楽しみじゃ。ぜひ、読ましてもらいましょうたい。分量はどれほどになったかね」

「四百字の原稿用紙で百枚を少し越えたが、それぐらいで本に作れようかね」

「それだけ書けば、作れるたい。わしの『雲南戦記』も、分量は似たようなもんたい。どこまで書きんさった？」

「騰越城が玉砕して、捕虜になるところまで書いた。捕虜になってから後んこつまでは書かんじゃった」

「ラングーンから書きんさったと？」

芳太郎はうなずいて、

「東京に着いたら、渡すけん」

と言った。

芳太郎は、今度はどんな手記を書いたのだろうか。芳太郎が以前に書いた、四、五十枚ほどの手記は読ませてもらった。あれは、芳太郎がビルマ攻略戦に参加して、ラングーンに上陸して以来のことが書かれていた。雲南まで敵を追って北上した勝ち戦。雲南に来てからの警備の日々。討伐戦。雲南遠征軍の反攻が始まってから、騰越守備隊が玉砕するまで。最後に騰越を脱出して、捕われるまで。それだけのことを、四、五十枚では書き尽くせるはずがない。それをしかし、四、五十枚で書いたのだから、あれは、あっさりした書き方の手記になっていた。今度も、内容は同じらしいが、あの倍以上書いたのだから、あれよりずっと詳しい手記を書いたわけであろう。

芳太郎の、あの四、五十枚の手記には、九月十四日に、太田大尉以下守備隊の城内残存将兵が最後の斬込み攻撃をして全滅し、芳太郎が配属されていた城外の飲馬水陣地の残存者約四十名が、敵第三十六師の司令部に対する奇襲攻撃を企画して、大同街に突入したら、司令部はすでに移動したあとだったという話が書かれていた。その後、芳太郎たちはゲリラとなって行動し、やがて小隊長以下負傷者ばかり十数名に兵員が減じてしまったが、それでも最後に、小芯街に敵第五十三軍の司令部があることがわかって、襲撃した話も書かれていた。確か、あの手記は、小芯街に向かって出発するところまでで終わっていた。

九月に入ると、戦線は一時静まったが、それは敵がその間に準備を整えていたからであって、五日から最後の総攻撃をしかけて来たのである。その総攻撃のこと、七日に拉孟が玉砕して、それから一週間後の十四日騰越が玉砕したのだが、その間のことについての芳太郎の記述は、文章は暗記していないが、まことに簡単であった。今度の手記には、そのあたりのことについても、おそらく詳記しているのではあるまいか。捕虜になるところまで書いたというのなら、騰越を占領されてゲリラになってからの様子が、もっと詳しく書かれているに違いない。

芳太郎は、小芯街の敵第五十三軍司令部に夜襲をかけたときに負傷して意識を失い、気がついたときには捕われていたと言っている。そのときの事情も、今度は細かに書いているかも知れないな、と一政は思った。

負傷の癒えるひまもなく、また負傷する。騰越で生きるということは、そういうことであった。死ぬか、負傷をふやしながら生き続けるか。しかし、そういう生き方さえ、ほんの数名の人間が運に恵まれてしただけで、他の全員は戦死したのである。

致命傷でなくても、負傷をふやしているうちに、兵士は衰弱して死んで行った。しかし、一政の場合も、芳太郎の場合も、負傷して意識を失ったために、命が助かったのである。意識を失わなければ、死ぬまで戦い続けたはずである。

生きて虜囚の辱めを受けず、だったからな。

もうこれで、二度と日本には帰れないのだ、と、捕われてから、いつごろまで思い込んでいたのだっただろうか。

昆明のキャンプで、中国軍から日本の降伏を知らされた。最初は誰も信じなかったが、それから一月余りたって、重慶のキャンプに移されたころには、日本の敗戦を認めないわけには行かない気持になっていた。街の様子に、従来とは違う賑わいを見たし、雲南戦線から続々と中国の兵士たちが昆明に後送されて来た。兵士たちは、中国万歳を連呼し、国民の歌を斉唱した。それは終戦の安堵の中で、凱旋を示す姿であった。そして、その姿は、日本兵たちに、いずれれる日が来ることを示していたわけでもあったのだが、日本に帰ってどんな迎えられ方をされるだろうか、という不安が残った。なにしろ、自分の国の様子がろくにわからなかったし、日本国民の、生きて虜囚の辱めを受けずの精神が、変わるなどとは予想できなかったのであった。

一政は、玉砕の日に騰越城を脱出し、三週間余りも山中を放浪した挙句、便衣隊員に銃尻で頭を殴られて意識を失ったのである。意識を取り戻したときには捕われていたのであった。今でこそ、生きて還ることができた僥倖をありがたいと思うが、あのときは、こんなことになるぐらいなら、騰越城で戦死したほうがよかったのに、と運命を恨んだものであった。

拉孟が玉砕した日、一政は、迫撃砲弾で頭部を負傷しただけではなく、その夜、左肱を機銃弾で撃ち抜かれた。

あの晩、東方約百メートルの敵トーチカへの夜襲攻撃を中隊長に命ぜられて、小隊長以下六人で、三カ所のトーチカに手榴弾を投げ込みに行ったのである。六人が三組に分かれ、一つのトーチカに、二人ずつ肉薄した。一政は、松浦上等兵と組んで、水田に入って中央のトーチカの背後にまわった。雨が降っていて、漆黒の闇夜であった。首尾よく接近して、松浦が手榴弾を投げ込むと、とたんに敵が飛び出して来たので、銃剣で刺殺した。そのとき左翼のトーチカの機関銃が火を噴き、その弾を受けたのである。

一政は、水田に転落した。周辺の水が撃ち込まれる機銃弾の音で賑かに鳴った。かなりの傷であったが、あのときも死なずに引き揚げて来たのであった。

あのころは、騰越城の大半が占領されて、いたるところで死闘が展開されていた。そんな城内から食糧が届いた。握り飯一個とカンパン一袋とをもらった。握り飯は、慰安婦たちが弾雨の中で作ってくれたのだと聞かされて感激した。あのころはもう炊出しなどのできる状態ではなかったのである。あれは、彼女たちが、身を死の危険にさらして握ってくれた握り飯だったのである。

壕の後ろの池には、水中に首を突っ込んだいくつかの遺体が雨に打たれていた。三百五十人の守備兵は、日々激減した。九月十日、遠征軍は、また激しい攻撃を加えて来たが、そのとき日本軍は、何名ぐらいになっていたのであろうか。戦史によると、九月十一日ごろには、太田大尉以下約七十名になり、守備隊の運命も遂に尽きた、と書かれているが、十一日ごろは、まだもう少しはいたかも知れない。落城の日、崩れ落ちた東面城壁の破壊孔から、およそ五、六十名が脱出を試みたからである。

だが、いずれにしても、それほどに減った友軍を排除するのに、遠征軍は手を焼いていたのである。遠征軍は、友軍の戦死者の遺体や瀕死の重傷者を引き摺り集め、彼らの陣地の前に縛り付けたり積み重ねたりして、日本軍の逆襲を阻もうとした。そのような非道なことをして、日本軍の戦意を鈍らせようとしたのである。

しかし、守備隊には、もう逆襲の戦意はなくなっていたのだ。最後の斬込み玉砕が残されていただけだったのだ。

太田大尉は、もはやこれまでと判断し、聯隊旗を焼いた。守備隊本部前八十メートルで激戦が展開されていた。太田大尉は、聯隊旗や暗号書を焼却する一方、残存者に城外への脱出を命じ、十三日、少数の手兵を率いて敵中に突入して戦死した。

同夜、一政たち飲馬水陣地の守兵は、城内からの脱出を援護した。十三日も雨であった。敵は照明弾を打ち上げ、東南角陣地から激しく脱出部隊に銃撃した。その弾雨を潜って、慰安婦たちも脱出した。その被害の程度はわからないが、脱出者たちは、破壊孔から躍り出ると一政たちが待機していた林の中に飛び込んで来た。慰安婦たちも軍服を着て鉄帽をかぶっていた。暗い林の中だから、人数はよくはわからなかったが、二十人か三十人ぐらいいたのではなかったか。

脱出部隊は、林の中を、東北の方向に進んで行った。脱出部隊は、師団司令部のある芒市まで敵中を潜行してたどり着き、騰越守備隊の最期の状況を報告せよ、と言われたのである。しかし、芒市までたどり着けた者はついにいなかったのである。

慰安婦たちは、行く方向も定められず、林の中で、怯え、困惑していた。中で年配の女が、城内にはもう日本軍は一人もいない、と語り、そして小隊長に、自分たちも一緒に連れて行ってほしい、途中迷惑はかけない、死ぬときは一緒に死ぬ、と言った。

そばにいた別の女が、お金は私たちがたくさん持っています、と言って、背中の袋から今や紙屑でしかない軍票をつかみ出して見せた。

若い小隊長は困惑していたが、そのとき、近くに数発の迫撃砲弾が落下して炸裂したので、その話はそれきりになってしまった。一政たちも慰安婦たちも、それぞれ水田に飛び込んで身を潜めた。そして、いつのまにか、五、六名の兵が、小隊長について、騰越城にも彼女たちにも背を向けて、山に向かって水田の中を這うようにして進んでいたのであった。

四キロほどの距離を、敵に見つからぬように気を配りながらさまよい、一晩がかりで山麓にたどり着き、灌木の林に潜り込んで夜明けを待った。

そこまでたどり着いたのは、小隊長、末永軍曹、松浦上等兵、和田一等兵、浜崎一等兵、そして一政の六名であった。佐竹一等兵と鼻をもがれた手島上等兵は、いつのまにか、はぐれてしまっていた。

夜、ホテルから、一政は、田村千津子に電話をかけて、今日来京したが、明日、予定通り訪ねて行ってもいいか、と挨拶した。どうぞ、と浜崎の妹は言った。

ホテルを取ってくれた辰也の友だちにも、礼を言っておこうと思い、辰也に聞いて手帳に書きつけて来た番号を何度か回してみたが、かからなかった。

芳太郎の手記を受け取ったが、その場ですぐ読む気にはならなかった。書きだしのところと終わりのところを、ちょっと見てみた。四、五十枚の以前のものと同じように、小芯街で司令部を襲撃し、負傷して捕われるところまでで芳太郎の手記は終わっていた。以前の手記と同じように、ごく簡単に記述していた。

「あとでゆっくり、見させてもらうたい」

と言って一政は、芳太郎の手記を自分のトランクに入れた。

「まずか文章だが、どうにもならんたい」

と芳太郎は言った。

窓からの夜景がみごとであった。部屋も豪華である。辰也は、一政が道に迷ったとき、タクシーに乗って名前を言っただけで運んでもらえるようなホテルを、と友だちに頼んでくれたわけだが、飛行機に乗っても、ホテルに宿泊しても、戦地との懸隔の甚だしさに感慨を催すのであった。今度の旅行は、芳太郎と一緒であるだけに、特にこんな気分になるのであろうか、と一政は思った。

いささか贅沢な旅になりそうである。夕食は、洋食は気取った雰囲気があって落ち着けないので、和食にしたが、どんなものを食べても、騰越城玉砕の直前に、慰安婦が握ってくれた握り飯よりうまいものはないだろうなどと、すぐそう思ってしまうのであった。

「白石さんは、騰越で慰安婦が作ってくれた握り飯のこつば、憶えとらるるかね」

馬鞍山陣地を脱出して、空腹と寒気に苦しみながら高黎貢山脈の山道を歩き、冷水溝陣地に入る直前に、出会った救援隊からもらった握り飯もうまかったが、あれは、芳太郎と共通の話題にはならない。戦場の食べ物の話は、すべて共通の話題になるとも言えるが、芳太郎は、あのときはどこにいたのか。とにかくあの握り飯は食っていない。しかし、落城直前に慰安婦たちが作ってくれた握り飯は、芳太郎も口にしたはずである。あのころ芳太郎は、壕は違うが、同じ飲馬水陣地にいたのである。だから、あの握り飯は食ったはずである。

一政が、握り飯のことを言うと、芳太郎は、

「憶えとるとも。一生、あの握り飯の味は忘れんたい」

と言った。

「あの慰安婦たちとは、キャンプで出会うたが、その後、どぎゃんなこつになったじゃろうかね」

「キャンプで出会うたもんたちは、朝鮮に送り返されたわけじゃろうが、キャンプに収容される前に、雲南の山ん中で死んでしもうたもんもおろうし、戦後、病気で死んだもんもおるじゃろう。あのころ、二十ぐらいだったもんも、今はもう還暦に近い年配になっとるわけじゃ。あのころ三十歳のおなごは、今は古稀じゃ。みんな、婆さんになってしもうち、わしらと同じように戦争のこつば、いろいろ思い出しとるじゃろう」

「慰安婦たちは、挺身隊じゃと言うて、強制連行されたというこつじゃが、ひどい目に遭うたな。今になってみれば、九月十三日の晩、城内から慰安婦たちが逃げ出して来て、一緒に連れて行ってくれち言うたが、そうしてやればよかったたち思わるる。と言って、一等兵のわしにそんなこつはできまいし、あんときは捕虜になるとは考えておらんじゃったもんな……」

「そうたい、捕虜になるぐらいなら、自決するつもりでいたんじゃ」

「脱出部隊や慰安婦たちが、東面壁の破壊孔から飛び出して来た十三日の晩は、白石さんはどこにおられたとね。手記には書いとらるるじゃろうが」

「飲馬水陣地たい」

「そうな。脱出部隊の救出を命ぜられとったんじゃなかね」

「救出に当たっておったんじゃ、わしらは」

「林ん中にはいなさらんじゃった?」

「池と城壁の間の林じゃろ。あん中には入らんかった。東南角の敵が、破壊孔めがけて撃ったじゃろう。わしらは、その東南角の敵を射撃して、その後、大同街に向かったんじゃ」

「それでは、中隊長が撃たれたこつば知らんね」

「それは、キャンプであんたに聞いて、知ったんじゃ」

「そうじゃったね」

「悪か中隊長じゃったが、今ではもう、みんな同じ仏じゃなあ」

「みんな死んでしもうた。冥福を祈るばかりじゃ」

と一政は言った。

懐しさに較べて、恨みのほうが、薄れ方が早いように思える。いや、懐しさのほうは、いつまでたっても薄れないが、恨みのほうは、その内容にもより、こちらの性質にもよるのかも知れないが、そういつまでも抱きつづけてはいられない。

しかし、おれは飲馬水陣地で中隊長を恨み、嫌っていたのだ、と一政は思った。

あの林の中で、迫撃砲弾を食らって水田に飛び込む直前、小隊長が中隊長を射殺したのである。当番まで撃たなくても、と思ったが、口を封じるためなのか、小隊長は、中隊長の当番兵にも拳銃を向けたのであった。

トーチカ攻撃で左肱を負傷して帰って来たとき、一政は中隊長に軍刀で打擲された。小隊長も打擲された。なんとひどい上官だろうか、と思った。たった二人の兵力でトーチカに取り付き、手榴弾を投じ、飛び出して来た敵を刺殺し、いったんはトーチカから敵を追い払ったのだが、そのままそこを占領しなかったのが気に入らなかったのである。

あのときは恨めしかった。それにあの中隊長は、平素から部下に恨まれ嫌われていた。やたらに部下を殴り、自分はいつも壕の中にいて自分だけは肉を食っていると評判が悪かった。肉と言っても、部下に捕らせた犬の肉だったが。そういう人だったから、小隊長はそれまで押えに押えていた恨みを、最後に爆発させてしまったのであった。

あのとき小隊長は、生きて師団にもどれると思っていたのであろうか。だから口封じを考えたのだろうか。それとも、当番兵に対しても、虎の威を借る狐だと憎んでいたのであろうか。

あのときは、これからどうしていいかわからず、小隊長は逆上もしていたであろう。みんな、逆上していた。そして、みんな、死んでしまった。

「冥福を祈るしかなか。仏には良いも悪いもなか。しかし、この話は中隊長や当番の遺族にはできんたい。まだ、浜崎の妹さんに、浜崎のシラミの話をするほうがよかじゃ」一政は、首を振り振り呟き、「食事が済んだら、街にでん、出てみんね」と話題を変えた。

「出んでんよかよ。明日、靖国神社と二重橋に行こう。それだけでよかよ。落合さんと戦争の話ばしに来た旅行じゃけん、東京見物はせんでよかよ」

と芳太郎は言った。

「そうじゃな、それでは今夜は、ここでのんびり話ばしようね」

と一政は言った。

この旅行の目的のひとつは、浜崎の妹の訪問、そして、ひとつは、芳太郎と、たっぷり、心ゆくまで戦争の話をすることである。しかし、東京に来る道中でも、新宿のホテルに入ってからも、一政と芳太郎とは、いくらも戦争の話はしなかった。時間が十分にあるとなると、かえって、そう急いで没頭する状態にはならないのである。それでも、口を開けば、やはり雲南の話になるのであった。騰越の話、そして、捕われてからの話。

浜崎については、芳太郎は、所属が違うから、互いに口を利いたこともなく、顔も憶えていないのである。同じ騰越守備隊の兵士だと言っても、一政が芳太郎と知り合ったのも、中国軍に捕われてからである。けれども、一政は、これまでに何度か、芳太郎に浜崎の話をした。キャンプで芳太郎と知り合って以来、無論、キャンプでもしたし、復員後、再会してからもよく口にした。

だからであろう、旅行をしようという話が出て、行先を東京に決めたとき、一政が、

「付合してもろうて悪かね」

と言うと、芳太郎は、

「なんの悪かこつがあるもんか。浜崎ちゅう人のこつは、保山で死んだ人じゃったと憶えとるぐらいでなんも知らんが、騰越城で戦うたもんは、みんな戦友たい。それにな、落合さんから話ば聞いとるうちに、騰越守備隊の兵士同士、捕虜になった者同士というこつ以上に、浜崎さんが身近に感じらるるごつなって来たとたい」

と言った。

バスを使ったあと、一政は、トランクから、辰也が入れてくれた東京の地図を取り出して、床の上に広げた。なるほど新宿は、荻窪に行くにも、靖国神社や二重橋に行くにも便利な場所である。一政は、十八歳のときの東京を思い出した。当時、伯父が神田で洋服店を営んでいて、その伯父を頼って久留米から上京したのであった。取り敢えず伯父の家に居候をさせてもらうつもりであった。そのうちに何か仕事を身につけて独立しようと思っていた。だが、伯父に会い、おずおずとその話をすると、甘かね、わしはお前ば居候はさせんぞ、とにべもなく断わられた。

そう言われても一政は、東京に出て来たからには、やれるところまではやってみよう、と腹をくくり、麻布の霞町という所にあった酒屋で、住込の店員になって働いたが、三カ月ほどで

久留米に帰った。一政が考えていた身につける仕事とは、商いではなくて、手職の技術であった。それこそ、伯父がもしその気になってくれれば、洋服を作る技術でもよかったのだったが、伯父にはそんな気はまったくなくて、なんとなく疲れ果てて帰る気になったのであった。一政が、帰ることにしたと挨拶に行くと、それがよか、若かもんが東京に来てもろくなこつはなか、と伯父は言った。

東京には、その当時の思い出があるが、持参の地図を見ても、霞町という町名は見当たらなかった。町名が変わってしまっているのである。しかし、麻布という文字は載っていた。霞町というのは、麻布と書かれているあたりのどこかなのであろうが、行ってみろと言われても、一人では行けそうにない。また、たとえ行けたところで、おそらくあの酒屋はもう残ってはいないかも知れない。残っているとしても、さて見つかるかどうか。麻布は三月十日の東京大空襲で焼けたのか焼けなかったのか？　たとえ焼けなかったとしても、あのころの東京と今の東京とでは、同じ東京だとは思えないぐらい変わってしまっている。あるいは皇居のあたりはそうは変わっていないかも知れない。靖国神社も昔のままかも知れない。だが、周辺はすっかり変わっているだろう。

五十年前の一政は、ろくに金もなかったし、休みだからといって滅多に盛り場には行かなかった。まあそのうちに見物に行ってみようかと思っているうちに、久留米に帰ることになってしまった。それでも新宿には、一度来たことがあった。一度来ただけで、それも駅の向こう側に行ったのだったから、このあたりのことは憶えていないけれど、このあたり一帯は、なにか荒涼とした場所であったような気がする。いずれにしても、ここにこんなに、何十階もの高層ビルが林立しているとは、変われば変わったものである。

羽田空港からこのホテルに来るまでのタクシーの窓から見た東京の景色も、一政には初めてのものばかりであった。タクシーは高速道路を走ったが、第一、あのころは、高速などというものはなかった。高速道路は九州にもできてはいるが、東京の高速の車の混雑は、格別のすさまじさである。

東京の市電は、もうとっくになくなっている。代わりに高速道路が複雑に延び、地下鉄もまた、縦横に運転されている。昔は、渋谷と浅草とを結ぶ地下鉄が一本あっただけだが、地図の一部に載っている〝地下鉄路線図〟を見ると、何本もの路線がまるで、網の目のようにからまり合っている。なるほど、辰也が、タクシーに乗って名前を言っただけで連れて行ってもらえるような有名ホテルを取ってくれたわけだ、と一政は思った。

一政は、一面に灯火のきらめく東京の夜景を窓から眺めながら、あのころの東京は、人口も今の東京の半分にも満たなかったのだと思った。確かあのころの東京市の人口は、五百万足らずであった。そうだ、あのころは、「東京行進曲」という歌がはやっていた。昔恋しい銀座の柳……、という歌である。あとは、ジャズで踊ってリキュでふけて……、というのである。

リキュではなく、リキルであったか、そのリキュかリキルでふけるという意味がわからない。

今でもわからない。そのほかあのころには、「酒は涙か溜息か」という歌や「影を慕いて」という歌や「丘を越えて」という歌がはやっていた。歌はその時代のことを思い出させる。あのころの、なんとか東京で身を立てようとして踏ん張っていた日々、しかし気が挫けて帰ることにしたときの思いが、「東京行進曲」や「酒は涙か溜息か」などと共によみがえって来る。

流行歌には、長続きするものがある。「丘を越えて」などは長続きした流行歌の代表であろう。満洲事変が日中戦争になり、大東亜戦争になっても、ずっと歌われていた。雲南でも歌われていた。しかし、大東亜戦争になって、戦場で、少なくとも雲南の戦場で、最も愛唱されたのは、「誰か故郷を想わざる」であった。「湯島の白梅」なども兵隊好みの歌であったが、一番は「誰か故郷を想わざる」であった。花摘む野辺に日は落ちて、みんなで肩をくみながら……、というのである。

故郷を想わぬ兵士はいなかった。故郷の肉親、友人、街、山河、食べ物……あの歌の文句は子供っぽく、文部省唱歌みたいだが、兵隊好みの歌であった。

その懐しい故郷に、二十一年五月、やっとのことで帰って来たのだが、久留米は焼野原であった。

「白石さんな、〝東京行進曲〟ちゅう昔の歌ば憶えとらんね」

芳太郎は、ベッドの毛布の上に横になって、『全国温泉案内』を読んでいたが、一政がそう言うと体を起こして、

「〝東京行進曲〟な、どげな歌じゃったかね」

と言った。

「ほら、昔恋しい銀座の柳、仇な年増を誰が知ろ、ちゅう」

「ああ、あった、あった、それが〝東京行進曲〟な。それなら知っとるたい。その〝東京行進曲〟がどぎゃんしたとね」

「ふと思い出したんじゃ。あれは、満洲事変のころにはやった歌じゃったじゃろうが」

「そうじゃったかね」

「そうたい。満洲事変のころの歌たい。あのころはモボのモガのち言うとったじゃろう、モダンボーイのこつ、モダンガールのこつば。〝東京行進曲〟は、モボモガの歌じゃろうが、銀座ははなやかでん、あのころの日本は不況のどん底で、農家が娘を遊廓に売りよった時代じゃろうが」

モボモガとは言いにくい。口がよく回らなかった。一政がそう言うと、芳太郎は、

「そうたい。景気の悪か時代じゃ」

と言った。

「満洲事変から大東亜戦争の終わるまで、日本はもう、戦争、戦争で」

「そうじゃったな」

「騰越では、〝誰か故郷を想わざる〟ちゅう歌が好かれとったな」

「そうたい、それと、虎造の浪曲たい」

「浪曲も廃れてしもうたね」

と一政が言うと、

「浪曲のうまか戦友がいたが、みんな、死んでしもうたもんな」

と芳太郎は言った。

あまりうまくはなかったが、一政の分隊の和田一等兵も浪曲好きで、よくうなっていた。冷水溝で、和田と浜崎と三人で同じ横穴に入っていて、砲撃で生き埋めになり、しかし運良く救われたのであった。和田は浪曲だけでなく、歌謡曲もよく口にした。しかし、遠征軍の総攻撃が始まると、もう浪曲や歌謡曲どころではなかった。

騰越城が陥落した日、水田を這って南東四キロの山麓の藪にたどり着いた六人のうち、最初に死んだのが和田一等兵であった。

負傷をしていない者はいなかった。小隊長は左足の親指をもがれていたし、浜崎は左腕と左大腿部をやられていた。一政は、騰越最後のトーチカ夜襲攻撃で負った左腕の貫通銃創のほかに、右足首に迫撃砲弾の破片を食らっていた。末永軍曹も、松浦上等兵も腕や足をやられていたが、和田は六人の中で、最も重傷であった。和田は肩から背中への貫通銃創を負っていたうえに、マラリアで熱発していた。

灌木の藪の中で朝を迎えた。樹間から騰越城が見えた。戦闘は終わり、弾音は絶えていた。炎は上がっていなかったが、騰越城は激戦の名残りの白煙に包まれていた。

遠征軍が唱和する万歳の声が流れて来る。ついに終わった。小隊長は、芒市の師団司令部にたどり着いて、守備隊の最期を報告するのがこれからのわれわれの任務であると言った。

芒市までは、直線距離にして、七、八十キロ南下しなければならないわけだが、実際には敵中の道なき道を、その倍も歩かなければならないことになるだろう。運良く敵をかわすことができたとしても、到着するまでに、半月あるいはそれ以上も日数のかかる難行軍になるのではないか。だが、芒市を目指して進むしかないのである。

芳太郎は脱出後、敵の司令部の在所を捜して突っ込んで行ったのである。最後の最後まで戦って、死ぬ気でいたのである。芳太郎の小隊長は、芒市に向かうということは考えなかったのである。あるいは、考えたうえで、とても実行不可能と判断し、斬込み玉砕を選んだのであろうか。一政の小隊長は、斬込みは考えなかったのであった。芒市までの行軍は、しかし、やはり、不可能だと思っていたのではあるまいか。

小隊長は、芒市に着くまでは死んでも死に切れん、お前たちも死なれんぞ、と言っていた。小隊長のその言葉は、ただ、決意を唱え、自分と部下を鼓舞するために言っているのだとしか思えなかった。一政自身、騰越城では、最後には斬り込んで死ぬまでだと思っていたが、脱出してからは、生きられる限り生きなければと思うようになっていた。けれども、いわば、今日だけがあって明日のない状況は、脱出後も変わらずに続いていたのであった。

夜が明けて気がつくと、一政たちが潜り込んだ灌木の薮は、遠征軍の陣中にあった。そのころはもう、騰越地区はすべて敵が占領していたわけであるが、敵の疎らな場所を拾いながら芒市にたどり着かなければならない。しかし、どこが密でどこが疎なのか、確実に判断のできる状態ではなかった。昼は敵の眼を避けにくく動けなかった。夜はまるで状勢の判断がつかなかった。あの夜明け、一政は、いきなり敵の濃度の濃い地区に飛び込んでしまっていたのであった。何を告げるラッパなのか、遠征軍のラッパの音が聞こえた。

畦道を歩く敵兵の姿が見えた。

「夜までは動けんな。見つからんように気をつけろ」

と小隊長が言った。

気をつけても、いつ見つかってしまうかわからないのである。その場合はどうすればいいのかわからない。撃てば居場所を教えてしまうことになるし、撃たなければ撃ち殺されてしまうことになるだろう。しかし、そのときはそのときだと思うしかなかった。

咳払いもできないような思いで、日没を待った。幸い敵に発見されなかった。

また雨である。昭和十九年九月十四日は、静かな雨の中に暮れた。

一政たちは動き始めた。いたるところに空罐の鳴子が張られていた。まったくロープに触れずに進むことはできなかった。誰かがわずかにロープに触れる、とたんに歩哨に誰何《すいか》された。そのたびに大地にへばりつき、息を殺した。ころあいを見て這った。

そのうちに、糸を引くように降っていた雨が大粒になり、音を立て始めた。風も出て来た。

おかげで敵の歩哨に気づかれずに、敵陣から脱出できたのであった。それから山中をさまよった。沢を渡り、峰を越えた。どこをどう歩いたのか、自分たちがいる場所がどこなのか、なにもわからなかった。闇の中で、ときどき、はぐれが出ないように名を呼んで確かめ合った。

山腹のキビ畠の中に、崩れかけた小屋があった。そこで一夜を過ごした。

山中を踏破する進路が、距離も短く、敵の眼を避けやすかったのである。だが、だから山中を歩いたのではなくて、そうしかできなかったのであった。

距離が短く、敵の眼を避けやすい代わりに、山道だから歩きにくかった。物も食わず、しかも負傷の身で、どうしてあれだけ歩けたか、後になって思うと不思議なくらいである。

翌朝、小屋を出ると、住民に出会った。その住民に、道案内をさせて、孟蓮というところに行ったのだが、孟蓮もすでに敵の手に落ちていた。バナナの樹陰でしばし眠った。その間に道案内の住民は逃げていた。敵に通報しに行ったのかも知れぬ。一政たちは、即刻、移動しなければならなかった。急いで坂道を駆け上がった。数分とたたないうちに、下の方で銃声が鳴った。銃声に背を向けて夢中で歩いたが、敵の分哨に見つかって、銃撃を受けた。一政たちは、灌木林を潜り抜けて沢に降りた。沢には、連日の雨で水量のふえた渓流が走っていた。敵は銃撃はしたが、追っては来なかった。

騰越城を脱出して以来、その沢で初めて物を食った。小さな瓜のなっている樹があった。捥《も》いでためしに齧ってみると、苦味が舌をさしたが、食えない瓜ではなかった。

先を急がなければならない。瓜を食うと、また山腹に取り付いた。ジャングルに入った。危険を避けようとすれば、歩きにくい行軍をしなければならぬ。しかし、銃撃だけが危険だということではない。このような行軍を続けて、気力体力が尽きる前に、芒市にたどり着くことができるだろうか。芒市にたどり着く前に、精魂尽き果てて野垂れ死してしまうのではあるまいか。飢えていた。ジャングルの中では、野生の瓜や、シダやゼンマイの芽を、見つけると摘んで口に入れたが、他には何ひとつ食べられるものはなかった。

ジャングルに踏み込んで四日目。もう歩けない。餓死するしかないのだと一政は思った。

小隊長以下、みんな同じ思いでいたのである。

「食うものはないが、ここは敵の眼からは安全だ。とにかく休もう。みんな、ひと寝入りしろ」

と小隊長が言った。

しかし、ひと寝入りできる状態ではなかった。雨は間断なく降り続けるし、寒かった。寒さは時に、死に到る睡気を呼ぶが、そのような寒さではなかった。寒くて眠れないという種類の寒さであった。

饑餓に苦しんだ。疲労と飢えとで、力が抜けていた。このままスーッと死ねたら楽だろう、と思った。そんな気持、そんな体になっていたが、周囲の樹木を切って小屋を作り、小屋の中で焚火を起こしたのであった。

焚火を囲んで暖を取ったときには、蘇生したような気がしたが、それも束の間であった。雨が豪雨に変わって、一瞬のうちに焚火は洗い流され、小屋は骨組だけになってしまった。豪雨の中で、和田は重態の身を横たえていた。小隊長が和田を励ましていた。

「元気を出せ。弱気になってはいかんぞ」

小隊長にそう言われると、和田は、

「大丈夫ですけん」

と答えたが、その声には力がなかった。

和田はもう歩ける体ではなかったが、一行は出発しなければならなかった。豪雨が治まると一政たちは、また歩き始めた。和田は最初、歩けると言って自力で歩こうとしたが、すぐ歩けなくなった。小隊長以下五人で、代わる代わる和田を背負った。

浜崎も背負った。しかし、浜崎にも、和田を背負うだけの体力は残っていなかった。他の者も、もちろん疲れ果ててはいたけれど、それでも、浜崎よりはまだマシであった。浜崎は和田を背負うと、とたんにみんなから遅れた。だから浜崎は、二度目からは、自分が背負うと申し出ても、お前はよせ、と言われた。

焚火をした小屋を出た次の日に和田は死んだ。小屋を出て少し行ったところで、松浦上等兵が瓜を見つけた。例の苦味の強い瓜であったが、それを齧ると、餓死の時期がいくらかでも先に延びたような気がした。和田は、しかし、物を食う気力もなく、与えられた瓜を握って呆然としていただけであった。

「食えよ、食わな、元気が出んじゃろが」

と言って、松浦上等兵が、和田に瓜を食わせようとしたが、和田は、

「ああ」

と、うなずいただけで、握った瓜を口には運ばなかった。

まる一日歩くとジャングルは尽きた。ジャングルから出る前に、小休止した。

和田は樹に寄りかかり、足を投げ出していた。昨日は、力の抜けた声ではあったが、大丈夫ですけん、と言った和田であったが、そこでは、

「芒市は遠かなあ。もうおれは駄目たい。おれにかまわず行ってくれんね」

出発の声がかかると、そう言った。

「なんば言うとる。そぎゃんこつ、できるか。せっかくここまで、苦労して来たんじゃなかか。元気ば出さんな」

と松浦が言った。

和田は、

「おれはもうよかよ」

と言った。

小隊長が来て、

「おい、立て。和田、立て。お前を置いて行けると思うのか。元気を出して立て」

と叱咤したが、和田は、

「もう駄目ですけん、先に行ってくんしゃい」

と言い、動かなかった。

末永軍曹と松浦上等兵が二人がかりで、そんなになった和田を抱え起こして、

「さあ、つかまれ」

末永軍曹が背を向け、松浦上等兵が和田に手をかそうとしたが、和田にはもう、人の背につかまる力も残っていなかった。松浦が後ろから支えていた手を離すと、和田は末永軍曹の背に手を当てたまま、ずるずると腰を落としてしまった。

もうどうしようもなかった。

それきり和田は眼を閉じ、もう何も言わなかった。

「雨の当たらんところに寝かしてやりたかもんやなあ。どこかに空屋でもないかな」

小隊長はそう言って、出発を延ばしたが、あてもない空屋を捜すわけにもいかなかった。そのうちに和田は息を引き取った。

五人になった。皮肉なことに、ジャングルを出るとすぐ民家を発見した。和田を運べない距離ではなかった。民家からは細い煙が立ち上っていた。空屋ではない。空屋でないほうがよかった。人がいれば食物もあるはずだ。それを手に入れるために踏み込んだ。

家には、人はいなかった。日本兵の接近を知り、間一髪逃げ出したのである。そのことを、

炊き上がったばかりの釜の中の稗飯が語っていた。手摑みで、何日振りかで飯にありついた。食えるだけ食い、残った飯は、その家にあった住民の服に包んだ。他に塩とトウモロコシがあった。それも包んで、外に出た。

こうして民家を見つけては襲い、食物を手に入れながら行軍を続けることができるならば、あるいは芒市までたどり着けるかも知れない、という気がした。しかし、最初の略奪で手に入れた食物は、三日と保たなかった。

再び飢えながら、毎日、雨に濡れながら山中を南下した。そのうちに今度は、一軒家ではなくて、五、六軒の部落に行き合った。キビ畠の一方が崖になっていて、部落はその下にあった。部落に通じる間道が、向かいの山麓の谷に沿って蛇行し、スモッグの中に消えていた。

キビ畠から部落の様子をうかがっていると、スモッグの中から敵の一隊が現われ、部落に向かってやって来た。駄馬の列が続いている。兵員二、三十名の輸送小部隊であった。隊は、部落に入ると馬装を解いた。敵はこの小部落で宿営するらしい。

何という名の部落か知らないが、あの部落で浜崎と末永軍曹が、はぐれてしまったのである。浜崎の妹の千津子さんに、あの夜襲のことを詳しく話さなければなるまい。

あの名も知らぬ部落ではぐれて以来、捕虜になって再会するまで、浜崎がどこで何をしていたかは、まったくわからないのである。末永軍曹は、どこでどんなふうに死んだのか？　それもわからない。もし浜崎が恢復して元気になっていれば、彼の口から聞けただろうが、再会したときの浜崎は、すでに重症で、ろくに口も利かず、そのまま死んで行ったのである。

浜崎と再会したのは、大董という部落から移された名も知らぬ部落であった。大董は、一政が騰越城を脱出して最初に入り込んだ敵陣内の部落であった。一政は、芒市に向かうつもりで、一カ月近く山中をさまよった挙句、遠征軍の捕虜になって、大董に連れて来られたのであった。騰越城の見える山麓。大董に連れて行かれて一カ月振りに騰越城を望見して、一政は、無量の感慨にとらわれた。あそこで、苛酷な戦闘が繰り返され、夥しい人が死んだのだ。今はもう、水田に囲まれた静かな街にもどっているが。無論、そこへ行ってみれば、今でも、破壊の跡が生々しく、攻防の激しさを物語っているであろう。遺体はもう片づけられているだろうか。まだ野ざらしになったままで横たわっている戦友もいるわけであろうか。それにしてもおれは、よくも今日まで生き残って来たものだ、と一政は思った。

騰越城を脱出してからも、何度、死線を際どく渡ったものか。いっそのこと死にたい、と思ったことも何度かあった。失神から我にかえって、遠征軍に捕えられたと気がついたときには、死にたいというのではなく、死なねばならぬという考えが、とっさに胸中を走った。その気持はすぐに治まったが、しかし、〝生きて虜囚の辱めを受けず〟がついてまわる。あのころは、まだ戦争のさなかであったし、いずれにせよ、もう二度と日本には帰れないのだと思っていた。

大董から移された部落では、十四、五名の日本兵が民家に収容されていた。みんな、負傷兵であった。その中には重症の者も何人かいた。みな、騰越守備隊の兵士である。しかし、一政の知った顔はなかった。

その部落に、浜崎が担送されて来たのであった。

浜崎を見たときには、息が詰まった。

「おい、浜崎、生きとったか」

というと、浜崎は、

「ああ」

と言った。

マラリアに罹っていた。重態であった。死ぬ前の和田一等兵の状態に似ていた。

浜崎は無口になって以来、最後まで無口であった。騰越城でも、騰越を脱出した後も、必要最小限の口しか利かなかった。馬鞍山ではまだ遮放にいたときと同じように、しゃべっていたのに、冷水溝に行ったあたりから、まるで口を利かなくなった。人が変わってしまったという感じはしなかったけれど、これはどういうことなのだろうか？　虚無感にとらわれていたのであろうか？　虚無ということ、よくわからないが、一政は戦後復員して一時期、自殺を考えていたことがあった、自分でもはっきりしない絶望感にとらわれていた、あるいは、あれが虚無であったかも知れない。浜崎の虚無は、おれのあれとは違うかも知れないが、虚無感か絶望感のために、物をしゃべることが億劫になっていたのかも知れない。絶望と言えば浜崎は、遮放にいたころ、あんたのような人が、国のために死ななきゃならんと思っとるじゃろ、絶望的たい、と言ったことがあった。

国のために死ぬことが、なして絶望的ね、当然じゃなかね、と一政が言うと、浜崎は、いや、そうじゃないんだ、あんたのような人がみんなで素直にそう思い、そう言っとることが絶望的たい、と言ったのだ。

なんばこきよっとね、と一政が言うと、落合さんはいいよ、あんたは、なんばこきよっとね、とは言っても、貴様それでも日本人か、なんちゅうこつは言わんもんね、と浜崎は言ったのだ。

あのときは、浜崎が何を考えていたのかわからなかったが、彼が軍隊または戦争を嫌っていたのは確かであった。彼は話の通じる友もなく、軍隊を嫌いながら孤独な殻に閉じ籠ったまま死んで行ったのである。

とにかく、おれと浜崎とには、気持には通じるところがあったのだ、と一政は思うのであった。浜崎に、お前、まるで口ば利かんごつなったね、と言ったことがあった。すると浜崎は、そうかね、自分ではそげん思うとらんが、と答えた。あんなふうにとぼけてほしくはなかったが、あのころの彼はもう、おれにも胸を開く気にはなれない状態になっていたわけであろうか。

もっとも、再会したときの浜崎は、もう口を利きたくても利けない容態になっていた。一政が声をかけても、わずかに口を動かすばかりで、声にならなかった。

あの部落には、その後も重傷者たちが何人も担送されて来た。日本兵捕虜は、あの部落に集められ、保山に送られたのである。保山に向かって出発するころには、軽傷者重傷者あわせて三十人ぐらいになった。保山には、軽傷者は徒歩で歩き、重傷者は担架で運ばれた。

二六時中浜崎に付き添っていてやりたかったが、付き添えない場合もあった。しかし、可能な限り、浜崎のそばにいて、面倒を見た。

護送隊は、担架兵、警備兵あわせて、四、五十名ぐらいいた。

保山に向かって山中を南下した。大塘子あたりの部落で一泊し、恵人橋で怒江を渡ると、鞍部の草原で野宿した。

中国兵も疲れ果てていた。野宿した夜は、雨は免れたが、寒気が厳しかった。夜通し呻き声が絶えなかった。夜が明けるころには、二人が死んでいた。死体はそのまま放置され、部隊は出発した。出発後にも何人かが死んだ。行軍中は、死者はその場に捨てられるしかなかった。

一政も担送された一人であったが、肩に血を滲ませながら担架をかついでいる中国兵を見て、降ろしてくれ、歩くから、と言った。中国兵は首を横に振ったが、無理に降りて歩いてみた。だがやはり歩けなかった。半時も歩いただろうか、足が動かなくなり、倒れてしまった。中国兵が笑顔で何か言いながら、一政を担架に載せた。無理をするな、とか、それみろ、とか言ったのであろう。

その夜も草原で野宿した。その夜も、寒く、呻き声が絶えず、昨日と同じように、夜が明けると、何人か死んでいた。

鋪装された滇緬公路に出たのは四日目であった。公路に出ると輸送部隊が車輛を連ねていて、そこからはトラックで運ばれた。保山に着いたのは、その日の夕方であった。

保山のキャンプは街外れの民家であった。ここで、落城の十三日、東南角の林の中で連れて行ってくれと言われた慰安婦たちに再会した。慰安婦たちは、二十四、五名いた。中に、日本人の慰安婦も四、五名いた。

彼女たちは、一政たちが到着すると、駆け寄って来て、

「あんたたち、騰越の兵隊さんでしょう」

と言い、タバコに火をつけて差し出した。

久しぶりにタバコを吸った。一服吸っただけで目まいがして頭がくらくらした。しびれが解けてから、

「無事でよかったね」

と一政が言うと、慰安婦の一人が、

「兵隊さんもね」

と言った。

中国兵の指示なのであろう、彼女たちは、温かい茶と飯を運んで来た。生命が蘇る思いがした。

だが、浜崎は、温かい茶も飲まず、飯も食わず、その夜が明けかけるころに息を引き取ったのであった。

保山に着くと、緊張が解けて、苦しい輸送で蓄積していた疲労が、どっと流れ出た。浜崎の

隣りに寝場所を取って、お茶ば飲まんか、ちっと飯ば食わんか、などと言っていた。そんなことを言ってみても、浜崎の反応は鈍かった。わずかに首を振るぐらいのものであった。眼に光がなかった。危ないな、と思ったが、顔をふいてやるとか、シラミを取ってやることぐらいしか、一政にはしてやれることがなかった。

そのうちに一政は寝入ってしまい、眼が醒めたときには、浜崎はすでに死んでいた。

「おい、おい」

と言って一政は、浜崎の体を揺すってみたが、もうピクリともしなかった。

一政は、溜息をつき、それから泣いた。

末永軍曹は、もちろんどこかで死んだわけであろう。ここに収容されていないということは、死んだということなのである。小隊長も松浦上等兵も、あの後、死んだ。浜崎とはぐれた夜襲の後、一政は、小隊長と松浦上等兵と三人でまた山中をさまよい続けたのであった。あの夜襲はうまく行ったが、末永軍曹、浜崎とはぐれてしまったことが、無念である。はぐれた場合に落ち合う場所を決めていなかったのは迂闊であった。

あのとき、虚をついて殺傷したのは、入口に立っていた歩哨だけで、乱闘にはならず、素早く、かなりの食物のほかに、雨具だけでなく毛布まで奪って引き揚げたのだった。が、なぜか、末永軍曹と浜崎とは帰って来なかった。あわただしく奪うものを奪って逃げもどった後、部落から自動小銃の音が聞こえた。帰って来ないということは殺られたということではないかと懸念したが、別の方向に逃げたということも考えられた。

再会した浜崎から、何一つ聞き出せなかったが、浜崎と再会できたということは、あのとき二人は、別の方向に逃げたのだと推考できるのである。

いずれにしても、あれから、五人が三人になり、また山中をさまよったのである。

夜襲で奪った食物も、結局は食い尽くす。また民家を襲わなければならなかった。夜襲の次に見つけた民家には家人がいた。中年の夫婦と十歳ぐらいの子供がいた。住民は一政たちを見ると驚いて硬直したが、危害を加える気持はないとわかったようで、うなずいて食事を作ってくれた。

しかし、いつもうまく行くとは限らない。あの民家で、敵に襲われたのである。家人につい心を許して、泊めてもらう気になったのが失敗であった。眠っている間に、家人が敵に通報したのである。

敵の接近を知って、キビ畠を突き切って、ジャングルに逃げ込もうとしたが、途中で草原を走らなければならず、そこで松浦上等兵が撃たれた。

小隊長と二人きりになったが、二人でジャングルを放浪しているうちに、それまで元気を出せと部下を叱咤していた小隊長が、

「やっぱり、駄目だな。諦めたほうがよさそうだな」

と言い出した。

「芒市まで、まだ遠かですか」

と一政が訊くと、

「まだ、まだだよ」

と小隊長は言った。

そして、その日のうちに、一政が、瓜の樹を捜しに行っているうちに、小隊長は自決したのである。

音を聞いて駆けもどってみると、小隊長は死んでいた。手榴弾で手首を飛ばしていた。

芳太郎にも、脱出後、いろいろなことがあったわけであろう。そう思いながら、芳太郎を見ると、いつのまにか芳太郎は『全国温泉案内』を閉じて、寝入っていた。

翌日、予定通り、靖国神社と二重橋前に行った。

ホテルからタクシーに乗って、

「靖国神社に行ってくんしゃい、そこで少し待ってもろうて、その次に二重橋に行ってくんしゃい」

と一政が言うと、運転手が、

「わかりました。お客さんは九州の部隊の方ですか」

と言った。

「そうですたい。あんたも戦争に行きんさったとですか」

運転手は、六十年配であった。六十年配の者が、六十年配の者の口から靖国神社という言葉を聞くと、戦地はどこへ行ったのか、部隊はどこだったのか、など、尋ねてみたくなるのである。もっとも、自分の戦争中のことを、まったく話そうとしない人もいる。人によりけりである。

「ああ行きました。私は、関東軍に召集されてね。ソ満国境の警備についていたんですが、沖縄に持って行かれましてね。山部隊です」

と運転手は言った。

「ほう。山部隊ちゅうのは、編成はどこですか」

「山形です」

「山形の山で山部隊ですか」

「そうですよ。お客さんは、戦地はどこですか」

「ビルマから雲南に行ったです」

「ほう」

今度は、運転手が、ほう、と言った。

「龍兵団ですたい」

「そうですか」

運転手は、龍という兵団の名称は知らないようであった。一政も山兵団という通称号を知らなかった。そう言えば、他の兵団の通称号で知っているのは、戦地で知ったものだけである。兄弟師団の第十八師団の菊は無論知っているが、他に知っているのは、勇、狼、安、祭、弓、烈、ビルマで戦った師団だけである。インパール作戦に、烈と弓と祭とが使われ、北ビルマから雲南にかけての戦場に配置されたのが、龍、菊、勇、狼、安である。北ビルマの主力兵団は菊であったが、龍の一部が参加している。雲南の主力兵団は龍であったが、菊の一部が参加している。勇は、雲南にも北ビルマにも参加している。しかし、そういったことも、ほとんどと言っていいくらい、当時は知らなかったのである。狼兵団のことなど、復員した後で、はじめて知ったぐらいである。まして、満洲から沖縄に転用された山兵団の部隊号など、これまで聞いたこともなかった。

沖縄の戦闘も、ひどいものだったのだ。沖縄が陥ちたのは、二十年の六月末である。騰越城の玉砕から九カ月余りたったころである。

そのころおれは、昆明のキャンプにいたのだ、一政は思った。

「よう生きて帰って来られたの」

と一政が言うと、

「運だね、お客さんも、運が強かったんだね、ひどい戦争だったね、大和魂だけで勝てと言うんだから」

運転手は、なかば呟くように言った。

靖国神社に着くと、タクシーには駐車場で待ってもらうことにして、芳太郎と本殿に向かって歩いた。タクシーは、二の鳥居のあたりで境内に入った。一の鳥居からそのあたりまで境内の両側には銀杏の樹が立ち、銅像が背中を向けていた。

「これからじゃな、銀杏の色づくのは」

と一政が言うと、

「そうじゃな、落合さんは、これまでにここに来たこつは？」

と芳太郎は言った。

「今日が初めてばい。戦後は今日まで東京に来たこつのなかじゃった。戦前は、東京にいたこつがあるばってん、靖国神社には一度も来んじゃったもんね」

「そうな。わしも初めてじゃ。思うとったより、こまか神社たいね。こぎゃんもんな」

と言って、芳太郎はゆっくり周りを見まわして、

「上野駅から九段まで、ちゅう歌があったじゃろう」

と言った。

「あった、あった。騰越城でも、歌いよったもんな。そう言えば、水上少将のミイトキーナ守備隊が、イラワジ河ば渡って脱出しようとしたときに、気の狂うてしもうた兵隊が、突然、船の上やったか筏の上やったか、大声で、上野駅から九段まで、と歌いだしたと、あれ、何の本じゃったかな、書いてあったが……」

確かに何かで読んだ。読んでいなければ、そんなことを憶えているはずがない。いや、それとも読んだのではなくて、誰かに聞いた話なのかも知れない。誰かに、と言って、もし誰かがそういう話を聞かせてくれたとすれば、それは、螢川町の小村寛であろう。小村寛は、ミイトキーナから脱出した龍の軍医である。ミイトキーナの守備隊長は歩兵第百十四聯隊長丸山大佐であった。歩兵第百十四聯隊は、菊である。雲南遠征軍が怒江を渡って総反攻に転じたのは昭和十九年の五月であったが、北ビルマ、フーコン谷地の死闘は、十八年の秋から始まっていた。それ以前にも連合軍は、北ビルマに空挺英印軍を降下し、ジャングルの中でゲリラ的攻撃を展開していたが、十八年の雨季明けとともに、スチルウェル中将の率いる米式装備の中国軍が、大挙インドからフーコン谷地に進撃を開始したのである。

フーコンでスチルウェル軍を迎撃したのが菊兵団である。菊の主力はフーコンで、五カ月にわたって連合軍と戦い、その進攻を阻んだのであったが、遂に力尽きて、敗退した。米式装備の中国軍を主力とする連合軍は、フーコンで菊の主力を攻撃するとともに、十九年に入ると、雨季入り前の占領を期して、ミイトキーナ攻略作戦を開始した。

それを迎え撃ったのが、丸山守備隊である。龍の水上源蔵歩兵団長が、丸山守備隊救援のために、騰越からミイトキーナに向かったのは、雲南遠征軍が総反攻を開始する直前であった。歩兵団長の水上少将は、聯隊長丸山大佐の上官である。丸山大佐は水上少将の統率のもとにあるわけだが、丸山大佐は水上少将が到着しても、従来通り、自分が最高指揮官のように振舞おうとしたのだという。

丸山大佐という人は、評判の悪い聯隊長であった。聯隊長だからといって、食糧の乏しい環境であるにもかかわらず、自分だけは特別のものを食い、戦闘中にも自分の壕に慰安婦を引き入れていたと言われている。水上少将の高潔な人格と対照的に丸山大佐の傲慢な人柄が語られる。菊部隊の戦友会が編集発行している本に、菊の兵士が、丸山大佐がいかに劣悪な人間であったか、その言動について書いている。それに対して、一部の元将校が名誉毀損で訴えると言いだしたが、結局はうやむやに治ったかたちになっているということも聞いている。丸山大佐は復員したが、しかし、もう死んでしまった。

水上少将は、ミイトキーナで自決した。水上少将は、ミイトキーナを死守せよ、という軍の命令を受けたが、最後に守備隊に転進命令を出し、自分は自決したのである。丸山大佐は、転進命令が伝えられると、砲と重傷患者は処分せよ、と自分は壕の中で慰安婦とたわむれながら命令したと言われているのである。

ミイトキーナの脱出も容易ではなかったのだ。筏を作って、イラワジ河を渡って脱出しようとしたのだが、取りすがる人間の数が多くて水没したりした。若干の丸太舟や小舟もあったが、その輸送量はたかが知れていた。やがて、日本軍の脱出を察知した敵は、水上の友軍に銃撃を浴びせた。

惨憺たる脱出であった。頭がおかしくなった人間が出ても不思議ではない。その脱出行動中に、一人の兵士が突然、上野駅から九段まで、と大声で歌いだしたというのである。隠密の行動を求められている状況で、大声で歌をうたわれては、周りの者はあわてたであろう。そこまでは知らないが、もしかしたら、その頭の狂った兵士は、河中に突き落とされたかも知れない。

靖国神社の本殿の前は、桜林になっていた。その桜の木は、みな戦友会の献木で、献じた戦友会の名を書いた木札がついていた。軍艦武蔵会だとか、ハルピン会だとか、にれの木会だとか。木札にはどれにも、連絡先の電話番号が書かれている。季節がはずれているから、花はないが、八重桜と山桜で、短歌を書いた木片を吊した樹もある。先妻に宛てたる夫の軍事便検閲の捺印未だに朱し　小川雪江と書いてある木片が眼についた。この小川雪江という人は、後妻なのであろう。後妻に来て、先妻あての軍事郵便を見つけたのであろうか。そのうちに夫が戦死したということなのか。この人の夫は、いったん帰国して、この人と再婚して、また戦地に出て行ったのであろうか。そんなことを思いながら一政が、短歌の書かれた木札を見上げていると、背後から、詩吟を詠ずる声が聞こえた。振り向くと、能舞台の端で、袴をつけた婦人がマイクを握っていて、舞台の前に、奉納詩吟、と書いた看板が立っていた。

「乃木大将の作ったもんじゃろ、二百三高地の詩吟じゃろ」

と芳太郎が言った。

「二百三高地じゃなかろ。金州城外斜陽に立つ、と言うとるけん、金州城の詩吟じゃろう」

「ああ、そうじゃな、乃木大将というと、なんでんかんでん、二百三高地と思うちしまうたい」

と芳太郎は言った。

参拝を終えて、戻ろうとすると、六、七十人の団体が、神社を背に参道いっぱいに広がり、記念撮影をしていた。どこの戦友会であろうか、戦友会には、おそらく東京に近い地域からだけではなく、全国からこうして大ぜいで参拝するものが跡を絶たないのだろうと思われた。九州からも、戦友会によっては、東京まで何十人もの団体で参拝に行っているのかも知れない。しかし、騰越守備隊の生き残りでは、大ぜいの団体にはならない。芳太郎のほかにも、何人か、所在のわかっている者が、いるにはいるが、復員後もずっと親しく付き合っているのは、芳太郎だけである。同じ戦場で戦い、共に虜囚となった仲間でも、それぞれに考え方も生き方も違うから、疎遠になってしまう。まるで過去を隠しているのではないかと思われるような感じの人もいる。虜囚となったことを隠していたいのか。戦友であったということで交際を続けるような気にはなれないのかも知れぬ。そういう人には、こちらも親しむ気にはなれない。騰越城から生還して帰国した者は、指折り数えることができるぐらいしかいないから、格別に親密になるかというと、そうでもない。逆に、大ぜいなら気にならないものが気になって、互いに避けたり逃げたりするようなことにもなるのである。

一政が、一人で始めた九月十四日の福蔵寺の慰霊祭には、小村医師と白石芳太郎のほかは、戦没者の遺族が参加するばかりである。それでも、ひところは百四、五十人の遺族が列席したし、今年も百人ぐらいが集まった。その参列者も年々少しずつ数が減る。それが自然のなりゆきである。しかし、さすがに靖国神社には、戦争を忘れ得ぬ人々の独特の賑わいがある、と一政は感心した。

春秋の例大祭などは、無論、格別に盛大で、大賑わいに賑わうのであろうが、社殿の前の掲示板に、普段の日でも靖国神社では、それぞれの戦友会による慰霊祭が、日によってはいくつも取り行なわれていることが示されていた。慰霊祭のスケジュールが書き出されているのである。さすがに靖国神社である。

地元の神社で行なわれるだけの慰霊祭もある。一政がしているような、戦友会の慰霊祭というのではなくて、ただ自分一人だけの祈りのつもりで始めたものが、いつか遺族たちに伝わって、百人以上もの会にふくらんだ慰霊祭もある。大東亜戦争が終わって、もう三十何年にもなるが、日本全国では、いたるところで、数えきれないくらい慰霊祭が行なわれているのである。ということはまた、数えきれないくらいの戦友会があるということだ。

騰越守備隊だけの戦友会は、自分と白石芳太郎と二人きりだが、龍兵団全体の戦友会があるわけだ、と一政は思った。第五十六師団全体の戦友会である。龍兵団の慰霊祭が、毎年、三月二十日に、春日原の自衛隊で行なわれるのである。千人に近い人たちが、あの慰霊祭には出席する。春日原の自衛隊ではなくて、久留米の旧陸軍士官学校が会場になったこともあった。

そういう全体の戦友会のほかに、各部隊による戦友会もあるわけだろうが、一政が知っているのは、龍兵団全体の戦友会だけであった。

とにかく、これでひとつ、懸案の参拝を果たした、と一政は思った。駐車場にもどって来て、待ってもらっていたタクシーに乗り込むと運転手が、

「千鳥ヶ淵には行かなくてもいいんですか」

と訊いた。

「千鳥ヶ淵」

「はあ、千鳥ヶ淵の戦没者墓地、すぐ、そこですよ」

と運転手は言った。

言われてみると、聞いたことがあると思い出した。千鳥ヶ淵にも行ってもらうことにした。千鳥ヶ淵で合掌し、二重橋前では、最敬礼をした。

時計を見ると、まだ昼前である。芳太郎は、靖国神社と二重橋に行くだけでよか、別に東京見物はせんでんよか、と言うが、時間があり過ぎる。

「夕方まで、どぎゃんするとね」

二重橋前で最敬礼をした後で、一政が言うと、芳太郎は、

「そうじゃな、どぎゃんしようか」

と言うのであった。

「まだ、ちっと早かろうが、まず、どこか飯でん食わんな」

と一政が言うと、

「そうじゃな、まず、飯でん食おうか」

と芳太郎は同調した。

デパートの食堂に行くことにした。タクシーにもどって、どこかデパートに行ってくれと言うと、運転手は、デパートと言っても沢山あるが、何というデパートか、と訊くので、

「どこでんよかよ、デパートなら」

と言うと、

「それじゃ銀座に行きますか。松屋なんかどうですか」

「そこでよかです」

と一政が言うと、運転手は、わかりました、と言って発進した。

銀座に着くと、ここまででよかですけん、と言って料金を払った。

松屋に入って、入口の案内係嬢に、食堂は何階かと尋ねると、八階と地下二階とにあると言った。八階のほうに行くことにした。

昼食を終えると、一政と芳太郎とは、屋上に行ってみた。近くのビルの上層の部分と、空が見えるだけで、眺望のきかない屋上であった。ネットを張った一画があって、十五、六人の若者たちが、ラケットを振っていた。若者たちは、三、四人をのぞくとみな、女の子であった。テニス教室というのらしく、一人の青年が、腕の上げ方や体のひねり方などを教えてまわっていた。

玩具売場と書籍売場に寄って、ホテルにもどることにした。芳太郎は、孫たちへの土産を玩具売場で見てみたいと言うのであった。一政も孫たちへの土産を買うことにした。

玩具売場は五階にあった。孫たちへの土産を買って、二人は、それぞれに紙袋を下げて、エスカレーターで下に降りた。書籍売場に行ってみた。書籍売場は地下二階の一隅にあった。大きな百貨店の割には小さな売場であった。それでも並んでいる本の種類が多くて、戦記を置いてある場所を見つけるのに手間取った。ビルマの戦記は二冊ほどあったが、両方とも主としてインパール戦について書かれたものであった。目次を見ただけだが、一冊の元主計将校の著書には、かなり旧軍隊の醜悪な部分が書かれているようであった。もう一冊のほうは、元参謀が書いた著書であった。買う気にはなれずに売場を離れた。

それにしても、戦記書というのは、随分、発行されているものである。いわゆる戦記作家の書いた戦記物のほかに、元軍人たちが書いた本がいろいろ出ている。その中には、こうして書店で一般に売られているものもあるし、『雲南戦記』のように、自費で作って、主として戦没者の遺族に頒けているものもある。その全体の数は、これまた戦友会の数と同じように、数えきれないほどのものなのであろう。

だが、戦争は遠くなってしまった。靖国神社では、戦争を忘れられない自分と同世代の人々が日本中に住んでいるのだと思い、遠くなった戦争が近くなったような気がしたが、それは、さすがに靖国神社だからである。だが、戦争は遠くなってしまった。そして、もう二十年もたって、自分たちの年配の者がみんな死んでしまえば、今は日本中に数限りなくできている戦友会も、すっかり、なくなってしまうのである。

そのころになったら、日本人はみな、戦争を知らない者たちばかりになってしまうのである。孫たちにとっては、祖父母の戦争体験などはどうでもいいことになってしまうかも知れぬ。

日本は戦後、目ざましい経済復興を成し遂げ、経済大国と言われる国になった。日本ぐらい豊かで自由で平和な国はないと言われる。しかし、戦争反対の声が叫ばれ続けている。大東亜戦争の悲惨、軍人の暴虐が語られ続けている。戦争を知らぬ若い世代に、戦争の実相を語り継ごう。それが戦争を経験した者たちのつとめだ、という。そうすることによって、二度と戦争が起きることを防がねばならないのだという。そう言って、戦争体験を綴った文集を出している母親たちの団体がある。反戦運動の団体があって、その団体には戦争を知らない世代の若者たちも参加している。戦争中は、時流にそむく者は、非国民だのアカだのと言われ、ひどい目に遭わされた。今は、反戦を唱えなければミギだと言われる。今のミギは、昔のアカのように、投獄されたりはしないが、有事立法反対、原爆許すまじ、は言いやすいが、憲法改正賛成、とは言いにくい。有事立法も憲法改正も戦争につながるという。戦争につながるものは芽のうちに、いや芽を出す前に摘み取らなければならないという。反戦を叫ぶ声は衰えない。しかし、戦争は、遠くなった。

これが、歳月というものなのだな、と一政は思った。

玩具売場と書籍売場に行っただけでも、かなり時間つぶしになった。しかし、疲れた。休憩所があったので、一服することにした。

「デパートちゅうのは、なんとなくくたびれるね」

休憩所で腰をおろして一政が言うと、

「男には向かんところたい。気疲れがするんじゃろ」

と芳太郎は言った。

「時間つぶしにはよかところだが、まだ時間はたっぷりたい。どうするね、まっすぐ、ホテルにもどるかね。それとも、銀座の通りでん、歩いてみるね」

「銀座を見ても、しようのなかよ。靖国神社と二重橋ば参拝して、わしはもう気が済んだ。落合さんの行きたいところでんあれば、付き合うよ」

訊くたびに芳太郎からは、同じ言葉が返って来るのであった。

もともと、東京には、見物が目的で来たのではない。東京では、浜崎の妹の田村千津子を訪問しさえすればいいのである。だが、せっかく来て、時間もあるのだから、どこか見たいところはないかと訊いてみる。しかし、芳太郎は、そのたびに、靖国神社と二重橋のほかに、行ってみたい場所はないと言った。

一政には、東京見物をしたい気持がないわけではなかった。かつて、わずか三カ月ではあったが、東京にいた。だから、別に東京の名所旧跡を見物しなくとも、そのころ住込みで働いた酒屋は、現在どうなっているのか、行って見てみたかった。その店に限らず、その界隈に行って、当時の馴染みの家や街がどのようになっているか見てみたかった。

霞町には、どう行けばいいのか、さっきのタクシーの運転手に尋ねてみればよかった。もし、さっきの運転手が知っていれば、ここに来る前に回ってもらえばよかった。そう思ったが、後の祭りである。

まず、霞町、それから、もし時間があれば、新宿や、浅草にも行ってみたかったが、そういう盛り場に行くには時間が足りないようである。

かつて東京にいたことがあると言っても、銀座には馴染みがない。話に聞くばかりで、銀座にも浅草にも行かずじまいで久留米に帰ったのであった。しかし、銀座の大通りを歩いてみてもいいな、と一政は思った。一政は、昨日、ホテルで、芳太郎と〝東京行進曲〟の話をしたことを思い出した。

芳太郎は、〝東京行進曲〟を、モボモガの歌じゃろうが、と言った。その通り、あのころは、銀座はモボやモガで賑わっていたのである。銀ブラという言葉があった。芳太郎は、銀ブラという言葉も知っているだろう。

「昔は銀ブラと言うとったじゃろう」

と一政が言うと、芳太郎は、

「そう言うとったな。銀座ばブラブラ散歩することじゃろ」

と言った。

「そうたい。今はもう銀ブラちゅう言葉は、のうなってしまっとるんじゃろうが、ちっと銀ブラばして、それからタクシーで麻布ば回ってホテルに帰ろうと思うが、どうね」

「よかよ。麻布は何ね」

一政は芳太郎に、麻布霞町に行ってみたいわけを説明した。

「しかし、地図に町名が載っとらんもんな、タクシーに乗って運転手に言えば、わかるじゃろうか」

「さあ、どげなもんじゃろう。デパートの人に尋ねてみたらよかじゃなかかね」

「デパートの人が知っとるなら、運転手も知っとろうが」

「それはそうじゃ。どっちみち、タクシーで行くわけじゃろうし」

と芳太郎は言った。

銀座通りを歩いてみたが、別にどうということもない。歌に出て来る柳が見当たらぬ。空襲で焼けてしまったのかも知れない、と一政は思った。

「東京の店は、やっぱりどこか東京らしいね」

と芳太郎が言った。

「そうじゃな。それにしても、こうして白石さんとこぎゃんとこ歩いていると、騰越も戦後も、嘘んごつ思わるる。銀座は空襲で焼かれたんじゃろう。焼野原になったんじゃろうが。それがこぎゃんになっとるんじゃもんな」

「復員したころは、日本中が焼野原になっとったもんな。柳川はよかばってん、久留米はなんもなかったじゃろうが」

「そうじゃ、丸焼けたい、思い出しても、嘘んごつある。あのころは、復員したこつはしたばってん、仕事がなかろうが、いろいろなこつばしながら食いつないだもんたい」

「まったく、そうじゃ」

一政と芳太郎は、そうじゃ、そうじゃ、と言いながら、昔を思い出した。

それぞれに、語り尽くせないほどいろいろなことがあったのである。

復員船が鹿児島湾に入ったときの感激は忘れられない。虜囚からの解放は軍隊からの解放でもあった。あのさわやかな解放感は生涯に二度と味わえぬものである。だが、復員と同時に、生活との格闘が待っていた。仕事もなく、したがって金もなかった。後日定職を得るまで、本当に、よくもなんとか食いつないで来たものだと思う。

松屋の前から、松坂屋の前まで歩いて、タクシーを拾った。麻布の霞町に行ってくれ、と言うと、

「どこですか、霞町て」

と訊く。

「知らんね」

「知りませんな、麻布はわかりますがね、しかし、麻布と言っても広いですからね」

と運転手は言うのであった。

「それじゃ、しようのなか」

「ほかの車に乗ったらどうですか」

三十代の運転手であった。

「いや」と一政は運転手に言い、それから芳太郎に、「地図にも載ってないし、運転手さんも知らんと言うんじゃしようのなか、ホテルに帰ろう、霞町は、もうよかよ」と言った。

「心残りじゃなかかね」

「よか、よか」

と一政は言い、運転手にホテルの名を告げた。

日の短い季節である。ホテルに帰って来ると、間もなく黄昏れた。しかし、田村千津子を訪ねるには時間がある。

温泉は、山梨県の下部に行くことにした。便利という点からすれば、熱海や伊東がいいだろうが、歓楽的な温泉は、落ち着かないし、かと言って、あまり鄙びた場所では足が不便である。いろいろ考えてみたが、下部温泉あたりがよさそうに思う。新宿から乗り換えなしで行ける便もあるし、帰りは、身延線から東海道線に乗り継いで、名古屋まで行き、そこから新幹線で帰ればいい。帰りは、乗り換えがいくつかあるが、どうじゃろう、と芳太郎は言う。無論、一政には異論はなかった。芳太郎が、『全国温泉案内』に載っている旅館のリストから選んで、早速、部屋から電話を入れて宿泊の予約をした。

少し時間が早過ぎるが、六時半ごろに食事をして、食事を終えたらすぐホテルを出よう。浜崎の妹さんは、訪問は夕方からにしてほしいと言っているが、夕方と言っても、早過ぎると食事時にぶつかるし、遅過ぎると、話す時間が窮屈になる。七時半ごろに先方に着くように行きたいと思うが、と一政が言うと、芳太郎は、そうじゃな、それがよか、と言った。

時間が来るまで、芳太郎と話したが、したのは戦後の話であった。騰越の話や、捕虜になってから、昆明や重慶の収容所で過ごした日々の思い出を、心ゆくまで話し合うつもりで出て来たのであったが、なぜか、なかなか、そういう話にならないのであった。下部温泉に行っても、もしかしたら、旅行前に意気込んでいたほど、戦場の話を語り合うかどうかわからない。そして、一政は、そう意気込んで語らなくてもいいような気にもなって来ているのであった。

田村千津子にはもちろん、騰越の話をしなければならない。しかし、芳太郎とは、こうして二人で旅行をしているだけで、もう十分のような気もするのであった。これまで、いつも、もうひとつ語り足りないような感じでいたが、実は存分に語り合って来たわけではないか。そんなふうにも考えられるのであった。

そう言えば、戦後の話は、戦場の話ほどはしていないのである。復員してから、しばらく芳太郎とは付合が跡切れていて、その時期に一政は、最も波乱に富んだ日々を過ごし、苦労もした。いわば、どん底に落ち、そこから這い上がった時期であった。そういうふうに言うと簡単だが、そのころの生活を話しだすと、これまたキリがない。復員してからは、戦場のように、生命の危機にさらされ、極端な饑餓の中にいたわけではないが、精神的には、戦後の一時期のほうが、より苦しかったと言えなくもないのである。

あの精神状態をどう言えばいいのだろうか。なぜあんなふうになったのだろうか。自暴自棄になった。自由になったら、自分を支える心がなくなったというのか、なにがどうなってもいいような気持になったというのか、目標がなくなって崩れてしまったというのか、うまく言えないが、ひどく厭世的になり、少しでも金を握ると、それをすっかり焼酎に代えた。自殺も考えた。

頭がおかしくなっていた。戦場では、人間はみな頭がおかしくなっているのだという話を、芳太郎としたことがある。頭がおかしくなっていなければ、人を殺すことなどはできないのだ。けれども、まわりじゅうの者みんなが頭がおかしければ、おかしい者が普通に見えるのである。

(わしもあんたも、みんな、気違いじゃったんじゃ)

復員後の頭のおかしくなりようは、戦場のおかしくなりようとは違うが、後遺症だということは言えるかも知れない。

一政は、遮放で、酒を目茶飲みした浜崎の姿を思い浮かべた。どじょうすくいを踊り、ぶっ倒れた浜崎。アラエッサッサー。浜崎はヤケノヤンパチで叫んだのである。そのことも田村千津子に話すべきかどうか？

　小村医師から聞いた、自殺した復員兵の話も思い出す。なぜ自殺したのか、誰にもわからない。妻にも、おそらくは本人にも。それがわかるのは、雲南やフーコンのような戦場で戦闘をして来た者だけだろう。しかし、わかると言ってもそれは、分析することはできないのだ。わけ知り顔で説明する人はいるだろうが、説明しようのないものだ。なにかわかるような気がするだけだ。そう小村医師は言っていたが、一政も復員後、そんなふうになっていたのかも知れぬ。

　そこから自分を救ってくれたのが、小村医師であり、福蔵寺の住職であり、妻の幸枝である。戦後もおれは、戦場と同じように死線を歩いていたわけで、幸運なめぐりあわせで救われたということなのだ。

　一政は、芳太郎に、戦後、一政が、もらって来た馬の骨を煮て、アブラをとり、買い手を待っていたときの話をいつかしたことがあったが、なんとなく、またその話になった。

「そのころ、白石さんは、どぎゃんしとったと？」

「わしも、そのころは、闇屋ばしたり……」

　芳太郎は話しかけて、腕の時計に眼をやり、

「そろそろ時間たい。飯ば食わんと」

と言った。

12

コーヒーショップに行ってカレーライスを食った後、一政は田村千津子に電話をかけた。

一政が、

「これからお邪魔してもよかでしょうか」

と言うと、

「どうぞ、お待ちしております」

と田村千津子は答えた。

一政は辰也が、田村千津子の住所について、ここだよ、と言って赤のマジックペンで丸を書いてくれた東京の地図と手土産とを芳太郎と一緒に部屋に取りに行って、再び降りて来ると、ホテルのタクシー乗場に向かいながら、

「これでやっと、念願の浜崎の妹さんに会えるこつになった。浜崎の妹さんも、もう五十代だな。浜崎が死んだころは、まだ十代じゃろうが、歳月の過ぐるのは、ほんとに早かね」

と言った。

「そうじゃなあ。お互い、いつの間にか、こんな年になってしもうたもんな」

と芳太郎は言った。

タクシーに乗ると、すぐ、一政は、ここへ行ってくれんな、と言って、運転手に地図を渡した。運転手は、いったん車を少し出してから停め、地図を見て、

「この赤丸のところに行くわけですね」

と言った。

「そうです。わかりますか」

「わかります。このあたりまで行ったら、あとは言ってください」

「いや、そのあたりまで行ってもろうたら、あとは歩いて捜してみますけん」

一政がそう言うと、運転手はうなずいてギアを入れた。

往来は混んでいたが、着くまで、いくらも時間はかからなかった。運転手が、歩道に車を寄せて停めて、

「このあたりがそうなんですがね、ここでいいですか」

と言うまで一政は、田村千津子は浜崎の話をどんな気持で聞くだろう、もしかしたら、泣きはしないだろうか、などと想像した。なにか胸の詰まる思いになった。

タクシーから降りて、田村千津子の家に着くまで、ちょっと手間がかかった。

二人は、目についた食料品店に入って、町名番地を言って在所を訊いてみたが、店の人は知っていなかった。だがその番地なら、このあたりだから、このへんに行ってもう一度訊いてみたらとその店の主人らしい四十年配の男が、略地図を書いてくれたが、一政は略地図が書かれた

紙片をもらい、主人に礼を言って店を出ると、店先の赤電話で、田村千津子にかけて、近くまで来ているのだが道順を教えてほしいと言って教えてもらった。

一政は、田村千津子から聞いた道順を芳太郎に話し、二人で、捜しながら行った。

「ここじゃろ、ここを曲がるんじゃろ」

「じゃろうね」

「マンションじゃろ」

「そう言うとったな」

それまで一政は、なんとなく一戸建の住居に住んでいる田村千津子を想像していたが、彼女はマンションに住んでいるというのであった。

教えられた通りに、捜し捜し行ってみると、そのマンションがあった。豪勢なマンションではなかった。団地のような建物で、彼女の住居は2DKであった。田村と姓だけを書いた標札がかかっていた。

髪は、染めているのであろう、白髪がなかった。化粧はしていなかった。やはり兄妹だ、顔立ちが浜崎に似ていると思った。だが、人の顔の記憶というのは、妙なものだ。浜崎の顔はもちろん憶えている。あれだけの体験を共有した戦友なのだから。だが、昭和十九年以来、写真も見たことのない顔である。記憶には頼りない感じがつきまとう。あとで妹さんに、写真を見せてもらおう、と思った。

「田村千津子でございます。汚いところに来ていただいて」
と彼女は言い、二人を部屋に通した。汚いところというのは、こういう場合のお決まりの謙遜だろうが、しかし、なるほど、きれいな部屋ではなかった。なんとなく家具什器、その他、部屋にあるものが雑然と充満している感じの住居であった。部屋の大きさの割に、物が多過ぎるのである。

一政と芳太郎とは、改めて挨拶をして、一政が持参の手土産を押し出した。

「気持だけのもんですが、八女のお茶ですたい」

「どうも、ありがとうございます」

田村千津子は、呟くような低い声でそう言った。

「戦争から帰って来て以来、ずっと、一度お目にかかって、浜崎さんの戦地での様子ば、伝えたかと思うとりました」

「はあ」

と田村千津子は言った。

「浜崎さんは戦地で、あなたのこつば、ときどき言うとりました」

「そうですか」

そう言って田村千津子はお茶を入れ、二人に勧めた。

一政は、茶をすすって、

「戦場では、生くるも死ぬも紙一重ですけん。浜崎さんは惜しかこつしました。キャンプで亡くなられてしもうて」

と言った。

「ええ」

「浜崎さんが亡くなられたときのこつは、一応『雲南戦記』に書いとりますが」

「そうですね、読まさせていただきましたわ」

「ああいう状況でなければ、浜崎さんは、生きとられたでしょうが……」

「はあ」

「残念です」

「はい、でも、あんな時代ですから」

一政は、浜崎と学校で同級であったという博多の松尾が来たときのことを思い出して、松尾の言う田村千津子とは、だいぶ感じが違う、と思った。松尾は、浜崎の妹さんは、浜崎の戦死の状況を知りたいと言うとった、と言った。その妹さんの言葉が耳にこびりついておりましてですね、と言った。そんな言葉を聞くにつけ、一政は、浜崎の妹さんも他の遺族と同じように、肉親の死の実情を知りたがっているのだと思った。しかし、そんな感じではないのである。

遺族の中でも、浜崎の妹さんには、誰よりも先に会い、誰によりも詳しく騰越城玉砕戦のことはもちろん、雲南戦線の話をしなければならない、と一政は思っていた。

浜崎は、大学出である。いわゆるインテリさんである。自分はそうではない。おれは、高等小学校を出るとすぐ、自分で糊口をしのがなければならなかった。浜崎は、社会に出て行く前に死んでしまったが、おれは少年のころから社会に飛び込んで生きて来たのである。おれと浜崎とは経歴も違うし、ものの考え方も違う。だが、にもかかわらず、浜崎はおれの一番の戦友だったのである。

それに、ものの考え方には違うものがあっても、浜崎とは、別に反対の考え方で反撥し合っていたわけではないのである。それどころか、浜崎の言葉には、同感だと思ったことが少なくなかったのである。経歴は違っていても、浜崎とは、心が通じていたのである。そういう戦友だったから、遺族の中でも、浜崎の遺族は格別に考えてしまうのである。

しかし、なんというのか、その格別の遺族の田村千津子を、やっと、こうして、捜しあて、訪ねて来たのに、なぜか話が流れ出さないのであった。

こんなことは、これまでにはなかった、と一政は思った。

芳太郎は、浜崎とは付合がないわけで、だから一政と同行はして来たものの、最初に、自分の名を言って挨拶しただけで、黙っている。

田村千津子も、一政が何かを言えば、はあ、とか、そうですね、などと応えるのだが、なんとも寡黙な婦人であった。

在来の例からすれば、遺族の質問が一政の饒舌を引き出し、一政の話を遺族たちは、貴重なものとして熱心に聞いた。いつもそうであった。ところが、田村千津子は、その気がないのではないか、と思いたくなるようなものを感じさせるのである。

田村千津子のそういう感じにとまどいを覚えながら、一政は、博多の松尾の話と違うだけではない、電話で話したときもこうではなかった、と思った。

久留米から、電話をかけて、私は『雲南戦記』をお送りした落合一政ですが、と言ったら、田村千津子は、『雲南戦記』を読んで、生々しくいろいろ想像した、と言ったのである。そう聞いて一政は、もっといろいろ聞きたいに違いないと思っていたのであった。ところがこうして話に来てみると、そんな感じではないのであった。

「浜崎さんのこつば話すと、いろいろあって、キリがなかですが、こぎゃんこつがありましたな。これも『雲南戦記』に書いとりますが、私は浜崎さんと、騰越守備隊に配属になって、遮放という町から騰越城に行き、そこから最前線の馬鞍山陣地に行ったとです。連合軍が、反攻作戦を開始したころですたい。あんとき、陣地から脱出せんとならんこつになって、持っている手紙や写真を焼けと命令が出たとです。しかし、浜崎さんは、命令に背いて、あなたの写真ば焼かんで持っとりましたもんね。精神の強か人でしたが、体は頑丈ではなかったですもんね」

「そうでしたね、体格はね」

田村千津子は、そんなふうに、言葉少なに相槌を打つばかりであった。

こんな調子では、とても一方的にしゃべるわけには行かない。これでは、わざわざ東京まで田村千津子を訪ねて来た甲斐がない。しかし、仕方がない。いずれにしても、一度はこの人に会わなければならなかったのだ、と一政は思った。

あれを話そうか、これは話さないほうがいいのではないか、と長い間、いろいろ浜崎のことを思い出しながら考えていたが、あれは独り相撲であった。考えただけでなく、口にもして、どこまで話すべきか、小村医師や芳太郎の意見も聞いた。あんまり露骨に真相を伝えては、遺族はつらかろう、と言って、真相を伝えなければ意味がない。遺族が聞きたがっているのは、まさに、真相だからである。そんなことを、ああでもないこうでもないと考えたものであった。

真相だからと言って、なにもかもすべて話せるというものではないし、人によっては、真実を伝えることができない場合もあるのだ。騰越城落城の直前、飲馬水と城壁との間の林で射殺された中隊長とその当番兵の遺族には、真実を伝えることはできないのである。射殺した小隊長の遺族についてはどうか？　むつかしい問題である。

いつも、そんな思いにとらわれていたのであった。ただ、浜崎については、真実を匿さなければならないようなことがあるわけではない。せいぜい、あのおびただしいシラミの話をするかどうか、と迷っていたぐらいのことである。迷いと言っても、その程度のことである。だが、その迷いも、独り相撲であった。一政には、そう思えて来た。やはり『雲南戦記』を読んでもらえば、それだけでいい、ということかも知れないな、と一政は思った。博多の松尾と、そんな話もしたものであった。――しかし、そう思いながら、一政は、なにか、バツの悪いような気持になっていた。

「浜崎さんのこつで、田村さんは、どぎゃんこつが知りたかですか？」

「はあ？」

ちょっと続いた沈黙を、そう言って一政が破ると、田村千津子は、また、はあ、と言った。彼女は、それはどういう意味かといった眼を一政に向けてそう言うと、ちょっと顔を斜めにしたまま考えていた。

「そうですね、兄について私、ろくに何も知らないと言えるかも知れませんわね」

と言った。

「あの」

今度は一政が、それはどういう意味かと訊き返す顔になった。

「子供のころのこと、いろいろ憶えていますわ。優しい兄でしたわ」

と田村千津子は言った。

「そうですね、優しか人でした」

「でも、兄の世界、子供のころは子供なりに理解していたのかも知れませんけど、でも私にはわからないものが、いろいろあったのでしょうね」

「はあ？」

「でも、そんなことを言ってみましても、ねえ」

「………」

「兄が召集されたとき、私はまだ二十前でした。私はそのころ、普通の軍国少女でしたけれど、兄は、今の言葉で言えば、反戦的っていうんですか、そういうんでしたわね。召集令状が来たとき、兄は私に、千津子だけは、バンザイなんて言うな、と申しましたわ」

「………」

「僕は、日本一家から足が洗えないだけなんだ、だから行くしかないんだ、と言ってましたわ。非国民ね、と言ったんですよ、そのとき言ったんですよ、私は。咎めて言ったわけではありませんけど。すると、兄は、非国民になれるといいんだけど、足が洗えないということは、非国民になれないということだ、ネコっかぶりの少数派にしかなれないんだ、って、言いましたわ。そんなことを思い出しますわ。軍隊では、そんなことは言えませんわね」

「言えません。しかし、遮放や馬鞍山では、多少、そぎゃんこつ言うとりました」

「そうですか。その当時は、聞き流したり、わからなかったりしていて、後になって気がつくようなことがございますわね」

「はあ」

そこでまた、話が跡切れた。

浜崎の反戦心については、博多の松尾も言っていた。一政は、松尾との会話を思い出した。

浜崎がそういう戦友であったことを、一政は、芳太郎に話している。芳太郎に、最初に、浜崎の話をしたとき、もしかしたら芳太郎は、浜崎を〝非国民〟視しはしないかと懸念したものであったが、芳太郎はそんな人ではなかった。わしはお国のためじゃと思うて、戦争ばしたが、浜崎さんの考えのほうが合うとるかも知れんなあ、と笑いながら言っただけであった。芳太郎は、チマコマしたところがまったくない。今は、戦争だけはしちゃいかんたい、と言っているが、なにかにつけ、反戦、反戦と騒いでいる人たちとは、違うのである。戦争はいかん、という言葉は同じでも、芳太郎には、その考えを人に押し付けたり、金切声になるようなところがまるでない。なにか、悠々として、逞しいのである。

芳太郎は、よく、わしは理屈はわからんし、好かんね、と言う。そう言うだけあって、芳太郎は、自分も理屈は言わないし、人の理屈にもはまらないのである。彼には、正しい理屈も正しくない理屈も、理屈はすべて聞き流してしまうところがある。彼のそういうところに、ときには、じれったさを感じる場合もあるが、畏敬を覚えることもある。

それにしてもこんな具合では、芳太郎は退屈しとるじゃろう、と思ったが、せっかく、やっとのことで浜崎の妹さんを捜し当てて訪ねて来たというのに、そうすぐには帰る気にもなれないのであった。

一政は、話を続けようとした。

「騰越城が落城して、浜崎さんも白石さんも私も、捕虜になりましたが」

「はあ」

「『雲南戦記』には、騰越城を脱出して、捕われるまでのこつも書きましたが」

「はい、読ませていただきました。ご苦労なさいましたわね」

「はあ。浜崎さんと一緒に脱出して、ある部落を夜襲するまでは、行動を共にしました」

「はい、拝見いたしました」

「三週間ほど、雲南の山の中をさまよいました」

「はい」

「あの部落を夜襲したのは、騰越城を脱出して何日目でしたか、十日目ぐらいだったでしょうか、二週間ぐらいたっておったでしょうかね、食糧を奪うために、敵の輸送部隊が駐屯していた名も知れぬ部落を夜襲して、夜襲は一応成功したとですが、そこで、五人が三人になったとです。そのとき、浜崎さんとはぐれてしもうて」

「はい、そうお書きになっていらっしゃいました。その後、中国軍に捕われてから、重傷の兄と再会なさったとお書きになっていらっしゃいました。読ませていただきました」

「はあ。そこで、私は、小隊長と松浦という上等兵と三人になってしまいまして、そこからまた、山中放浪を続けまして、それも一応『雲南戦記』に書いとりますが、浜崎さんとはぐれて何日ぐらいたっとったでしょうか、小隊長も松浦も死にましたです」

「はあ」

「それで私は、一人になってしまい、便衣隊に襲われて、捕虜になりましたが、浜崎さんと再会したときには、浜崎さんは重傷で、もう口が利けんごつなっとりましたもんね、じゃけん、はぐれてからつかまるまでの浜崎さんは、どこでどぎゃんしていたか、わかりませんとですたい」

「はい」

「ただ、自分のこつから想像ができるとです。飢えと寒さと疲労とで、夢遊病者のようにジャングルを歩いとって、敵に撃たれたとでしょう」

「はあ」

「私は、いきなり頭ば何かで叩かれて気を失って、気がついたときには捕われとりましたが、浜崎さんは撃たれてもおったし、マラリアも悪化していて、もう、どうしようもなかったとですよ」

今度は、田村千津子は、黙ってうなずいた。

はい、はい、と言うだけで、彼女は本当に聞きたくて聞いているのかどうかわからない、ふとそう思ったとたんに、話が続かなくなってしまう。

一政は、そこまでで、また話をやめた。『雲南戦記』に書いていない話を、つぶさに話そうと考えて来たのであったが、そんなふうにはならないのである。

浜崎とはぐれたときのことも保山で再会したときの様子も、一政は詳しく話す気でいたが、もしかしたら田村千津子は、あまり聞きたくないのではないか、と思えて来た。昨夜、一政は、今日のために当時のことを思い出し、あれも話そう、これも話さなければ、といろいろ思ったものであった。浜崎とはぐれた夜襲のあと、山中をさまよったとき、一政は、飢えと疲労と寒気に耐えかねて、痙攣を起こして失神した。その一政を、小隊長と松浦上等兵とが背負って運び、焚火で暖めてくれたのであった。気がついたときには、一政は、焚火のそばで横たわっていた。

一政を助けた二人が死んで、一人になってから、何日目に捕われたのだっただろうか。それにしても、それまで、よく生きていられたものである。一人きりになってからの一政は、ただもう八方破れのように、這いずりまわったのであった。もう、立って歩けない体になっていた。方向さえわからない芒市に、這いながら辿り着けるとは思わなかった。精も根も尽き果てて死んでしまうまで、生きられるだけは生きよう、と思った。

盲滅法に、雲南のジャングルの中を這いまわり、瓜を見つけては食い、葉陰にとまっている雨蛙を捕えては、そのまま飲み込んだ。そして、雨に濡れた草の上に、そのまま寝ながら、生き続けていたのだ。

浜崎も、似たような状態で生きていたのだろう、と思う。夜襲した部落で、浜崎はいったん末永軍曹と一緒に逃げたのか、それとも二人それぞれバラバラになって逃げたのか、わからない。末永軍曹は、撃たれて死んだのか、自決したのか、饑餓と疲労で行き倒れたのか、それもわからない。

一政は、そのうち、彼方の山麓に人家を見つけたのであった。家から、細い煙が立ち上っていた。あそこに行けば、火がある。食物もあるはずだ、と思った。そう思うと、危険を恐れてはいられなかった。夢中になって、その人家に向かって這った。

その家に辿り着くまでには、小高い丘を二つも越さなければならなかったが、躊躇しなかった。すぐ這い始めて、その夜までに、二つ目の丘の峰まで辿り着いた。そこで、草の上で眠った。夜が白みかけると、家は意外に近い場所にあった。すぐにまた這い出した。

夜がすっかり明けたころに、一政はその家に這い込んだ。

家には老婆と若い女がいた。二人は一政を見て驚いた。しばらく二人は、立ちすくむようにして一政を見下ろしていたが、足腰も立たないほど弱り切っている様子を見て警戒の色を解き、熱い茶を勧め、次にパーズ（キビ麵麭）をくれたのであった。温いものを体に入れると、生命が甦ったような気がしたが、極度の疲労のためか、パーズはいくらものどを通らなかった。

焚火がありがたかった。焚火のそばで眠り込んでしまった。そのうち、老婆と若い女性とに揺り起こされた。二人の言葉は理解できなかったが、手振りや様子から、ここにいては危険だと言っているように感じられた。

表まで、女の肩を借りて出るには出たが、もう動けなかった。這うのをやめて、杖にすがって歩いてみたが歩けなかった。それでもなんとか少しずつ、二人が教えてくれた裏山の細道を進んだが、その場で昏倒してしまいそうであった。

そんな状態の一政の眼に、また一軒の家が映った。入って行った。そこが、便衣隊の駐屯所だったのである。

そんな話も一政は、田村千津子につぶさに話すつもりでいたのだが、話せなかった。一政が黙って、当時のことを思い出しているうちに、田村千津子は、芳太郎と話していた。例によって、言葉の少ない会話だけれども。

「田村さんの息子さんは、三十を越えておらるるのに、まだ独身じゃそうな」

芳太郎が一政に言った。

「そうですか」

「私が一人になるのを可哀そうだと思って、遅らせているのかも知れません」

と田村千津子は言った。

「お勤めですか」

「はい」

「どちらに」

と訊くと、田村千津子は、息子の勤先の名を言い、

「おそいんですよ、毎晩、帰りが」

と言った。

「だが、息子さんが一人前になられて、お母さんも安心ですね」

「いいえ、まだまだですよ」

と田村千津子は首を振って、そして、

「のんきですね、戦後生まれは。苦労なしで育って来ていますから、いくつになっても子供っぽくて」

と言った。

「戦後生まれに限らず、お母さんの眼から見れば、子供はいくつになっても子供っぽい、というじゃなかですか」

「そうかも知れませんね。でもそれでも、昔の人は、もっと頼り甲斐がありましたよ」

一政の戦争の話には、呼応の稀薄であった田村千津子であるが、息子の話になると、かなり言葉が活潑になった。

もしかしたら、田村千津子は泣き出すのではないかなどと思っていたが、見当はずれであった。そのあと、戦争の話ではなくて、今の日本の話をした。そういう話になると、そこに出て来る〝戦争〟は、単に、極度の苦労ということで扱われてしまうのであった。苦労の経験も理想もない人がふえているんですね。だから、みんな、安易な拝金、拝物主義に走ってしまうんでしょうね。そう言うと、息子は、そういう社会を作ったのは、戦中派じゃないか、って言うんですよ。それは、戦中派ではなくて、戦前派なんですよね、などと、田村千津子は言いだした。けれども、彼女は、少しはしゃいだ感じになって来たかと思うと、突然、冷めたように、

「でも、これでいいんでしょうね」

と、呟くように静かな声で言うのであった。そういう彼女には、一政は、かける言葉もなかった。二時間ばかりいて、結局、戦場の話はほとんどしないで、一政と芳太郎とは引き揚げた。タクシーの拾える広い通りまで、二人は歩いた。

「浜崎の妹さん、ほかの遺族とは、ちょっと違うとるな」

と一政が言うと、

「兄のこつを思い出すのがつらくて、戦争の話ばわざと避けとるんかも知れんよ」

と芳太郎が言った。

「そうじゃろうか？」

「わからんが、そういうこつも考えらるるんじゃなかかね」

「そうかも知れんな。どっちんでん、下手な押しかけになってしもうたなあ。わしは、気が抜けた」

一政は、苦笑した顔を左右に振った。

「いやなこつ思い出したくないから、戦争の話ば、しとうもない、聞きとうもないちゅう人もいるじゃろう。しかし、田村さんは、それとは違うとるような気もするたい。ようはわからんが。しかし、わしらの訪問を迷惑には思うとらんじゃった」

「そうじゃろうか」

「それは、間違いなかじゃ」

芳太郎はうなずいた。

タクシーの中で、芳太郎が、

「明日の温泉な、伊豆がよか、伊東でん、修善寺でん、どうね、そのあたりで」

と言った。

「山梨の下部温泉に予約したんじゃなかね」

「ああ、ああ、そうじゃったな。忘れとった。そうじゃった」

と言って、芳太郎は笑った。

一政も笑った。笑いながら気が抜けていた。

〔1981（昭和56）年4月～1982（昭和57）年7月「文學界」初出〕

あとがき

　太平洋戦争では、三百万人もの日本人が死んだ。その何倍もの中国人が死んだ。東南アジア諸国民の死者もおびただしい数にのぼる。その死を、幸運にも生き残った私たちは、どのように考えなければならないのだろうか？

　私はこの問いに答えることができない。

　戦争とは何であったか？　国とは何か？

　私は、そういう問いにはうまく答えられない。

　しかし、そういうことに答えることができる気でいる人、私と同じように答えられないと思っている人、そういうことに関心もない人にも、ひとしく親しんで生きていきたい。

　私はこれまでに、いくつか戦争を扱った小説を書いたが、そのころから、私のようではない人も書きたいと思っていた。そして、そのうちに、雲南の戦場を舞台にそれを書くことが懸案になっていた。私は勇兵団（第二師団）の下級兵士として龍陵の戦闘に参加したが、雲南戦線のいわば主役は龍兵団（第五十六師団）である。龍の守備隊は、拉孟で全滅し、騰越で全滅した。私は、龍の兵士を書きたかった。

そのために私は、一昨年（昭和五十五年）の春、一カ月ほど久留米に滞在して取材した。取材を終えたころ、野呂邦暢さんが急死した。この小説は、久留米在住の吉野孝公さん、丸山豊さん、熊本県在住の辻敏男さんらの協力がなければ書けなかった作品であるが、吉野さん、丸山さんを紹介してくれたのが、野呂さんと西日本新聞社であり、辻さんを紹介してくれたのが吉野さんであった。

こうして一冊ができたのは、右の方々のおかげである。記してお礼を申し上げます。

なお、「文學界」編集部の松村善二郎さん、高橋一清さん、出版部の萬玉邦夫さんにも、いろいろとお世話になった。お礼を申し上げます。

昭和五十七年十月　　著者

〔1982（昭和57）年11月『断作戦』所収〕

（お断り）

本書は1982年に文藝春秋より発刊された単行本を底本としております。あきらかに間違いと思われるものについては訂正いたしましたが、基本的には底本にしたがっております。また、一部の固有名詞や難読漢字には編集部で振り仮名を振っています。

本文中には部落、精神病、農夫、掃除婦、強姦、気の狂う、頭の狂った、気違い、盲滅法、老婆などの言葉や人種・身分・職業・身体等に関する表現で、現在からみれば、不当、不適切と思われる箇所がありますが、著者に差別的意図のないこと、時代背景と作品価値とを鑑み、著者が故人でもあるため、原文のままにしております。

差別や侮蔑の助長、温存を意図するものでないことをご理解ください。

古山 高麗雄（ふるやま こまお）
1920（大正9）年8月6日—2002（平成14）年3月11日、享年81。朝鮮新義州出身。1970年『プレオー8の夜明け』で第63回芥川賞受賞。代表作に『小さな市街図』『セミの追憶』など。

P+D BOOKS とは

P+D BOOKS（ピー プラス ディー ブックス）とは
P+Dとはペーパーバックとデジタルの略称です。
後世に受け継がれるべき名作でありながら、現在入手困難となっている作品を、
B6判ペーパーバック書籍と電子書籍を、同時かつ同価格で発売・発信する、
小学館のまったく新しいスタイルのブックレーベルです。

断作戦

2024年6月18日　初版第1刷発行

著者　古山高麗雄
発行人　五十嵐佳世
発行所　株式会社　小学館
〒101-8001
東京都千代田区一ツ橋2-3-1
電話　編集　03-3230-9355
販売　03-5281-3555
印刷所　大日本印刷株式会社
製本所　大日本印刷株式会社
装丁　おおうちおさむ　山田彩純
（ナノナノグラフィックス）

ISBN978-4-09-352489-6

P+D BOOKS